LOCUS

LOCUS

LOCUS

LOCUS

to

fiction

to 08 看上去很美

作者：王朔

責任編輯：鄭立中

美術編輯：何萍萍

法律顧問：全理法律事務所董安丹律師

出版者：大塊文化出版股份有限公司

台北市105南京東路四段25號11樓

www.locuspublishing.com

讀者服務專線：0800-006689

TEL：(02)87123898　FAX：(02)87123897

郵撥帳號：18955675　戶名：大塊文化出版股份有限公司

本書中文繁體字版透過博達著作權代理公司取得作者正式授權

總經銷：北城圖書有限公司　地址：台北縣三重市大智路139號

TEL：(02)29818089(代表號)　FAX：(02)29883028 29813049

排版：天翼電腦排版印刷股份有限公司　製版：源耕印刷事業有限公司

初版一刷：2002年3月

定價：新台幣280元

Printed in Taiwan

看上去很美

王朔　著

目次

台灣版代序

幾次見王朔

郝明義

一九八九年，第一次去北京。

最早見聞的北京風情，除了「侃」、「逗」、「特」、「行」等等北京話之外，王朔的名號也在其中。不論哪裡的書攤，每一家檯面上，都看得到王朔名字印得大大小小的書。

翻開書，王朔又快又溜的文字，馬上就能說明他在大陸爲什麼是又「火」又「痞子」的作家。後來，三聯書店的沈昌文先生在首都飯店一家潮州飯館安排了一次飯局，我見到這位北京的名人，以及我很喜歡的歌手崔健。

由於王朔是滿族，崔健又是朝鮮族，那天飯桌上大家侃了些滿漢之間的事情。

王朔白白淨淨的，話不多，講話的時候也慢條斯理，和他小說的文字風格大不相同。記得他講到「咱們金兀朮」只不過使出一個小小的離間計就把岳飛收拾，岳飛根本就是個傻帽那一段，笑果相當強烈。

那是我第一次見王朔。

□

之後，聽說他又搞了個什麼電視節目《編輯部的故事》，知道他在大陸越來越紅，越來越火，但也沒有特別想再見他。原因是，我不太讀得下他的書，少了一個讀者想見一個作者的衝動。有人說他善用北京人的口語，因而特別能投某一個地方，或是某個階層讀者的口味，對其他讀者就行不太通。我倒不是因爲如此。看得出他很愛寫，很能寫，只不過，也可能太愛寫，也太能寫，所以往往挾泥沙以俱下的情況就有些過頭。在書攤上買過他幾本書，能讀完的不多。

那是我最早對他作品的感覺。

□

幾年時間過去。聽說姜文拍了部《陽光燦爛的日子》，是拍王朔的小說。又有一天，在電視上看到電影得了威尼斯影展大獎的新聞，莫斯科餐廳裡一群人歡呼舉杯的場面讓我動了個念，去找他原著《動物凶猛》一讀。

好多年沒有讀到那麼好看的小說。是那種想要你鼓掌的小說。從故事到文字，沒有任何泥沙、累贅，乾淨、帶著節奏，看得見故事裡的光線、明暗，聞得到氣味。後來我看了電影，姜文拍的已經很好，但就像那種最好的改編電影，和原著還是難以相比。對讀者來說，唯一的不足，是小說剎尾的地方，剎得太急了。

我急著想再見王朔，第一要問他這部小說爲什麼要那麼個結尾，第二希望自己能夠在台灣出版這本書的繁体字版。

□

再見王朔，是在三里屯一家小酒吧。

我們一夥人去的。車子停下，他從酒吧裡迎出來。看著一個朋友，和另一位他認識的女孩子，他說了句：「我怎麼不知道她就是你奶奶啊。」

那天酒吧裡亂糟糟的，我和他靠在一個桌邊談話。王朔不再是第一次見他時候那個文靜的王朔，也不是那個「她就是你奶奶啊」的王朔。他講的話很多，很快，很認眞。

他講《動物凶猛》故事的背景，也就是他自己成長的背景。他父親是解放戰爭後，從東北入關的。軍隊的家屬，在北京形成特殊的大院文化。大院裡的人，比一般市民自覺高出一等。他們在大院裡長大，愛穿軍裝的孩子，文革時候，在北京形成一個特殊族群。文革的腥風血雨，沒有直接波及到他們，一群半大不小的孩子，在那個動盪喧囂的時代環境下，反而有自己特別的生活天地。

那天聽他講故事，有不少意外的收穫。

像是體會到投身文化大革命那些少年人的心理。當時的年輕人覺得解放戰爭打完了，抗美援朝也過去了，好像所有英雄好漢的事情，父祖輩都做完了，他們這一代沒有事可以做了。在不甘於平庸的心理下，他們急著要完成些屬於自己這一代的革命，光榮的事蹟。

也多少明白大陸人的軍裝情結，以及一個以解放無產階級爲號召的軍隊，本身又形成一個貴族階層的歷史弔詭。

當然，我也問了他《動物凶猛》結尾收得那麼急的原因。王朔說那是他寫了多年之後，找到的一種文體。但是寫著寫著，覺得故事寫中篇可惜了，所以就乾脆停在那兒。他回答得跟故事本身一樣乾淨。

至於以後，他說是肯定要把故事講完整的，不過，寫了一陣子電視劇的關係，把手都寫臭了。沒法寫了。寫《動物凶猛》的文體固然不錯，但是眞要寫長篇嘛，又覺得不能重複自己的寫作方法，可是又沒有新的文體。所以不知道什麼時候能再提得起筆來。

王朔喝著酒，臉紅紅的，聲音一直維持著不高不低，眼睛裡不時閃著光亮，以及疲憊。

□

再見他，又是幾年後，一九九七年，在洛杉磯。

當時我已經出版了他的書，也離開了原先的出版公司。他，也離開了北京，在美國長住。

我們約在蒙特利公園的一家中餐廳見面。

六月洛杉磯窗外的陽光亮得刺眼，記得跟他坐的角落卻蠻幽暗的。

當時他有一本著作的英文版，剛由紐約一家很著名的公司出版，在美國一些媒體上也看到了消息。他說那家公司幫他安排了簽名會之類的，不過他沒有出席就自己一路去玩了。問他那怎麼收拾，他說：「嗐！」

那天我們都在談創作。

他說，文革和毛澤東的文藝理論，精神上，重點在於「源於生活，高於生活」；技術上，強調三點論，就是「開場，高潮，收尾」。這就培養出一批專門做假的作家，以及特別會領會的讀者和觀衆。他們特別會抓這種主旋律，又能體察上意，又能感動廣大群衆。「不過，」他說，「現在的讀者，還是已經很懂得分析你的東西了。看一看，他們就會問了：『喂，你到底寫的是什麼呀？』」

至於他自己，寫電視劇的一年多時間裡，眞把手給寫臭了。到後來，看到字就想吐，所以乾脆自己唸，找寫手幫忙打字。他說，寫劇本要的是場面，寫小說要的是一種手感。所以手寫臭了，就什麼也沒法寫了。

王朔拿自己的小說《我是你爸爸》拍了部電影。他說是隨便瞎拍的，結果大家都說好得很，讓他有了很大信心，覺得可以當個二流導演，沒有別人好吧，也不會比別人差。所以，他那個時候正在試一個劇本，到八月底也就明白了，他這一輩子到底是要當一個二流導演呢，還是要當一個小說家。

「如果我決定要寫，那我就先試一個月，如果筆能放得開，那我就跟你說，不然也不敢跟你說。」王朔停了停，「我還從沒掄圓了寫過。總是給自己這兒那兒地設了很多限制。總想試試，覺得自己可以寫，就算沒多好吧，總可以比《紅樓夢》好一點點。多了不敢說，好一點點。可是又怕寫了出來，那我這一輩子不是再沒有活下去的看頭了。」

□

再隔一陣子，打電話去洛杉磯找不到他了。

再見他，又在北京。

回到北京的王朔，又生龍活虎。看他搞了個熱鬧的網站，自己親自主持聊天室；又看他在三里屯搞了個酒吧，正式名稱叫「非話廊」，非正式名稱叫「王吧」。等等。

□

《看上去很美》，是王朔在這些熱鬧活動的間隔裡，新出版的一本小說。

我在和平賓館的咖啡座上，問他這本小說是不是已經「掄圓了寫」。他搖搖頭，不是。不過，總算在封筆七年後，又可以試著寫了。

我也這樣覺得。

所以現在我出這本書的台灣繁體字版，以及寫這篇文章記這些年來和他幾次談話的經過，有兩個理由：一是爲他終於又開始寫了而高興，二是相信那本「比《紅樓夢》好一點點」的書，就在不遠。就一個註定要和文字遊戲，但是一度要看到字就要吐的人來說，他這樣重新開始，不能不向他道賀。

至於其他，小說本身就在說了。

自序
現在就開始回憶

1

一九九一年我寫了一百多萬字的小說、電影和電視劇本，第二年遭了報應，陷入寫作危機。老實講，那也是一次精神危機，我對自己的寫作生活包括所寫的東西產生了很大懷疑。我記得很清楚這一動搖發生的時間、地點，那是一天上午十一點多鐘，在東三環邊兒上西壩河副食商場門口，我經過那裡去吃一個飯。那天，是初夏，陽光很好，眼前有氤氳的光霧，我走在這之中一下腿就軟了，用小資產階級女性誇張的腔調形容，我認爲我崩潰了。當然我沒倒下，躺在當街，還在走，但腦子裡轟然而至的都是些飛快的短問句：我這兒幹嘛呢？我這就算——活出來了？我想要的就是這——眼前的一切？

忽然對已經得心應手，已經寫得很熟練的那路小說失去了興趣，覺得在得心應手間失去了原初的本意，於很熟練之下錯過了要緊的東西。那是一個明白無誤的虛點，像襪子上的一個洞，別人看不到，我自己心知肚明：我標榜的那一路小說其實是在簡化生活。

這是往好說。嚴厲講：是歪曲生活。什麼生活也是百感交集莫衷一是，爲什麼反映在小說中卻成了那麼一副簡單的面孔，譬如說：喜劇式的。這其中當然有文學這一表達工具的本身的局限：故事往往有自我圓滿的要求，字數限制使人只能屈從於主要事態的發展，很多眞實顧不上。也因趣味導致。北京話說起來有一種趨於熱鬧的特點，行文時很容易話趕話，那種口腔快感很容易讓說者沈醉，以爲自己聰明，因而越發賣弄。若僅僅要尋個賣點，換幾聲喝彩，應個景，那也沒什麼。但，不瞞各位，我還是有一個文學初衷的，那就是：還原生活。——我說的是找到人物行動時所受的眞實驅使，那個不以人的意志爲轉移，隱於表情之下的，原始支配力。

因爲我不能相信我自己的第一反應。因爲行動往往是曖昧的。因爲思想機器過於複雜，一點點剝離，你也未必料得到你何以會那麼反應。這牽涉到動機。未必你都能了解，參得透你筆下的人物。未必它不會當喜卻悲，遇愛生恨，——哪怕那人的原型就是你自己。動機失察，行爲不軌，淨剩下預設好的戲劇性，跟著現抓的喜怒哀樂跑，到哪兒算哪兒……光好看了，結果是事後總排解不開一個自問：原來是這樣麼？

難受的還不光是這個。就因爲沒倒出根兒，揪著自己頭髮飄在半空，就有人把你往溝裡帶，替你總結出一套活法兒，說你就是這個，還得到普遍認可。我說的還不是罵我那些人，我跟他們的關係很簡單，就是立場不同，思想感情格格不入，他們罵我那些話倒大致不差，偶爾差到姥姥家去，也無關痛癢。我說的是喜歡我的，待見我的，拿我那東西當寶的。在說下面那些話前，我要先聲明一下：我這是對事不對人，只是想把一些誤會已久的事澄清一下，把不相干的東西摘一摘，可能不公平，但沒有借此貶低他人成心噁心誰的用意，請讀者明鑑，當事人見諒。

我說的是趨時而作，根據我的小說改編和我直接編劇的一些影視劇中的典型化了的人物形象。演員很成功，深爲廣大人民所喜聞樂見，我也喜歡，像喜歡別的凡能使我發笑的喜劇角色一樣。若說這一類形象是我小說所提供，所獨創，卻不敢當。這是無功受祿，掠了別人之美，那不過是另一些聰明人在借腹懷胎。

他們那是另一路北京人，怎麼說呢？可能是眞善良吧，有一點小小的狡猾，極善趨利避害，最大的本錢是將「善解人意」掛在嘴邊，貓著腰做人，什麼也不耽誤，肚子裡的算盤打得別人都能聽見，小有激動便以爲那是深情了。

好人吶，這種性質的人在生活中有益無害，進入公共領域大都可做大衆寵兒，但出現在我的作品中就是誤會。就是表錯情。就是影視藝術再創造的結果。影視不同於小說大概也就在於那體現的一個集體意志，很多人參加勞動，最終都參與了意見，在角色身上傾注了自己喜愛的品質，最終還你一個陌生人。當然，影視於今首要在於牟利，受歡迎便是成功，你要問我原作的想法，我沒這意思，寫那麼多廢話就爲了給大家樹一個好人。正如批評者所言，我寫的都是痞子。那些貌似熱情的話都是開涮。這種涮人的惡癖基於一種根深蒂固的優越感。是的，自以爲了不起，有折騰勁兒少立身之才，淪入社會底層而不自知，肉爛嘴不爛，於話語中維持自大，像活在夢裡，依舊卓爾不群，睥睨衆生。是愛裝大個兒的，是流氓假仗義，也有點不甘寂寞，然而，還就不是什麼亂七八糟笑容可掬的所謂小人物。

我小時一直是個壞孩子，習慣領受周圍人的指責和白眼，那才覺得我像我。忽一日，掌聲響起來，還有人攀附，我感到迷失，進退失據。那感覺很生猛，即舒服又不自在，舒服的同時常常不自在，這就叫墮落吧？

還記得當年看到第一篇批評我的文章（這之前也有，我指的是當時最新一輪我注意到的）。是一閒人寫的，登在《北京日報》周末版上。批評的內容不記得了，也不重要，總而言之是說我不好，一無是處，那無所謂，關鍵是這文章使我的心情爲之一變，可形容爲「一顆心落回肚子裡」。與身後的恭維、慫恿比，迎面攔住去路的針砭、叫罵更使我清楚自己待的地方是哪兒，自己是個什麼東西，因而也就更容易保持住本性——我的意思是說：狼性。變成狼我所不欲，變爲狗亦我所不欲，兩害相權，取不得已。——這就是敵人的好處和必要。我想我是需要敵人甚過朋輩的那種人。當然我不是指批評我的人是拿槍的敵人，這是修辭，如果這麼說不妥，我很樂意稱他們爲明眼人，拿鞭子指方向的人。

這是實話，我感謝對我進行批評的人們。正是這些刺耳的批評，使我看到了這一切陰差陽錯和指鹿爲馬。我想我對這一切還是不該太消極，或說太拒絕，——或者就坡下驢。被誤會是表達者的宿命，卻也不必因此就把別人都當無可救藥的傻瓜或一概斥爲別有用心。其中有部分原因肯定在我，我表達得自有歧義，授人以柄。我想可能還是有一種小說寫法可以把我知道的生活——那個本來面目，如實展示出來。說來有趣，面對批評和戲仿我竟感到自己的生活資源還完好無損，還保留著它不被人知的那種新鮮、蠻荒和處子味道。這對寫作十年仍有創作欲的人而言，眞是再好沒有了。這就意味著我還有機會別開生面上一個台階或叫再入一個洞天。

也許，這倒是我矯情呢，太拿自己當事兒，不瀟灑，壞了我們這種人號稱的作派。那又怎麼了？就算我看不開吧。

2

我這本書僅僅是對往日生活的追念。一個開頭。

北京復興路，那沿線狹長一帶方圓十數公里被我視爲自己的生身故鄉（儘管我並不是眞生在那兒）。這一帶過去叫「新北京」，孤懸於北京舊城之西，那是四九年以後建立的新城，居民來自五湖四海，無一本地人氏，盡操國語，日常飲食，起居習慣，待人處事，思維方式乃至房屋建築風格都自成一體。與老北平號稱文華鼎盛一時之絕的七百年傳統毫無瓜葛。我叫這一帶「大院文化割據地區」。我認爲自己是從那兒出身的，一身習氣莫不源於此。到今天我仍能感到那個地方的舊風氣在我性格中打下的烙印，一遇到事，那些東西就從骨子裡往外冒。這些年我也越活越不知道自己是誰了，用《紅樓夢》裡的話「反讓他鄉是故鄉」。寫此書也是認祖歸宗的意思，是什麼鳥變的就是什麼鳥。

好像是陳村在一篇短文裡說，他最好的小說在他腦子裡，只是不曉得，還是不想，還是沒時間把它寫出來。史鐵生也在一篇小文裡說過，每個人腦子裡都曾經很精彩，如果大家都把自己腦子裡想到過的東西都寫出來，那就有很多億，篇篇出色的文學作品。（大意，都是大意啊）。看的當下不由一怔：眞是英雄所見略同！——我也這樣考慮。

這本小說一直在我腦子裡醞釀。或者乾脆說一直用大腦細胞在寫。具體寫作起始日期可追溯到二十年前我剛動了心想在文學這路上闖一闖。當我構思第一個短篇小說時就同時構思這本小說了。這期間，發表了很多小說，但這本書一直在腦子裡豐富、發展、完善，總也不想拿出來。有時似乎覺得眼下的一切寫作都是爲了這本書練筆、摸索技巧、積聚、尋找最佳結構和出發點。有時有些絕妙之念捨不得使用在別處，就替這書存了起來。有時黔驢技窮一狠心用了這書的片段去支撐另一個已發表的小說，用過之後之懊悔，痛不欲生，有如舊時代婦女失去貞操。

這是關於我自己的，徹底的，毫不保留的，凡看過、經過、想過、聽說過，盡可能窮盡我之感受的，一本書。

游泳游得快，來到這世上，不能白活，來無影去無蹤，像個孑孓隨生隨滅。用某人文謅謅的話說：如何理解自己的偶在。大白話就是：我爲什麼這德行。

一想就是很長的一本書。有那個精神準備，若寫，一個字也不省，把既有的寫作習慣寫作風格都破一下。不再理會篇幅、故事、情節、敍述節奏，徹底自由，隨心所欲，沿兒可沿兒地眞實一把。哪怕時時中斷，哪怕處處矛盾，乃至自相殘殺，都不管了。只設一個主人公，那就是我自己，其他人招之即來揮之即去，不給他們任何超出生活眞實的機會。不使這整部小說越看越像個故事。不管涉及到誰，說眞話，只說眞話，愛高興不高興。讀者，也不考慮，貨賣識家，有一萬個會意的這書印出來就不賠，沒有，我自己留著當日記。總之，是個放開手腳，赤膊上陣，畢其功於一役的意思。

我是從頭寫起的。人之初，剛落草，什麼是眞實？眞實就是一筆糊塗帳。周圍的人倏忽倥傯，形態莫辨，周圍的事也大都沒頭沒腦，斷簡殘篇，偶爾飄過一縷思緒，無根無由，哪裡曉得是在圖什麼。這中間還隔著大段大段的空白，寫出來想找到轉承啓合的字句都難，再混蛋的評論家也指不出具體意義——根本沒意義。每寫至此，洋洋幾萬字不著四六，我也樂了，眞成給自己看的東西了。——若執意給自己看，我又何必見諸文字？

眞正具有摧毀性，禁不起我自己追問的是：你現在想起來都是眞的嗎？誰都知道人的記憶力有多不可靠，這就是一般司法公正不採信孤證的道理。事件也許是當時的事件，情緒、反應難免不帶今天情感烙印——那它還是原來的它麼？如是一想，十分絕望。窮我一心，也無非是一片虛擬的眞實，所爲何來？看來「還原生活」也不過是句大話，又豈是天下大決心，拿一腔眞誠換得來的？信念愈執著，撲空的機率也就愈大，這也是一反比關係。實際上這是走投無路了。也別吹了，也別發狠了，想不想把這小說寫出來？想！好，老老實實按照小說的規律去辦。何謂小說？虛構。第一是虛構，第二是虛構，第三還是虛構。

至此，大哭而回，認命。停止對眞實的糾纏，回到我們稱之爲「小說」的那種讀物的基本要求上。那是個什麼東西呢？不是自我宣洩，自我成聖，而是駕馭文字，營造情調，修正趣味，提純思想，給讀者一個驚喜。

也還允許回憶，但這回憶須服從虛構的安排，當引申處則引申，當扭轉時則扭轉，不吝賦予新意義，不惜強加新詮釋。講通順，講跌宕，講面面俱到，講柳暗花明。草蛇灰線，因果循循。於是，沒聽說過的人出現了，沒幹過的事發生了。平淡如水的日常生活鋪墊爲步步玄機，漫無邊際的人生百態勾連成完整戲劇。世上本無事，作家自擾之。原本散沙一盤的人群被拴了對兒，小牴牾輒大起衝突，見縫下蛆，見包袱就抖，惟恐不熱鬧，惟恐不機巧，什麼花招也使了，什麼套路也用了，素不以爲然的，常笑他人低級的，都顧不上了，語不驚人死不休，都只爲提高讀者的閱讀興趣。賣，賣一千萬本才好。

全好，都不錯，就一個小出入：不是我腦子裡原來那東西了。這也怨不到別人，誰讓我沒本事呢，只會寫小說。

所以，在這兒我先給讀者提個醒：我這本書別當回憶錄看，沒幾件事是眞的，至多只是看上去像，誰當眞誰傻。這就是一常規小說，第一人稱和第三人稱混用，爹不是爹，娘不是娘，朋友不是朋友，我不是我，誰要跟我三頭六案對證，我是不認賬的。

3

這小說寫的是復興路二十九號院的一幫孩子，時間是六一年到六六年文化大革命開始，主要地點是幼兒園、翠微小學和那個院的操場、食堂、宿舍樓之間和樓上的一個家。主要人物有父母、阿姨、老師、一群小朋友和解放軍官兵若干。沒壞人。有一個幼兒園阿姨有一點可笑，僅此而已。男主人公叫方槍槍，是我原先一些小說中叫方言的那個人的小名，後面等到上中學，我會讓他改回來。他周圍的小朋友，男生，都是我原先小說中的人物，一個院的，一個學校的，都還小。女生，有老人兒，大部分是新人。我準備讓她們中的某幾位連貫下去，在後面成年後仍在方槍槍的生活中扮演重要角色，這是出於小說的需要，保持情節的連續性，並非實情。我們那個院還是有一些禁忌的，或叫難以逾越的純潔，本院的男女小孩之間很少亂來，都挺淡的，給予敬重。不像海軍，他們院同院結婚的很多，由純潔的友誼最後走到一齊去了。

這裡必須解釋一下，不想讓人家以爲我從小就惦記著誰，沒敢說，最後寫進小說過癮去了。不好。

男孩儘管一些事跡昭著，一提，二十九號的舊人都知道誰幹的，也不盡然。還是合併了一些同類項，使之性格迥異，各秉資質。其實當時大家都挺像的，文武之道都有一些類似的長處，都有相同的驚人之舉，有的地方將張三的壯舉按給李四，也是歸範兒，令知情者貽笑大方了。有的事是成心多給了方槍槍一些，顯得他多關鍵似的，這是我利用職權營私了，不好意思。

有一些過場人物，流言蜚語之中用了眞人名，還羅列不少眞外號，並非有意唐突，實爲增添親歷感，越是假活兒越要煞有介事，各位海涵，別跟我一般計較。這裡我要特別向眞張明請個安。這是我一不周全。在〈一半火焰〉那小說裡我用了這名字，在這裡也只好繼續用了，因爲有互文關係，割捨不下。鄭重聲明：此張明不是那二十九號眞張明。這張明有作風問題，那張明絕對好人。

爲了把假做眞，我在這小說中把背景盡可能坐實，路名門牌樓號校名什麼的都使眞的。社會上沸沸揚揚的大事也大致涉及，只是這些事都是從方槍槍這個糊塗小孩眼中反映，不可能在時間上太精確，有些事反映到他這兒來和資料上的歷史發生時刻有出入，差個一兩年也是有的，那就活該了，我也不是給別人編年，只是意在渲染氛圍。

一些當時的稱謂，也不一定精確，因爲小孩不一定完全搞得懂那些官稱，會有很多口誤，這個我就從孩子了。還有個別誰也說不淸的叫法，像裡面提到的「三軍冲派」，我也是剛弄明白那是三派：老三軍，新三軍，再加上個冲派。當時小孩也就一塊兒叫了。這個也就不改了。

對那時的一些獨特簡語，開頭一般隨行有幾句說明，後來覺得也囉嗦，多事兒，也影響敍事，就不再解釋了。相信中國人都還看得懂，誰不認識幾個四十歲以上的人，問問也就了然了，都不難。

文字中還有一些口語，有音無字，或者其字不雅，我就用象聲詞或同音字來拼。像表示亂動，一般和「蹬」聯用的「哧嗚啊」，形容難看和糟心的「哧誒」，還有「撥依」，這個字在口語中也往往拆音節避髒，不算生造。偶有英文我也全拿漢字拼。我是特意不用字母的。在這點上我守老派，我以爲漢字文章，加進一兩節字母，如饅頭旁擺了根香腸，外道，隔路，還有點勁兒勁兒的。

另有一些無規範的或其規範不足以窮其義，我也擅加更動，只選我自己認爲貼的。譬如矯情，用做形容時我用這兩字，同時伴有動作正「矯情」著呢，我用口字邊的嚼——嚼情。譬如：較勁。相持不下我用這個，有時是單方面不服，帶有叫板的意思，我也用這口字邊的叫——叫勁。總的原則是從音。我以爲人在看小說時會默讀，意思再對音差了，有時也會摸不著頭腦。

特別是關礙口語，容易懵。大家也不是眞都那麼有學問，不會念沒準就不認得了，或者給看擰了。

有的多音字，譬如「剌」「落」，都有個「拉」音，可一般習慣看到這兩個字還是讀主音，用做動詞時常覺辭不達意，讀起來不暢。這我也自作主張改寫爲「拉」。不是寫錯了，看官讀到那裡知道就行了。語言嘛，約定俗成，有習慣用法這一說，都別太軸了。像「大腕」「頑主」都換爲原字「大萬」「玩主」也不見得就好，讀時嘴裡也要換一下頻道。

4

最後，這個問題容我專門饒一下舌。過去不愼，在這個問題上吃過虧，所以這次，天沒下雨先打傘。

我既往文風失之油滑，每每招致外人不快。這次是做抒情文章，疊床架屋，繁縟生澀是有的。製造個氣氛，給自己尋個小快樂也是有的。含沙射影血口噴人，絕無。調侃，那也是文意兜轉空留餘響罷了。我是提著手刹一路開的這車。也是勢在必行，文中小孩終篇不滿八歲，能說得出口的昏話不過爾爾。若說有意圖之，那是欲圖一點童心，欲圖一派天眞。小孩子當然是有些糊塗想法，生於大時代，也不可能不在時尚中，胡亂關心一下政治，輕率贊同一些時事，那在當時是很自然的，也很正經，沒人會發噱，擱在今天，這些忠厚便顯得狡猾，有幾分不懷好意，有點調了侃，爲了不引致誤解，這些，在成書前，經與編輯細細會商，均一一刪去了。

我們是反覆檢查過的，可刪可不刪的地方——刪！刪得肉疼，也自覺用心良苦。可百密一疏，未準仍有一句半句尚嫌造次，但請各位眼中容情，跳過去不看也罷。

再說點什麼呢？咱們都別想歪了。很樂意受到猛烈的文學批評，人身攻擊也可以。就是別尋章摘句，望文生義，那就不是與人爲善的態度了。

一九九九年二月十二日

第一章

陳南燕很早就進入了我的生活，早到記不清年代。當時我和她妹妹陳北燕床挨床一齊睡在新北京一所軍隊大院的保育院裡。那間寢室一望無盡，睡著近百名昏昏沈沈的嬰兒，床上吃床上拉，啼哭聲不絕於耳。很多人經過我的床邊，對我做出種種舉動，都被我忘了，只認識並記住了陳南燕的臉。

先是一雙眼睛，像剛被彈進洞的黑芯玻璃球滴溜溜轉個不停，一旦立定眸子中央頃刻出現針尖大小的亮點，仔細看發現那是兩只活靈活現微縮的日光燈管。這兩只燈管經常自上而下地向我逼近，直至眼前消失，與此同時我的臉蛋有時是嘴唇就會感到濕潤的一觸。這兩只燈管的倏忽出沒使我十分困惑，每次都要抬頭去找它們的蹤影。我會看到天花板上眞有一只一模一樣的燈管，只是巨大而且光芒四射，稍一注視便照花了眼睛。很長時間我才明白那兩只針尖大小的燈管是這只大燈管在她眼睛裡的一分爲二。

陽光明媚的早晨，這雙眼睛就會變得毛茸茸的，半遮半掩。直射的晨光會把裡面照得一片透明，黑眼珠變成琥珀色，眼白則變得蔚藍，兩種顏色互相融合，再也看不清那裡面的想法。

這雙眼睛是這張臉上最清晰的部分，其餘眉毛、鼻子、嘴都像用最硬的5H鉛筆在白紙上飛快畫出的淡淡線條，一定要在深色的背景下才能托出來。光線稍一強，肌膚就被打透了，連頭髮也彷彿褪了色。

保育院對生活不能自理的幼兒採取的是比較文明的戰俘營的辦法：自我管理。換句話說：大的管小的。書裡記載那是連綿不斷的戰爭結束後的十年間，人們還沒從心理上擺脫人口銳減的陰影。國家鼓勵生育。每個家庭都有很多孩子，少的兩三個，多至一打，只生一個的被認爲有病。我們這批孩子都有哥哥姐姐，也在這間保育院裡。他們人小志大，分擔了父母任性的後果。

每天早晚，這些孩子就從保育院其他班出來，匯聚到我們小班，各司其責，幫助自己的弟弟妹妹完成一天當中最艱巨的任務：穿衣服和脫衣服。不知道他們最初進保育院是怎麼過的這一關。也許他們也有哥哥姐姐，這是一項偉大傳統；也許頭胎孩子就是聰明，父母也更在意。據說偉人裡老大比較多。

據說我是個大頭孩子。大到什麼程度呢？有照片爲證，頭和身子的比例：腿三分之一；身體三分之一；頭三分之一。腦袋大不見得腦容量大，醫生說這是缺鈣造成的方顱症。證據是腦袋頂上用手摸能摸到兩個尖兒，所謂頭上長角。書裡說那幾年有全國性災荒，餓死一些人。官方也有記錄，上頭都不吃肉了。我趕上了，也就別說什麼了。腦袋大點就大點吧。還有一個腦袋大的原因是睡眠習慣。一年到頭仰面朝上望著天睡，呼吸很通暢後腦勺壓扁了，該往前後長的都平攤到臉上。這大腦袋給我帶來很多不便。本來想著省去一些繫扣子的麻煩，我爹媽給我備的行頭都是套頭裝，毛衣、內衣，穿脫都要經過頭顱。經常卡在耳朵上。尤其是脫，十有八九要被下巴勾住，頸椎都拉長了毛衣還在頭上，搞得我蒙在鼓裡伸手不見五指不知什麼時候才能重見光明。

每天前來罰我的是二樓中班的一個馬馬虎虎的胖男孩。由於我父母是一口氣生的我們哥兒倆，這胖孩子也就比我大一歲，閱歷不多，智力體力發展也不平衡，遇到這種情況百思不得其解，想到的對策就是請我吃耳光。先打哭了我自己再退到一旁搓著手乾著急。每到這時，就會有一個人跳上我的床，雙腿夾住我，拎起毛衣袖子憑空那麼一拔，我便兩耳生風眼淚汪汪地大白於天下。

這救星就是陳南燕。她弄完自己妹妹就來幫著我哥弄我。同樣一份工作，態度很不一樣。我哥都快煩死了，有時煩得自己直哭。她卻饒有興趣，一邊玩一邊什麼事都幹了。她比較愛幹的還有捏別人臉蛋。看見躺在床上的胖孩子，伸手過去就掐住人家兩邊臉蛋往下扯，好好一個人給她扯成大阿福，自己笑個不停，從中得到很大樂趣。我們班營養好的男孩都叫她掐遍了。阿姨看見她幹這種事就會罵她，說一班孩子都讓她掐得流口水不止。

我倒不覺得她這種舉動失禮。我的臉喜歡這些柔軟的手指。她一用勁就能感到肉下骨節的硬度。這手指接觸我的皮膚時使用了一種委婉的語言，譯成書面文字就是：溫存。

假若沒有家裡相簿中的那些照片，我不會相信我的童年是在母親身邊度過的。我的記憶中沒有她。使勁想，她的身影也不眞實，黑白的，一語不出，恍若隔世之人。她是個醫生，很忙，一星期要值好幾次夜班的那種住院醫。從記事起我們就不住在一齊。很多年我不知她的下落，後來才發現她只在夜間出現，天一亮又消失了。她不是我生活中重要的人。我甚至從不知道她的名字。直到上學後，經常要填各種履歷表，每次問，才慢慢記住。記住了名字，也覺得這是個陌生人。至於「媽媽」一詞，知道是生自己的人，但感受上覺得是個人人都有的遠房親戚。「母親」一詞就更不知所指了。看了太多回憶母親的文章，以爲凡是母親都是死了很多年的老保姆。至今，我聽到有人高唱歌頌母親的小調都會上半身一陣陣起雞皮疙瘩。生拉硬拽拍馬屁的還好一點，誰也不會太當眞。特別受不了的是唱的人聲情並茂自以爲很投入恨不得當著大夥哭出來那種。查其行狀總覺得跡近叫賣。因爲我們身心枯竭，所以迷信自娛，拿血緣關係說事兒。人際關係中眞的有天然存在，任什麼也改變不了的情感嗎？

從照片上看，母親是個時髦、漂亮、笑起來門牙閃閃發亮的年輕女人。凡跟我的合影也一副很有愛心的樣子，總在搶著抱我。說「搶」是因爲沒一次我是樂意的。每張照片上我都在掙扎，扭著身子不和她貼在一齊，還用手推她，次次擁抱都沒完成，在充沛的動感中按下快門，好幾張都虛掉了。這和我一個來自童年，縈繞已久的不快印象倒是吻合：我不懂爲什麼每次照相總有一個不知打哪兒冒出來的女人纏著我非要跟我合影，還動手動腳的，怎麼拒絕都不行。我不習慣成年女人熱呼呼的身體和散發出的香氣。我認識的成年女人都是至少站在三步開外的阿姨，離她們近了，我會感到很不安全。

父親是個軍人，就在這所大院內服役。我常能意外地遇到他，所以他這個人還比較眞實。我曾經以爲他是我唯一的親人，但照片上的他和我記憶中的他仍然有很大年齡差距。照片上的他很結實，記憶中的他已經發胖，這說明這之間有一些年我們不常見面。我不了解他的工作性質，只知道他常出差，曬得很黑。院裡很多軍人平日一副悠閑的樣子，我曾幻想就他一人到處打打殺殺。在這個問題上他也不說實話，只是自己去忙。那個年代所有大人都顯得很忙，不知道他們都在忙些什麼，既沒有給我們積累出物質財富也沒留下多少文化遺產。

我們保育院是座美觀的兩層樓房。院裡小孩都叫它「飛機樓」。據說從空中鳥瞰整幢樓像一架飛機的形狀。我家離保育院很近，隔著兩排平房，從我家的四層陽台上看過去可以說一覽無餘。我看了它多年不得要領，不知翅膀在哪兒。也許是這樓塗著白色水砂石的外牆和大面積使用的玻璃使它看上去十分輕巧，很像飛機那種一使勁就能飛起來的東西。

保育院的房間高大，門窗緊閉也能感到空氣在自由流通，蒼蠅飛起來就像滑翔。寢室活動室向陽的一面整體都是落地窗。一年四季，白天黑夜不拉窗簾。人在裡面吃飯、睡覺、談笑、走動如同置身舞台。視野相當開放，內心卻緊張，明白意識隨時受到外來目光的觀看，一舉一動都含了演戲成分，生活場面不知不覺沾染了戲劇性，成就感挫折感分外強烈，很多事情都像是特意爲不在場的第三者發生的。

保育院的孩子每天都住在那兒，兩個星期接一次，有時兩星期也不接。孩子們剛進去時哭，慢慢也就不哭了，好像自己一出生就在那個環境。長期見不著父母的，見到父母倒會哭，不跟他們走。有些孩子甚至以爲自己是烈士子弟，要麼就胡說自己爸爸是毛主席、周總理什麼的，淨揀官大的說。保育院有一千條理由讓一個孩子哭，但沒一條是想爸爸媽媽。

與保育院相比我更喜歡幼兒園這個詞。保育院——聽上去有點像關壞孩子、病孩子和無家可歸的野孩子的地方。有一則關於列寧的小故事：十月革命後，莫斯科有很多流浪兒，其中兩個給列寧碰到了，偉大領袖很關愛他們，一聲令下把他們送進了保育院。

我很習慣在公共場合生活，每件事都和很多人一齊幹，在集體中吃喝拉撒睡是我熟悉的唯一生活方式。一天的多數時間裡我都是和大家一齊躺在床上，睡了又睡。有時幾覺醒來，還是白天，太陽仍在窗外。寢室裡所有人在沈睡，阿姨也在自己床上睡著了。我就瞪著天花板試圖尋找一個可以停留視線的地方。巨大的天花板除了垂下幾盞燈別無裝飾，素白的平面向四周極大延伸，連同素白的牆體也成了它的組成部分，一眼存不住，目光會像子彈一樣拋落到地。這時它就會輕輕拱起，像有生命一樣彎曲了那個平面，呈現出穹形。那上面常有人走動傳來輕微腳步聲和挪動椅子的磨擦聲。我不能分辨聲音出自二樓其他孩子，以爲是天花板的竊竊私語。久而久之，天花板在我眼中出現一些表情，像是一個僞裝成石頭的怪獸活了過來。這使我頓時感到渺小。我怕那樣一個沈重的意志高懸在我的頭頂。無遮無攔的空間使我格外體會出它的分量。我想它待在那麼高的位置，只有一個目的：有朝一日坍塌下來。

它一般是在夜裡悄悄下來。夜晚的到來首先是從一些黑色的暗影在天花板上聚集起來開始的。我童年一直以爲：夜晚不是光線的消失，而是大量有質量的黑顏色的入侵，如同墨汁灌進瓶子。這些黑顏色有穿牆本領，尤其能夠輕易穿透薄薄的玻璃。當它們成群結隊，越進越多，白天就失守了。滿屋陽光被打碎了，隨著室外的光線一齊逃得很遠很遠，但還能看到它們。它們都在天上，最大的一塊殘片有時鏡子大小，有時只剩下一牙西瓜那麼丁點兒。

從我睡的床上可以看到燦爛星河和皎潔月亮。這些發光的星球使黑夜顯得不平靜。像在用力暗示我夜晚並不意味著一切都安息了，有一些東西反倒更活躍了。趁著夜色這些形狀不明的東西正悄悄接近我，攀著天花板一步步下降。結滿黑物質的天花板不堪重負，像失事的輪船沈向海底，我都能聽到它擠壓牆壁，划過玻璃的咔嚓聲響。這一過程不可抗拒，也從不自動中止，它會一直落到我的鼻尖處，逼我舉手去撐它。它是不會讓我碰到它的。這時它會顯示出一定彈性。要是我沒表示，它就繼續欺負我，只給我留出平躺身體的一線縫隙。

完整平均的黑暗使我癱軟，連翻身的力氣也沒有。明知同室還睡著那麼多人也不能給我絲毫安慰，四周此伏彼起的鼾聲、磨牙聲、夢話聲更突出了我的孤立。本該大家一齊害怕的東西全要我一個人面對，充滿全室的壓力也像漏斗一樣向我匯聚流來。集體入睡後一個人醒著的感覺眞可怕。我想逃離這個現實，回到我來的那個安全的地方。我想像自己一睡過去就從這個世界消失，只要能不再見眼前的景象，什麼都願意。

那好像是一列火車，穿過紛亂的念頭，總是在傍晚的時候到達。周圍的景色十分昏暗，視線像捆住翅膀的鴿子飛不出幾步就掉了下來，什麼也看不清。使勁睜眼睜得眼眶都疼了。走出不遠能看到一個城市，有街道和一些低矮的建築。看到保育院的兩層樓才恍然大悟：原來保育院是在這條街上。保育院和白天所見大相逕庭，像大火之後的廢墟。又像初次走入的廢棄莊園，多出許多交叉小徑和隱密角落。阿姨和熟悉的小朋友都在，只是神色大異，鬼鬼祟祟，各行其事，對我也愛搭不理，視而不見。他們說的話我一句聽不懂，好像他們全都會外語，只是平時不說。我逛了一會兒，尿意盎然，沿著老路穿過活動室，拉開廁所門。白天常用的廁所不翼而飛，整個不見了。外面是一大片闊地，種著大白菜。我家的紅磚樓方方正正立在白菜地的另一端。白菜地有條小路通向那兒。我想我走錯了方向，拉開了一扇平時沒人走的門。我又在活動室裡找，再沒有別的門了。這使我很鬱悶，懷疑自己的記性。肚子憋得更難受了，我想找一個僻靜處。藏到樹下，阿姨在樹下說話；躲到花叢中，那裡已經有了幾個孩子蹲著。顧不了那麼多了，急急回到寢室，想乾脆趁黑尿在屋裡。沒想到大家都起床了，坐在床上穿衣服，走到哪裡都有人扭頭看我。我在一處牆角還特意站了半天，尋找空檔，想趁人不注意不動聲色行了方便，都沒人看我了，惟獨陳北燕還盯著我。眼睛一閃一閃，似乎猜出我的企圖。我鑽進床下，跪在地上，頭頂床屜，用一種極其難拿的姿勢掏出小雞雞。心想這次成功了，正要痛快，陳北燕頭朝下，從她那側床探出臉，抓鬏耷拉到地，一聲不響看著我。再次奔走，尿都滴到褲衩上。終於我在二樓樓梯拐角處發現了一個小廁所。我還生氣，廁所搬到這兒，也不告訴人家一聲。反覆偵察一遍，確是廁所無疑，才解除警惕，站到尿池邊，一邊掏一邊欣慰地批評自己：平時馬虎，居然沒發現這兒有個廁所。這次要記住了，下次就不用這麼著急了。想著想著就尿了出來。

尿一出口兒，就回到自己被窩。心知壞事，人被快感支配，也無意挽回。靜靜享受片刻，咧嘴哭起來。

我在保育院多年享有「尿床大王」的名聲。這稱號人人皆知，搞得我很沒面子，始終樹立不起威信。每天晚上例牌是床上一泡尿，有時性起還要多尿幾次。渾身濕透，衣服、褥子都拿走，赤身睡在鋼絲網上。早晨起來，屁股、背後、半張臉都印上小方格，像是早市剛割的肉，被誰裝進網兜拎了一路。有次我把枕頭都尿了，也不知是怎麼幹的，可見水平之高。更令我悲憤的是，這些成果還要展覽。尿濕的被褥白天都要晾在外面院子的鐵絲上，在太陽底下一字排開。孩子們管這叫「畫地圖」。那些暗黃的尿漬印在白布面上也確實像極古代航海家憑印象繪製的錯誤百出的地圖。每日清晨，就有一些無聊的人，起床第一件事是跑出去參觀，然後趕回來宣布名單，形容新圖案。被褥上都繡著作者的名字，想賴也賴不掉。我夜裡睡不好，早晨總比別人遲醒片刻，經常還沒睜眼耳邊便聽到自己的大名在滿室傳誦。等我糊里糊塗坐起來，看到的是小朋友們一張張祝賀的笑臉。別人是三天打魚兩天曬網，有收工的時候。我是夜夜出海，天天上榜，沒一次落空兒的。好在我臉皮也厚了，只當在逆境中鍛鍊自己，聽到一些諷刺不吃心，講出妙語，我也跟著大家一齊笑。

爲了至少一次不當繪圖員，我白天幾乎不喝水，吃飯時的菜湯倘不是雞湯也一口不沾。就這麼剋扣自己，還是比別人多尿。也不知道那些水分從何而來。尿量之多，之清澈，換駱駝也脫水了。眞讓我猜到自己是一塊冰製造的，曬太陽就淌水。爲此我還有段時間遷怒於自己的生殖器。我不了解內分泌，以爲尿這些事都是小雞雞一個人幹的。假如它不是那麼猥瑣，內存大些，或者乾脆像女孩子一樣沒這東西，何至於此？

大概是要培養小孩定時排便的良好習慣，保育院的廁所像藏有珍品的博物館定點兒開放，倘屎尿不能如約而至，對不起只能自己保管在直腸或褲襠裡。尿褲子於我是家常便飯，並不以爲恥。況且同好甚多。有時兩個好朋友想單獨聚聚，就同時尿褲子，一齊到寢室聊天邊等著褲子乾。比較令我痛心的是有兩次忍無可忍把大便活活拉在棉褲裡。儘管是開襠褲，也弄得臭不可聞，一塌糊塗。一個多少有點自尊心的人，幹出這等事，你早渾身上下洗乾淨了，好幾天過去了，誰見你第一個的反應還是捂鼻子，心裡實在不是滋味。

每到這時候，我就在心裡縮成一個零，對自己說：變。希望地上裂開一道縫；周圍的人被風刮走；當一棵樹、一塊磚頭也比當人強。

我對自己是這個被人叫做方槍槍的男孩十分不滿，對他總是不能自我控制當眾出醜極其不耐煩。這就像帶著一個傻子出門，他不懂事惹了麻煩，別人罵你。

爲什麼我不能是別人？我看到周圍很多人不錯，於是羨慕，從羨慕到神往：要是我一生下來就六歲就好了；要是我當阿姨就好了；要是我不當方槍槍就好了。我每天都挑一個出色的人想當。越是現了眼捅了漏子，打了碗尿了床摔了跤，越是想像力發達。常常爛攤子還沒收拾，人尚在險中就站在或趴在那兒痴痴想起來。無知的人不知道我在思考，說我低智商，還張羅著帶我去檢查。那大夫也是庸醫，給我開了很多魚肝油。

每天上下午各有一個小時孩子們會被阿姨帶到保育院樓前的院子裡散步。小朋友們男一行，女一行，互相拉著手，沿著圍牆沒頭沒腦地兜圈兒走圓。犯罪分子也許會把這種活動稱為「放風」。保育院都在統一時間「放風」。各班的隊伍一隊接一隊首尾相連，遠遠看去就像保育院出了事，全體人員在遊行。遇到拐彎折返，所有小朋友都會扭頭去找自家親人。我也跟著去找常見的那個叫方超的胖男孩，看見了，心裡就溫暖一點，像是看見了一齊被捕的上級。我哥人很矜持，在班裡很注意維護群衆關係，一隊人裡就見他東拉西扯，跟前後左右誰都聊得挺歡。看見我只是一個眼神，神祕一笑。我不懂他這眼神一笑的含義，以後一路就瞎琢磨。走上五六里路，各班就地解散，阿姨們湊到一齊聊天，孩子們一律愛誰誰。大孩子們往往會來找小孩子認祖歸宗。我哥也會帶一幫同學趾高氣揚來到我身邊，指著我給大家看：這是我弟。我想他這是認了我了，於是他跑到哪裡也自動跟在後面，好像一夥兒的。這方超是個小頭目，手下一群男兵女兵，組織一場小規模槍戰敵我雙方都有司令軍長。仗一打起來他也顧不上我。除非他那方戰敗，全當了俘虜，被對方押著走，我才有機會參加，跟在隊尾瘟頭瘟腦地走，不時受些押解者的打罵。就這，我也滿足，以乎離什麼更近了。

有時我在俘虜隊裡走著，注意力和視線會突然被陳南燕抓過去。她不是方超這一夥的。她們有四五個妞兒，清一色長得乾淨，又瘦又高的。她們很安靜地在一邊玩，手裡有娃娃和聽診器。她們的妹妹也和她們一齊玩，很受優待，處處被讓在前頭。她們用很多時間小聲商量事，非常認眞，像大人在討論問題。然後看到她們有條不紊地換了一種新玩法。

那幾個女孩都好看，我還是更喜歡看陳南燕。看不膩。像光潔花紋精緻的瓷盤子，透明閃動光芒的水晶杯，剛噴過水透著新鮮的瓜果籃，怎麼看怎麼喜悅，看得越久越舒服。我從沒把她和她身邊的女孩子做過比較，壓根沒這麼想過，似乎沒把她劃在人裡，光當作養目的風景、美麗的器皿那類的眼中物。

我想像我是陳南燕的弟弟——妹妹也可以。每天由她而不是由方槍槍那個胖哥哥來幫我脫衣服，拍我入睡。星期六我們手拉手一齊回家，星期一再手拉手一齊回來。我哭了，尿褲子了，她就急急忙忙跑來哄我，給我換褲子，一不怕髒二不怕騷。做早操、散步時，不管何時，只要她看見我，我們倆的視線一相遇，她就會朝我一笑。這一笑只對我才這樣，是屬於我們倆之間的，就像暗號、祕密。也只有我們倆才會意。具體內容以後再想。有了這一笑，我覺得我在保育院的日子也就不那麼難挨了。我不是特別排斥陳北燕。她也挺可憐的，說是自己會穿衣服了，經常把兩條腿穿到一條褲腿裡，下床就摔跤。鞋帶五分鐘準散一次。就會哭。說話聲音小得像蚊子。吃飯比誰都慢，還愛掉飯粒。她要特別想加入到我們家來，就必須當我二姐，也能多少照顧我一點。不許尿褲子！不許愛哭！睡覺時必須和我說話。手絹必須借我擦鼻涕。那樣我就許她星期六和我們一齊手拉手回家，星期一手拉手回來，我就許陳南燕朝她也那麼笑。我考慮很久允不允許方超加入我們這個三人組，最後決定不批准。

我想像我就是陳南燕。我對方槍槍特別好，因爲他非常不錯，又會自己穿衣服，又不愛尿床，身上總散發著新鮮香甜的奶味。我喜歡抱他，親他乾淨瓷繃的臉蛋，方槍槍不樂意，很傲，我還非上趕著往前湊。我們把保育院變成家，阿姨都是保姆。方超領著他的軍團擠在門口哭著想進來……

這時我一臉撞在樹上。俘虜隊拐彎了我光顧看陳南燕沒拐。我哥他們站在一邊笑彎了腰。我臉貼在粗礪的樹幹上一動不動，眼淚使樹皮的顏色變深，我用手去摳那塊濕了的硬木。

那天夜裡，小朋友和阿姨入睡後，我輕輕下了床，光腳跑進廁所，打開燈，踮腳去照洗手池上方的鏡子。我想看到自己的形象。我在鏡子前照了很長時間，看到的只是愚昧的方槍槍。他的眼睛太黑，無論我怎樣使勁湊近去看，睫毛折彎，臉蛋冰凉，那裡面仍是一片漆黑。鏡面反映出周遭的現實卻毫無穿透眼前區區黑幕的力量。

第二章

李阿姨的個頭在男人裡也算高的。假如女子排球運動早幾十年興起，她也許憑這身高就能爲國爭了光。她有一對兒蒙古人種罕見的大雙眼皮，可那美目中少見笑容更不存一脈溫柔。她是軍官的妻子，小時沒裹腳，總穿兩隻她丈夫的男式軍用皮鞋。這釘著鐵掌走起路像馬蹄子鏗鏘作響的沈重皮鞋，再配上一身外科大夫的白大褂和幾乎能畫出箭頭的銳利目光，使她活像個具有無上權威的生物學家。

保育院的孩子中最近流傳「鬧鬼」的謠言。大孩子小孩子人人談鬼色變，繪影繪形。起因是二樓中班一個平日從不尿床的女孩子突然夜夜尿床。這本是平常事，很多孩子都會在成長過程出現反覆，本已掌握的生活本領突然又一竅不通。可這叫陳南燕的女孩子堅持說每天晚上這泡尿不是她尿的，總有一個鬼夜裡上她的床，挨著她睡，尿完尿就走了。開始阿姨們以爲這是女孩子害羞，可中班很多孩子附會她的說法，言之鑿鑿親眼見過那個鬼經過自己床邊，嚴刑拷問也不改口。據孩子們衆口一詞反映，這鬼個不高，頭很大，走路輕快。老院長召集各班阿姨開會，請她們夜裡睡覺睜著一隻眼，留意一下自己班有無夢遊的孩子。李阿姨在會上提出把這件事當「流氓事件」警惕，她注意到很多孩子已經對異性的撒尿方式產生濃厚興趣「有男孩也有女孩」。這一完全出自責任心的提議，遭到老院長輕慢否決。尤令李阿姨憤怒的是，其他阿姨看她的神氣似乎她很色情。

李阿姨背對陽光站在窗前，一眼東一眼西便將整個房間的活動人群盡收眼底。活潑充沛的光線打亮了每一處角落，人人沐浴在光明中，只在她那裡豁牙般留出一條黑影。她的臉和頭髮像烏黑的皮革不吃光，更襯出牙和睫膜的雪白。明知道那是中國的李阿姨，但每次看總以爲是剛果來的外賓。

李阿姨對方槍槍的目光總是和她相遇十分不快。這孩子在打量她。儘管她有科學家的外表和高級特工的素質，可她實際工作最多只能算馬戲團的馴獸師。不知眞正的馴獸師能否對團裡的動物一視同仁，反正她是個愛憎分明的人，也不打算改，無法不把個人好惡用於孩子。方槍槍是她不喜歡的一個。別的孩子都逐步學會了穿衣服和定時排便，這孩子仍游手好閑隨地大小便一身味兒像個騷烘烘的小猩猩。一個班有這麼一位，你就別想睡個踏實覺。李阿姨不認爲這孩子先天笨，吃飯他就能一個飯粒不掉，把自己的碗舔得乾乾淨淨。看這小壞蛋的眼神，你會發現那裡不全是懵懂無知，那裡有思想活動，有非常淸晰的念頭一閃而過。李阿姨生平最恨的就是有人成心跟她作對。雖然常識阻止她那麼想，她仍忍不住去懷疑：小鬧的是故意使壞，早就能獨立生活偏不那麼做。

李阿姨的目光足以擊落一隻正飛得起勁的蒼蠅。方槍槍把積木一塊塊摞成歪塔，看著塔倒下，欣慰地笑起來。他的興趣是裝的，李阿姨心裡一聲冷笑，這孩子一點不像他看上去那麼簡單。

三歲前的方槍槍像個牽線木偶任人擺布，對人對己全無心肝，用人朝前，不用人朝後，給一巴掌就哭，給塊糖就喊大爺，情感稍縱即逝，記吃不記打，忙忙碌碌，蹉跎歲月。他是個好孩子。安靜地在保育院成長像菜種在土壤裡默默發育。直到有一個冬天午覺醒來，他發現體內還有個孩子和他一齊睜開眼。那一刻是順順當當到來的，沒有一點唐突和陌生感，像早聞其名的表兄弟相見。再想一想，發現那孩子早就存在，很多日子都是兩個人一齊度過的。似乎還有一個更久遠的年代，那時他住在家裡，房間很小，總是沒人。窗戶上飛舞著無數綠樹枝。牛奶開了，雪白的泡沫從小鍋的鍋蓋噗噗冒出，被火苗燎得焦黃。那孩子看見了這些。還有個中午，那孩子獨自待在一大片白菜地裡，被陽光曬得昏昏欲睡，不知自己是誰，身在何處。另一個中午，那孩子隔著一扇紗窗門看到陽台上一群沒有母雞看護的黃茸茸小雞在唧唧我我地啄食。通過那孩子的來歷，方槍槍朦朧記起自己的史前時期。還有一些重要的事情他忘記了。更多曖昧、有情節的場面他無法分辨意義，只留下支離破碎的印象。也許那孩子替他記住了。那孩子在很多方面比他脆弱，易動感情，一點委屈受不得。這使方槍槍有些為他擔心，不禁喃喃自語：這兒可沒人慣你，太嬌氣了怎麼能在保育院過得好。

那個冬天的下午，方槍槍跨下活動室門外的台階，那孩子也跟他來到院子裡。從暖和的室內一步進入寒風中，他們都感到生殖器一陣緊縮。方槍槍那班的孩子無論男女都是開襠褲打扮，這是有「尿不濕」前我國兒童的傳統服飾，公認這是一種可愛的衣著。半裸的孩子們在蒼白的冬日陽光下亂哄哄站好隊，一對對認準伴兒拉起手。當他們一開步走，冷風立刻像隻老流氓的涼手伸進開放的褲襠，貼著腿一寸寸往下摸，一直猥褻到襪子那兒。走到那排樹林前，一個女孩凍尿了褲子。方槍槍也很緊張，盡其所能夾著兩股，估計自己還能堅持三圈兒。這時陳北燕指著高處嚷：方槍他爸。

全班孩子紛紛抬頭，四面八方找，接著一迭聲喊：看見了。還他哥。

方槍槍也抬起頭，只見自家那幢四層紅磚樓赫然矗立在一槍射程內，頂層一間陽台上有一大一小兩個人在憑欄遠眺。從他現在所站的位置到那高處恰似體育館台下到三十幾排座位，人有手指般大，眉眼模糊但體態身段活生生。方槍槍先認出自家陽台那幾盆花兒，接著認出只露一個腦袋的方超，旁邊那個挺出半截兒身子的軍人與其是認不如說猜出是自己爸爸。這兩個人有說有笑，指點江山，看上去好不高興。陽光在那上面也顯得濃烈，照得紅磚牆、紅油漆門窗和陽台欄杆處處顏色飽和，人臉也像畫了油彩。

第二圈回來，兩個人還在陽台上。他們一點沒有發現方槍槍就在眼皮底下隨隊行進，視線高高越過一排排屋頂、一行行樹冠投向圍牆另一邊的海軍大院。有一次方爸爸舉起手，方槍槍以爲他就要向自己招手了，可那手臂一下伸直，指向遠方。

半個班的小朋友一路的話題就是問方槍槍：你爸怎麼沒接你回家？怎麼光接你哥？尤其是幾個女孩子簡直是包圍住方槍槍，歪著頭，倒著走，七嘴八舌鳥一樣叫個不停，得不到回答誓不罷休。

方槍槍繃了半天，還給自己做思想工作：我懂事，我好孩子不哭。今天小禮拜規定不能接孩子的。我哥在家是因爲他出麻疹了。我出麻疹也能在家。他們其實看見我了，怕老師說才裝沒看見。家有什麼好呀，誰沒家呀。保育院有果醬包家有嗎？

又走了幾步，我還是哭了。

女孩們立刻爭相報告：方槍他哭了。

李阿姨回頭看了一眼，一看就還沒從自己的夢裡醒呢。

她低頭繼續走路，孩子們也跟著繼續茫然前行。

我邊走邊哭，兩隻手都被熱心的女孩子緊緊攥著，拉扯著，一臉鼻涕眼淚沒手擦，結了嘎巴，整隻臉蛋緊繃繃的。方槍槍他知道我十分生氣。他管不了自己的情緒，很怕我一時衝動幹出什麼，用很大毅力拖著雙腿跟著隊伍。我可憐這孩子這麼小還要自我約束，要不是怕他受罰，我定會拔腿往家跑。

天色暗下來，保育院每個房間都開了燈，像一艘停在岸邊的巨型客輪。散步回來的孩子擠在幾個水池子前洗手，然後舉著一雙雙濕淋淋的小手讓李阿姨檢查像一隊投降的小人國士兵經過打敗他們的巨無霸。他們在小桌拼湊的長餐桌兩邊就座，等著自己的晚餐。李阿姨再三呵斥、禁止，他們仍把鋼勺兒搪瓷碗敲得叮噹作響。有些缺乏自制力的孩子下巴掛著閃亮的口水連胸前的圍嘴也濕了一大片。

方槍槍在雪亮的燈光下吃完了他的晚飯。那是摻有碎蘋果丁、胡蘿蔔丁和很少一點雞蛋的炒米飯，周末特餐。他很重視吃飯，再不愉快的時候吃的東西一端上來立刻全身心投入，渾然忘我。這是他那代孩子的優長。

睡前全體解手，方槍槍沒尿。李阿姨還是命令他在小便池台兒上站了半天，眼看著滴下幾滴才作罷。

進了寢室，最後一項睡前準備是洗屁股。李阿姨先端來一盆涼水泡著一塊毛巾，然後把一暖瓶開水倒進去，不時用手攪和試著水溫。她覺得合適了，搓幾把毛巾，接著招呼坐在各人床上的孩子逐一過去受洗。那只盆灌了很多開水熱氣裊裊，李阿姨大蹲在盆後像個賣金魚的。一個個提著褲子的孩子男女老少走到盆前，大叉腿一蹲，把屁股撅給她，由她從後面連湯帶水囫

圖一擦。人多水少，經常洗到一半水就涼了也少了若許，李阿姨就往裡添開水。這情形怎麼說也有些淫穢。尚不知人間有羞恥二字的孩子，雖說日夜混居，共用廁所，兩性之間互無保留，但在衆目睽睽之下步向洗屁股盆時仍一個個面有羞色。說是去講衛生，感覺上是去給人糟蹋。我想方槍槍每在李阿姨面前，總有莫名恐懼，自慚形穢，怕是與這每晚的洗臀儀式有關。那差不多和哺乳動物表示臣服的雌伏姿勢一模一樣。

方槍槍洗時正趕上新添了熱水，李阿姨也沒測溫度，肛門被燙了一下，回到床上蒙在被窩裡哭了一會兒，再探出腦袋寢室燈已經全熄了。月光把室內照得如同罩下一頂大蚊帳。冬天的星空像冰塊一樣明朗，躺在床上形同露營。孩子們都被這月光和星空撩撥得難以入睡，滿室鋼絲床的吱呀聲、伸展關節的噼啪聲和孩子嘴巴發出的唉乃聲。有孩子甚至爬起來看月亮，黑暗裡傳來李阿姨的低沈斷喝。雖看不見她人，但這聲音仍挾帶著她全部權力和威風。方槍槍伸出一個指頭捅陳北燕臉，陳北燕閉眼用僅有的小牙咬住方槍槍的指頭，方槍槍疼得一縮，陳北燕張口咬，他就躲，逗得陳北燕口水流在枕頭上。兩個孩子玩了一會兒，陳北燕睡著了，方槍槍怎麼捅也沒反應。方槍槍打了一個哈欠，翻身合掌墊著臉蛋靜靜地看月亮。他還不想睡，想出去玩。他一個哈欠接一個哈欠打，極力睜著眼睛。他看見自己從床上下來，鞋也不穿就往外走。他覺得自己眞膽大，也不怕李阿姨罵。他經過一個個熟睡的小朋友床邊，看見巨蟒般躺在自己床上的李阿姨眼睛還閃著光。他在李阿姨床前蹲了一會兒，確信她睡著了，才又站起身走。邊走邊想：明天一定告訴其他小朋友，李阿姨睡覺睜著眼。

方槍槍拉開活動室通往院子的門，來到外面。一點都不冷。他想，冬天只要有月亮不穿衣服也凍不著。他以爲自己發現了一條眞理。院子裡如同銀磚砌地，樹梢樓頂也像金屬製品反射著光輝。整個院子照得很亮，像燈光溜冰場。方槍槍試著滑了一下。果然光滑。看來光是滑的，照在地上人就可以踩上去像踩西瓜皮一步三尺地出溜。方槍槍一步溜出很遠，出了光區。他看見自家的樓黑呼呼的一扇窗戶也不亮，一樓人都睡了。他轉身想滑回去，又看見那片白菜地，一棵棵栽在地裡的大白菜在隆冬仍只只飽滿邊式，濃重的夜色也遮不住抹不黑翠青滋潤的幫葉。爲什麼在白天老忘了找這片白菜地呢？方槍槍念頭一閃而過。

何時院子裡成了河？那水波光縠影，淺淺覆蓋在地表一層，踏進去就像浮塵一樣散開，停住不動又流到一齊沒到腳脖子，涼爽的感覺眞像是水。方槍槍一步一個腳印踩著水走。應該回屋多叫幾個小朋友出來玩。我這麼違反紀律一個人夜裡在外面玩是不是太自由散漫了？他想測測自己一步能邁多遠，跨出有史以來最大一步，停在弓步中，低頭看腳下。這時，他看到自己的影子——被兩腳扯開橫在地當間大出眞人幾倍的黢黢黑影。

我在寢室裡懷著錐心的驚悸醒來。天花板已降到危險的高度，與周圍的黑顏色融和成無邊的黑暗。這黑暗無比巨大，卻仍在膨脹，飛快地擴充，加重質量。它已沈甸甸壓在我身上。我身體四肢無不感到這重量的密實和彈力。它滲透進我的皮膚、骨肉、血管，使我皮膚粥化，骨鬆肉酥，血液乾涸。我想這就是老母雞在鍋裡被文火一點點燉的滋味了。我完全軟化了，像一攤被踐踏的泥行將稀爛。我命令自己起來，卻像植物人只有激烈的腦活動四肢麻痺哪怕一個腳趾頭也動彈不得。我用念頭逐個按摩、刺激身體的每處末端，想在絕望中尋找到一寸屬於自己的皮膚。幾次在想像中動了，都成泡影。有兩次人都站了起來，只是在走動時感到身負重物，倏爾之間人還在床上一動不動。我感到呼吸也困難了，空氣變得稀薄，這時也不怕死了，只求盡快失去知覺。就在這再也挺不過去的時刻，馬上就要被捺死在床上，再次猛醒。人一骨碌爬起來，幾乎是手舞足蹈地跳下床便跑，邊跑邊對再獲新生無比欣慰深感僥倖。

黑魔並沒有消退。它只是像黑熊一樣抬了抬屁股。現在就跟在我身後追趕。它有氣體和固體兩種形態，在運動中是氣體形態，靜止時就像細菌一樣繁殖。我只有不停地跑，才是安全的，能夠把這龐然大物扯開一道口子。我赤腳在寢室的每張床上潛行，盡量不被它發現。我想活動室它們的數量會少點，就彎腰往那兒飛跑。我在活動室一張張豎起來的小桌子後面東躲西藏，像躲避群衆捉拿的小偷。每當我以爲安全了，想歇下來喘口氣，它就像烏雲在我眼前迅速聚集起來。我怕得哭了，再也沒勁跑了，走著嘟叨：你幹嘛呀，你老跟著我幹嘛呀。想同它講和。它永遠不聲不響，一步不拉跟著我。我邊走邊回頭，想看清它的模樣，到底是誰。可它的臉太大了，走一路也看不全。我不敢叫阿姨。它太巨大了，一口能吞下百十號李阿姨那麼大的人。

我不想連累她。全保育院只有一個人能和它抗衡，那張床是安全的。

我沿樓梯一級級上了二樓，推開中班的門，逕直走到陳南燕的床邊，熟練地爬上她的床，掀開被子鑽進去。一碰到那具溫潤的身體，聞到熟悉的被窩味兒，我就感到放心，有了仰仗，就那麼傍著她一頭睡了。

很多年後方槍槍都相信那天夜裡李阿姨的眼睛像狼一樣放出綠光。這兩隻綠熒熒的亮點兒他上二樓時在樓梯拐角就看見了，只是讓他更害怕，怎麼也想不到那是李阿姨。他的頭也就剛沾枕頭，人正要迷糊，就像動畫貓湯姆被一雙大手攥在半空中，面對著老李一對兒炯炯巨眼。這一刻是如此突兀，迅雷不及掩耳，方槍槍還以爲是立刻又作的一個噩夢。從跟蹤、隱蔽、伺機到撲上去、掀被子、抓人，這一連串動作都做得老練、乾淨、一氣呵成。絲毫沒驚動周圍睡覺的群衆，連陳南燕也沒察覺。也只有專門從事密捕、解救人質的特警人員才有這身手。李阿姨有一個動作令方槍槍大爲不解。她制服方槍槍將他交給緊隨其後的中班阿姨之後，自己俯下身迅速檢查了一遍仍在熟睡的陳南燕褲衩和兩腿之間。

接下來的事情方槍槍一直以爲忘掉了，那只是他的一個願望。他被抱到院長辦公室，安坐在值班床上。所有值夜班的阿姨都披著衣裳趕來看這個被擒住的小鬼兒。辦公室裡擠滿頭髮蓬鬆，衣冠不整的青年婦女。她們情緒高漲，大聲說笑，好像這兒是公安局，偵察員們又破了一個大案。婦女中唯一的男人就是孩子們叫他老院長的瘦高老頭。這老頭兒論資歷可以做將軍，授的低起碼也是大校❶。院裡那些眞的將軍對他都很尊敬。有謠傳老頭兒是兒童文學愛好者，整理改編過很多民間兒歌童謠，還有人說他寫過一本眞正的童話，出版過，還譯成過藏文。老院長上班主要內容就是到各班串門找小孩玩，還像聖誕老人一樣分發糖果。保育院本來嚴禁兒童吃零食，家裡帶的也要沒收，只有他可以無法無天，任意施爲。阿姨們對他這條頗有意見，但此舉深得童心，也沒見哪個孩子吃了老院長的小小不然的東西從此刁了嘴壞了腸胃。

老院長和婦女們一齊笑，同時對犯人笑。老人的眼睛注視孩子總是顯得柔和。他對我很好，好像還開玩笑，逗了我幾句，使我覺得自己像個英雄，立了什麼大功，不由也快樂起來。一五一十說些不著邊際的話。

第二天早晨，方槍槍被自己的尿憋醒，發現全班小朋友都起了床，穿好衣服在地下玩。阿姨沒像往常急著把他們哄出去做操，站著聊天。看到他醒了，新接班的——孩子們都叫她「糖包」的——年輕阿姨唐姑娘殷勤地趕來給他穿衣服。這唐姑娘平日也是軟硬不吃油鹽不進的主兒，方槍槍不知道她今天怎麼心情這麼好，瞅著自己一個勁兒抿嘴笑。檢查被褥發現方槍槍沒尿床，還誇他：眞能幹，眞了不起，眞看不出你。方槍槍被誇得也有些飄飄然，主動自己繫扣子，連獻媚帶點丑表功，以後我還能不尿褲子。唐姑娘大笑，捂著氟化牙斷句殘章地說：……好，出息……。

方槍槍跳下地，專寵一般牽著「糖包」的手蹦蹦跳跳往外走。出了門才發現今天全班出操都晚了，大班中班的孩子已經排著隊在院裡做了半截兒操。太陽升到海軍的黃樓廟頂，一批光線掃過來，齊齊打在方槍槍這麼高孩子的眼睛上。他在陽光下賣力地晃頭踢腿，扭動腰肢，他要讓欣賞他的阿姨看看，他什麼都有一手，保育院這套雕蟲小技沒他拿不起來的。轉體運動時，他還不忘順便回頭看看陳南燕。陳南燕邊做操邊和旁邊的男生說話，舉手投足偷工減料，都只完成一半。在方槍槍眼裡陳南燕這種懶洋洋的操式分外流暢。跳躍運動時，她的抓鬏突然活了竄上竄下，飛得比她人都高。方槍槍看得羨慕，只覺得自己頭腦簡單，少了很多優越性。

各班阿姨分站在院中四處，都把目光投向方槍槍和陳南燕之間。看到方槍槍如此充分表演，不堪入目，不免互相交換眼神，嘴裡嘖嘖生嘆。

散了操，各班回房。小班的孩子在門口擠成一疙瘩，爭先恐後往裡擁。方槍槍兩手搭在陳北燕肩上，屁顛顛推著她往前走，嘴裡還啊啊喊著無字歌。陳北燕邊走邊甩肩膀，一步一個白眼一聲討厭。活動室裡已經擺上早餐，小桌小椅拉開虛席以待，一笸籮豆包個個嬌小軟軟地擠在一齊冒著蒸氣。方槍槍興高采烈進了屋，剛邁進門坎兒便像被施了定身法傻在原地：李阿姨在桌後彎腰側臉，一隻左眼乜視著他。只這一眼，就把人群中的他單摘出來。方槍槍如同白日見鬼想往後縮，卻被身後湧進的孩子又推前了幾步，仍在頭排，眼睛黏在李阿姨身上怎麼也摘不下鉤兒。

李阿姨拎著一只盛滿玉米粥的抗旱澆地使的大號鐵皮桶，一手執長柄鐵勺，正往桌上的小碗裡分粥。她沿著長桌，走一步，舀起一勺黃澄澄顫巍巍凝成凍兒的玉米粥，憑空一舞水流星一般摔進空碗，左眼閃一下光芒。走一步，舀一勺，左一眼。她動作剛勁豪邁，眼光不卑不亢。她走到小桌盡頭，折了回來，發這一邊的粥。手勢不增不減，腳步不疾不徐，只是方便溝通換了右眼。她走過方槍槍身邊，方槍槍自動跟上，小尾巴一樣她轉身轉身她停步停步。

你老跟著我幹嘛。李阿姨發完粥，勺「噹」一聲扔進空桶，走到一邊窗前站著。

方槍槍面對她低頭，不言不語，兩個嘴角使勁往下拉，撇成個八字像貓咪的兩撇鬍鬚一聳一聳。

李阿姨目不轉睛地盯著他看。看了兩分鐘，方槍槍終於被看哭了。他閉著嘴，一聲不出，兩眼哀哀地看著李阿姨，眼淚一串串滾過臉蛋。

哭啦。唐姑娘在一邊笑。

這孩子心裡明白著吶，什麼都懂。李阿姨摸著腳下這孩子的腦袋對小唐說。

走吧走吧，喝你的粥去。唐姑娘過來把方槍槍往小桌那兒推。

方槍槍不走，含著淚眼仍舊死看李阿姨。

去吧。李阿姨嘆口氣說，批准你了。

方槍槍歪歪扭扭走到自己座位坐下，捧起碗擋住自己的臉很響地忒了粥，露出一隻眼往這邊瞅。小朋友們都用飯碗遮住每人的臉，專心吃粥，似乎此情此景慘不忍睹。

李阿姨籠中獸王一般在窗前走了幾個來回，抬後腿鞋底子蹬著暖氣片，伸手進白大褂兜內摸出一支煙叼在嘴上，並不點火兒，過了會兒乾癮又裝回口袋。「糖包」向她丟去嫣然一笑，她也支應一笑。

窗外，塵土在堅硬的地面打著旋兒，像是兩個淘氣的孩子互相扯著衣角追來追去。光禿多杈的楊樹枝生硬地搖擺如同巨人張開的手指在空中戳戳點點。李阿姨背倚窗台雙臂抱肘獨自待在室外，一縷縷青煙從她腦前冒出飛快地扯散飄走，孩子們擠擠挨挨臉、手貼在室內玻璃上，左看右看猜不出李阿姨是怎麼變魔術變出的煙來。

老院長戴著口罩棉帽裹著圍巾經過窗前，低頭走得很急。李阿姨和他打招呼才抬臉，站住交頭接耳說話。孩子們在屋裡認出他來，歡呼雀躍，隔著玻璃齊聲問好。老院長只見孩子們張嘴，不聞其聲，還是摘下口罩露出一張陳永貴❷式的皺紋密布的笑臉。李阿姨見老院長突然笑了，隨之回首。一屋孩子驚見李阿姨也笑容可掬，一哄而散。

李阿姨帶著一身寒氣和煙味回到房間。沏了一缸子熱茶，端著那個印有「最可愛的人」字樣的志願軍水缸子慢慢踱過室內。踱步時她把屋裡的情況觀察了一遍：孩子們在做一些她不屑一顧的遊戲，爲一些無聊的事情激動，該哭的哭，該笑的笑，東倒西歪，叫苦連天。一路上都有孩子來向她喊冤告狀，她一概置之不理，不打算捲入孩子們的小是小非當中。又走了幾步，她警覺起來，覺得哪兒有點不對，站下細琢磨，一時也摸不著頭腦，像剛被賊光顧過的事主兒，進門覺得家裡被人動過，面兒上看又一下看不出變在哪裡。總之是不對。李阿姨下意識地開始數孩子人數兒，正要恍然大悟，老院長進來分散了她的注意力。

孩子們歡呼著奔向天安門一樣奔向老院長，躍水海豚似地一頭接一頭扎進老院長懷中。老院長踉踉蹌蹌，差點一屁蹲兒坐地上，李阿姨一手牢牢撐住了他。

頃刻間，老院長已經像尊廣場上落滿鴿子的名人雕像，小半班孩子都猴在他身上雙腳離地嗷嗷怪叫，一百多隻爪子掏進中山裝所有的四只口袋。雕像蹣跚地孔雀開屏一般轉動扇面。此人參加革命前一定是碼頭扛大包的。李阿姨想。老院長給孩子們講了個號稱安徒生的大魚吃小魚的故事。李阿姨聞所未聞，認爲純粹是胡扯。

老院長又去二樓破壞那裡的正常教學秩序。頭頂樓板一通猶如案板剁餡的雜沓腳步響，可知那裡一片大亂。但願我老了也能像他那樣保持一顆童心。老李樂呵呵地坐在一張孩子的小椅子上，吹開漂在水面的茶葉末兒，痛飲一口。這口熱茶還沒落肚，只見李阿姨臉一下沈下去，屁股硌了圖釘似地猛一傢伙站了個立正，馬不停蹄衝進寢室。從寢室出來又飛進廁所，好像不是用自己的腿走而是投出手的一支標槍，看得小朋友們眼花撩亂。李阿姨在廁所待了很長時間，出來時像剛在裡面挨了黑棍，人不是很清醒，但還竭力保持著儀容。

她慢吞吞，邊說邊想問滿堂小朋友：方槍槍——

後半句她失去控制，發自肺腑喊了一嗓子：在哪疙瘩？

第三章

外面的風像浩浩蕩蕩的馬隊疾馳而來，席捲而去，所到之處片甲不留。方槍槍很驚奇，廁所門外是一片方磚地，種著一行小松樹，並沒有他見過多次的白菜地。家裡的樓不在原地，隔著幾排房子十分觸目。他像頭頂一堵大牆往前走，攥著小拳頭，天靈蓋、雙肩吃著很大勁兒。身上的棉花一點點薄下去，體溫散發得很快。走到他家樓口，那風突然發出嘯聲，像一步邁進海裡眼前洪水滔天一個浪頭打來，方槍槍立刻全身貫透，臉刷地紅了，嗆得連聲咳嗽，肺管子凍成一根冰棍直杵到心裡。

拐過樓角，風登時小了，太陽光也有了熱力。那景象是熟悉的：乾乾淨淨的大操場空無一人；一座座樓房門窗緊閉，風刮去了一切人類活動的痕跡；只有四周環繞的老柳樹大禍臨頭般地狂舞不止，使這安靜的畫面充滿動蕩。

方槍槍的棉衣蹭上一些紅磚的顏色。他幾乎是被瘋狂開合的單元門一膀子扇進樓道。

方槍槍每邁上一級樓梯都要把腿抬到眼那麼高，他差不多是盯著自己的兩個膝蓋用手扶著，幫助它們一彎一伸爬上四層樓的。

他經過的每層樓都有三座單扇漆成廟門顏色的房門。這一單元樓道內有十二扇同樣的門。方槍槍完全是憑直覺撲到一扇門上使勁敲。這扇門有多年不見老熟人那樣的表情，透過門縫、鎖匙孔絲絲縷縷逸出的氣味都是觸動記憶的一種老香氣。

門開了，一個梳辮子的年輕姑娘看著方槍槍帶笑驚叫起來。方槍槍埋頭往裡屋走，他看到盤腿端坐在大床上和方超玩的陌生的老太太向他轉過同樣驚訝的臉。方超也像見了生人一下撲到老太太懷裡，不認識似地看著自己弟弟。方槍槍爬上床，老太太軟綿綿的手一碰到方槍槍凍得硬梆梆的臉蛋被冰得微微一顫。

這就是紅陽台後面的那個大房間。陽光充斥房間直上天花板，漫空飛舞的塵埃使這房間像在下雪，人的笑容影影綽綽每一根汗毛活靈活現猴臉一樣鑲著毛邊兒。房間內暖氣燒得很熱，人只穿件薄毛衣。方槍槍這只掛著霜的凍柿子開始融化，滴滴噠噠不停流鼻涕。老太太和姑娘用手絹捏住他的鼻子使勁擦那鼻涕仍左一道右一道像畫貓臉的鬍鬚。

方槍槍很活躍，一刻不停動來動去。他聞出枕巾上自己的頭油味和被窩裡自己的腳丫味；認出五斗櫥上疊得整整齊齊的一套罩衣罩褲是自己的另一身換洗衣服；三屜桌上擺著他的照片；那盒彩色蠟筆是他的私有財產；那本黃皮圖畫本裡每張亂七八糟的塗鴉之作都是他的心血。他不用翻抽屜就說得出那裡有他什麼寶貝；桌子底下掉了漆的刀、打不響的槍、丟了轂轆的汽車印滿他的指紋，都是他揮舞過、衝鋒過、馳騁過的才弄壞變舊的。年輕姑娘美滋滋抱來的那只金雞牌餅乾筒也是他熟悉的，總被藏起來怎麼找也找不到，每次出現都像奇蹟。這餅乾筒從來沒讓他失望過，只要伸手進去準能掏出焦黃的雞蛋糕和五花八門的動物餅乾。最妙不可言的是餅乾筒底的那些點心渣，他和哥哥無數次伸直脖子扣舉著餅乾筒輪流往嘴裡倒像兩個小填鴨自己餵自己。他還會開那架圓麵包形狀的收音機，轉動指針在弧形刻度盤上找唱歌的人。他知道靠牆那張單人床底下有兩只大藤箱，身下這張大床下有三只皮箱。這些箱子落滿結成絮的灰塵，每次爬進去都要蹭一身。這是他的老窩。每一隻小兔小狐狸都該有的巢穴。他像一隻回到森林裡的小熊那麼快樂。他要待在這兒而不是保育院那間總有穿堂風，總有那麼多人仰臥起坐川流不息，足夠給一個小城市的火車站當候車室的動物園大廳。

方槍槍巴結著管老太太叫姥姥。他知道這是一種很近的親屬關係。那個年輕姑娘他叫老姨，是他媽媽最小的妹妹。他理解妹妹這個稱謂的意思。他和這兩位女士相洽甚歡。他有點耍賴，又有點撒歡兒，眼睛盯著方超和哥哥爭奪每一樣東西。方超拿槍他也要槍，方超動刀他就搶刀，甚至哥哥吃藥他也鬧著要吃，少一片不行。他彷彿剛經特赦回到社會的戰犯，珍惜自己每一項恢復了的公民權。在他的小心眼裡早已認定哥哥不正當地享有很多他也有份的東西，這使他相當嫉妒。

在他的橫行霸道下，方超只好躺下睡覺。他又一屁股騎在方超脖子上，刀橫在人家臉上，問人家招不招。方超一個翻身把他掀下來。姥姥在一邊幫腔：你就讓他騎會兒。老姨拎著方槍槍耳朵把他揪到單人床上。

姥姥餵他吃雞蛋羹時他突然一手指著門哭起來。一屋人莫名其妙，不知他又怎麼了，問他也光哭不言聲兒。過了片刻，有人敲門。李阿姨剛進樓道門腳步聲方槍槍就聽到了。方槍槍背頂著門不讓李阿姨進。姥姥怕閃著他也不敢使大勁拉，隔著門縫和同來的保育院張副院長說話。張副院長句句在理，李阿姨振振有辭；只要李阿姨說一句，方槍槍就在門後震耳欲聾尖叫一聲。

張副院長和李阿姨終於擠進門。

方槍槍跪在靠背椅前雙手捂眼大聲武氣地哭。這哭泣由於長時間不間歇並隨著大人的說話節奏一聲比一聲高帶出了表演意識，削弱了悲痛氣氛。從手指縫中我看到李阿姨和張副院長臉上相同的表情：既沈著又無奈。姥姥是見過世面的，很有手腕，和她們交談時始終面帶微笑聲音溫和但態度不屈不撓。她要留這孩子吃完晚飯再交到阿姨們手上。

那天晚上，方槍槍在家吃了晚飯。家裡的飯菜並不比保育院的飯菜更豐盛，但每一個米粒，每一根菜葉都那麼入味，芳香滿口。方槍槍像一位尊貴的酋長或說強盜頭兒不等他搶各種好吃的都自動堆在他碗裡，第二筷子才輪到他哥。這位大他一歲的男孩表現得很有風度，像王子一樣謙讓，還學著大人往弟弟碗裡送了一勺菜，贏得滿桌誇獎。

我讓著弟弟。這男孩添油加醋地說。

方槍槍有說有笑，當之無愧，吃得高興還在凳子上站起來像出操一樣表演原地踏步走。

這時一個燙髮的年輕女人用鑰匙開門進來，看到正在一片歡聲笑語中出風頭的方槍槍不禁一愣。這女人立刻和老太太吵了起來。她像一個幹部批評另一個比她低級別的幹部激烈指責老太太不該容留這孩子。她吐詞飛快，情緒激動，鮮明的心理活動全寫在臉上；忽而憤怒暴跳如雷；忽而恐懼彷彿大難將至；忽而絕望怨天尤人牢騷滿腹。老太太分辯了幾句，解釋了幾句，給了她幾句。那女人氣沖沖進了自己的屋，臨進門還回頭喝道：

讓他下來像什麼樣子。

大家這才發現方槍槍還站在凳子上垂頭盯著自己腳尖活像罰站。

我注意到這女人的房間是鎖著的。當她隱於門簾之後可以聽到咯噠一聲開鎖響，然後那屋的燈就亮了，光線潑過來，使凳子腿和水泥地陡然多出一些反光點。

方槍槍碗裡的飯永遠也吃不完。他像隻螞蟻一個米粒一個米粒搬運自己的食物。他把米飯堆成小寶塔，肉和菜一片片一根根碼放整齊，彼此隔開，涇渭分明。這個工程完成後，他又開始新的花樣：把肉埋在米飯裡，邊吃邊觀察肉是怎麼從飯堆裡一點點露出頭尾。只聽木質拖鞋聲像一陣急促的鼓點疾馳到身邊，方槍槍騰空而起被女人抱坐在大腿上，碗裡那一小堆永不消失的飯菜幾勺子就全塞在方槍槍嘴裡。女人抱著方槍槍下地換鞋，一轉身整個飯桌都跟了過去，發出巨大刺耳的摩擦聲——方槍槍兩隻小手使勁抓著桌沿。女人低頭掰開了他的手，一轉身他又抓住姥姥的衣服，老太太被他帶得也站了起來。女人用力掰他的手，剛掰開一隻，另一隻又飛快地補上去。兩隻小手像對鈎子見什麼鈎什麼，打掉了牆上一幅鑲著鏡框的領袖像，飛刀似地扔出一隻筷子。一家人亂成一團，嚷成一片。在這一片喧囂中我清楚聽到女人反覆發狠小聲念叨一句話：我就不信，治不了你我就不信……

我往女人臉上重重打了一下，又打了一下，我吐出方槍槍滿嘴塞得鼓鼓囊囊的飯菜，大聲哭嚎起來。

我坐在地上，像剛從老虎凳上下來被打斷腿的革命志士。幾隻大人的手拎著我的脖領子，只要她們稍一鬆勁，我就往地上躺。方槍槍那時也有個四、五十斤，我不配合，單個女同志別想把他扶正。他媽躲到衛生間哭去了，每隔五分鐘衝出來指著他沒頭沒腦喊上一句：

你今天不回保育院就不行……居然打起我來了。

說到後半句，淚水湧出眼眶，轉身又回衛生間拿毛巾擦。

姥姥和我談判：今天咱們先回去後天就是星期天了一定接你姥姥的話你還不信嗎。

老姨也勸我還帶著嚇唬：瞧把你媽氣的再不聽話她不要你了你就得老待在保育院。

方超拿條毛巾走來，搬著方槍槍臉給他一處處擦淚。

我指著方超控訴：他還不去呢。他不去我就不去。

方超理直氣壯：我病了。

我也病了。

方超仔細看了一眼我，突然出手照我臉上就是一巴掌。

方槍槍和方超都穿上棉猴，手扶著大人肩膀換棉鞋。

老姨一手牽一個領著兩個孩子下樓。樓道裡很黑，方超一路都在啜泣。到了外面有月光的地方，可以看到他臉上亮晶晶的淚珠。偶爾遇到走夜路的人也不禁聞聲回頭。

回到保育院。班裡的孩子正在洗屁股。看見方槍槍回來既壓抑又興奮，很多臉看見他笑。方槍槍很得意，像悄悄幹了好事的活雷鋒❸不聲不響上了自己床。活該！他想，都得上保育院，不許沒病裝病賴在家裡阿姨說的——下次還把你逮回來。

他頭埋在被窩裡悉悉簌簌剝家裡帶回來的水果糖玻璃紙，糖含在嘴裡探出頭。陳北燕張嘴跟他要，他把糖藏在舌底大張口假裝沒有。

第二天做早操時，方槍槍利用每一個轉身動作回頭找方超，脖子都擰酸了也沒看見。上午散步時他注意看陽台，一行行晾著的衣服和欄杆上擺放的常青花草濕漉漉的不時有一滴亮晶晶的水珠兒墜落高樓——早晨有人來過陽台，澆了花，把新洗的衣服搭在繩子上。

接著，他看到方超難以置信地扛槍出現在陽台上，把槍架在欄杆上向他瞄準，槍口隨著他移動。方超舉槍歡呼。雖然聽不見聲音，也猜得出他在嚷：打中了。整整一小時，方超都在陽台上武裝示威，進行軍事表演：一會兒槍上肩闊步前進，鬼子進村似地東張西望；一會兒緊握手中槍立正不動深沈地凝視遠方。

我知道中了計。

李阿姨手心朝上小臂帶大臂輕輕一抬，坐在數排人後的方槍槍像中了邪站起來。老李四指彎攏向內蜷了蜷，方槍槍身不由己，齊步甩臂逕直走到黑板前。

立——定！

方槍槍盡力站直。

挺胸抬頭目視前方，兩手放在褲線上。李阿姨糾正著方槍槍的姿勢，把他的兩隻小手打開，五指合攏按在褲線上。

做得很好。可見沒有東西是學不會的——現在轉過去面對大家。

李阿姨推著筆管溜直的方槍槍轉了個身。全班小朋友瞪著大大小小的烏黑眼珠盯著他。所有孩子都把手背在身後，像剛走一個入室搶劫的壞蛋把他們無一例外捆綁在小椅子上。

今天早晨是自己穿的衣服嗎？

方槍槍搖頭。

說話！回答阿姨問話要出聲你懂不懂？

不是。

誰幫你穿的？

唐阿姨。

大聲點！

唐阿姨！

現在我要問全班小朋友了，每天早晨起床自己穿衣服不用阿姨幫忙的請舉手。

幾十個孩子整體一斜，像人大表決一樣右肘支桌齊刷刷舉起小巴掌。有的孩子離桌子遠顯得腰很長。

手放——下！李阿姨口令拖得過長，差點斷氣。她以手掩齒輕輕咳嗽，臉頰飛起兩片紅暈。俄而，她復又生機勃勃地向擔心地注視她的孩子們微笑，朗朗說道：

爲什麼每個小朋友都要自己穿衣服？現在我請一個小朋友站起來回答我。

李阿姨大眼珠子骨碌一轉，骨碌又一轉，凌空抓住一隻貧病交加的隔年蒼蠅。

她指一個手舉最高，露出肚臍的女孩子：于倩倩。

因爲每個小朋友都應該自己穿衣服因爲不應該讓別人幫忙因爲別人都很忙……

于倩倩上氣不接下氣說了一串「因爲」沒詞兒了，兩條綠鼻涕眼瞅就要淌過嘴唇哧溜一下又全縮回鼻腔內。

說得很好，表揚你于倩倩。李阿姨笑望大家，摔死蒼蠅，後背伸出一隻手使勁捅了下方槍槍：聽見了嗎——你！

方槍槍肩窩一陣巨痛。

現在全班就方槍槍一個人還不自己穿衣服，我們應該怎麼辦？

幫—助—他。

李阿姨看著一班品德高尚的孩子滿心歡喜：誰願意上來給方槍槍作個示範？

她東張西望一番：還是你吧于倩倩。

于倩倩一邊走一邊慌慌張張解扣子，沒到方槍槍面前開始脫衣服，眨眼之間已近赤膊，牙齒的的打著哆嗦手仍不停。

李阿姨一旁說：內衣就不要脫了。

于倩倩又把攤了一地的衣褲一件件穿上身。邊穿邊分解動作，有時還特意停下來，讓方槍槍看仔細。唐阿姨打著毛衣走進來，在靠暖氣的小椅子上坐下，進針退針邊對這場面饒有興趣的看上一兩眼。

于倩倩穿完衣服，地上多出一條毛褲。李阿姨鼓著掌撿起來搭在她肩上，對她說：下去吧。

李阿姨搬只小板凳下去坐在觀衆席，對孤零零留在表演區的方槍槍說：你做一遍。

方槍槍一動不動，偷眼看李阿姨。

李阿姨柳眉倒豎，牛眼圓睜，第二番話正待出口，方槍槍連忙把手放在胸前衣扣上。

他一粒粒解那排大塑料扣子，敞胸露懷再解背帶褲扣。扣子眼兒很緊，他手指頭都勒紅了。

唐阿姨在一旁低頭數著針行：不行啊，太慢了。

方槍槍露出肩膀胳膊在袖筒子打摺，想把手從上袖窟窿裡拿出。他披著襖像扎著膀的雁兒竭力掙扎原地團團轉。手終於伸了出來，褲背帶像兩條逃竄的蛇從他肩上一滑而過，棉褲由於自重分兩路掉下去，麵口袋似地堆在腳背上。

小朋友都笑了。

李阿姨唐阿姨也前後腳笑了。

毛衣果然卡在脖子上。棉褲絆著方槍槍的雙腳使他寸步難行。他像一個啞鈴站在房間中央，一頭是垛著的棉褲一頭是翻上去的毛衣中間是他細細的身段。房間裡笑聲不斷，我在毛衣後面快憋死了。方槍槍用手撐大毛衣領子，推到鼻子底下，露出嘴巴，我才喘出一口氣。我在毛衣後面感到很安全，於是不動了，就那麼沒頭沒腦地站著。

過了一會兒。

李阿姨開口說：你就耗吧，沒人幫你。

我也無所謂，就這麼耗著。

李阿姨走過來捅我，罵罵咧咧。她的手指像金箍棒一樣硬，我忍著疼不吭聲。她看不見我，我就不怕她。她把我拖傷員一樣拖到一旁，隔著毛衣敲著我腦門說：

什麼時候想通了什麼時候繼續，要不就在這兒站一天。

我從毛線縫中看到老院長推門進來，他朝轉身相迎的李阿姨使勁擺手，意思不要驚動。他在門口站了一會兒，指點李阿姨把扔在地上的棉襖給我攔腰紮上，免得著涼，然後躡手躡腳走了。

李阿姨的脫衣舞會結束了。儘管舞男差點意思，沒能一脫到底，她仍然獲得了很大快樂。接下來她帶領全班小朋友上圖畫課時聲音無比耐心心胸無比寬闊。粉筆在黑板上吱吱啞啞地響，她宣布自己畫了一個紅太陽，放著光的。又畫了一朵向日葵，有一只只花瓣、瓜子、枝葉。她給全班小朋友發了紙，讓他們依葫蘆畫瓢。她沈重的蹄子聲從東響到西像一頭大象在教室蹣跚漫步。她的身影能遮住天上的太陽，當她經過時，已經一團漆黑的方槍槍眼前仍會爲之一暗。

蒙面大盜方槍槍靠著熱呼呼的暖氣睡了片刻。他有一些屎要拉還有一點尿要撒，他既不聲明也不盲動，像有信仰的人苦苦磨練自己的意志。一直堅持到全線失守，肉體崩潰。

這一刻眞是舒服之極。好像特務當場引爆毒氣彈，惡臭瀰漫。

一張女孩子的臉貼在窗玻璃上定著眼珠兒往寢室裡瞅。她的兩手張開巴掌撐在臉旁，從後面看這女孩子似乎想在玻璃上扒出一個能探進腦袋的洞。

這女孩子出現在寢室門口，每一個擺臂邁腿都放大減慢到極至，輕輕落下不出一點聲音，像皮影戲上的木偶走著一順兒就進來了。她的謹愼其實是多餘的，阿姨們帶著大隊孩子正在外面的院子裡活動，寢室內外並沒有人防礙她。她只是遵循保育院孩子的習慣做法。這是孩子們自我發明的一種獨特舞步，當他們要背著阿姨幹點什麼時都要如此行走。這女孩兒手舞足蹈的走了幾步後，像踩住地雷一腳定格手也一前一後分別停在半空，機警地左右一看，接著一陣風似地向我們刮來。她在奔跑中恢復了自然，笑容也像把摺疊扇一抖全開。

陳南燕跑到妹妹床前一個急剎車，轉體九十度：你怎麼又尿褲子了？

陳北燕聽見姊姊問，抽抽搭搭哽咽，怨恨地看了眼並排坐在另一被窩裡一臉無恥的方槍槍。她性格內本來就缺堅忍不拔這類品質。意志的培養需要環境，挨著方槍槍就好比鄰居住著位歌星，一天到晚唱，不想學耳濡目染很多歌也會哼了。這也如同過馬路，人家正思想鬥爭激烈決心遵守交通規則，旁邊有人不管不顧搶先一步衝過去等於就是開了禁不跟上都好像吃了虧。今天就是這樣，北燕憋得好好的也就是畫向日葵有點分心，方槍槍在那邊又拉又撒數他痛快，一秒鐘之後北燕也就失控了。被方槍槍傳染的孩手不是陳北燕一個，還有兩個女孩一個男孩也闖了紅燈。現在都沒精打采光著屁股坐在被窩裡，散布在寢室東一個西兩個。

討厭。陳南燕白了方槍槍一眼，掀開被子看了眼妹妹赤裸的腿。問她：你的褲子呢？

陳北燕伸出脖子往兩邊暖氣上找，用手指了指：那兒呢。

陳南燕跑過去，抱著烤得硬梆梆的一對假腿似的棉褲回來。

我的棉毛褲襪子還在暖氣上呢。北燕說。

陳南燕又跑了一趟。

床在暖氣跟前的張燕生叫道：阿姨不讓。

另外兩個女孩也掉頭看陳南燕。

陳南燕眼睛望天繞到他床前。張燕生無畏地瞪眼睛又嚷：阿姨不讓自己下床。

陳南燕一把掐住男孩的脖子，作凶惡狀：再嚷我就掐死你。

張燕生聲音憋在喉嚨裡、可憐巴巴地看著陳南燕，臉和眼睛都紅了。

陳南燕得意地往回走。

張燕生在後面哭咧咧地說：我告我哥打你。

陳南燕頭也不回：你哥打不過我。

陳南燕扶妹妹站起來，手撐開褲腰讓她瞅準了往裡邁，一層層穿好，頓頓，露出腳丫。然後又讓她躺下蹺起腿，手連胳膊一齊伸進去把縮在裡面的棉毛褲毛褲拽出來，抿起棉毛褲腿把襪子套上。

穿完襪子，她把妹妹頭上鬆了的皮筋揪下來，重新給她梳頭。只見她一手攏髮、一手繞皮筋裡外三翻麻利兒就紮好一個抓鬏。兩個抓鬏紮好後，她抬起妹妹的下巴笑咪咪端詳。她把妹妹抱下床，一手牽著，晃著另一手小巴掌環顧四周講：小孩，誰告阿姨，五個手指頭印兒。

陳南燕威嚴地正要走。

我告。方槍槍在一旁說，伸出臉蛋：你打我吧。

陳南燕只是一笑，並不理他。

阿姨！方槍槍提高嗓門，光著屁股一下站在床上，朝窗外喊。笑嘻嘻地看陳南燕。

陳北燕氣憤地瞪他一眼：別理他，賤招。

陳南燕拉著妹妹，走到他床邊。方槍槍捂頭等待著。陳南燕沒用手碰他，只是盯著他的小雞雞好奇看了會兒。說：你下來。

方槍槍咚一聲跳下地：我下來了。

陳南燕跑去把李阿姨的座椅吃力地搬到窗下：你敢到這兒來嗎？

方槍槍大搖大擺走過去：我來了，怎麼啦？

你敢上去嗎？

我上來了。

方槍槍剛爬上椅子，還沒轉身，陳南燕也爬上來，兩人腿挨腿地站在椅子上。

方槍槍看到滿院子的小朋友和阿姨，剛想往回縮，不料身體一高，被陳南燕蹲下一抱送上窗台。

窗台很窄，半腳寬，方槍槍只能貼在玻璃上身子也轉不開。你抱我下來——他甕聲甕氣地嚷。

陳南燕早跳下椅子，忙不迭地把椅子挪開拖回原處，姐妹倆站在一旁咯咯笑。拍手叫：傻小子下不來嘍。傻小子登高望遠嘍。

姐妹倆笑了一會兒，一陣腳步響，沒聲了。

哎—哎—，方槍槍喊屋裡別人。張燕生和那兩個女孩走過來，仰脖兒看他，一聲不吭，聚精會神吃手指頭。

下不來了。方槍槍帶著哭腔訴說。展開雙臂更大面積擁抱玻璃，一個濃墨重彩的「太」字深深印在夕陽中的窗上。

我像一枚特大剪紙貼在窗戶上，活生生的，逼眞得令人作嘔。窗外也聚起了一堆兒吃著手指頭看我的小朋友。我看到還有更多的孩子停下正玩的遊戲從遠處往這兒跑。李阿姨背對著我和人說話。她也將很快轉過頭來——站在她對面的中班阿姨已經看見了我，驚奇地揚起眉毛，嘴唇加快了蠕動。我無能爲力，只得眼睜睜看著這一切發生：李阿姨臉都氣歪了，大步向我衝來，狂亂地揮舞長臂，嘴張得能塞進她自己的拳頭。

玻璃的隔音效果很好，妨礙了我們認眞交流。她的怒吼像一隻蚊子嗡嗡哼唧，我覺得自己惹急了一個啞巴。看到一個殘疾人那麼生氣，我十分內疚。我不懂也沒法向她解釋我的處境，沒有誰想當海族館裡那些露著肚白貼在水箱上爬來爬去的兩棲動物。我不好意思地朝她笑笑，她一定把這當作滿不在乎和公然挑釁。有一陣兒，我絕望地想往上爬，伸手去搆上面的窗櫺。她在外面猛拍玻璃，似乎想把我震下來。我從來沒那麼近看一個人，玻璃還有某種程度的放大，李阿姨的舌苔很厚，少顆槽牙，上唇有一排髫鬚——她不見了。

至今我也不知道怎麼在那樣窄的窗台上轉過的身。也許是對李阿姨的恐懼使我克服了困難，超能發揮——我只想在她到前離開窗台。此舉是個錯誤。圓滑一點的做法應該是原汁原味兒留在原地，這樣李阿姨駕到，也會一目了然：罪不在我——非不爲也，實不能也。

張燕生和那兩孩子也在一旁推波助瀾。跳著腳齊聲喊：跳！跳！

我簡單目測了一下離我最近的床，縱身魚躍，差點撲了個空。好在本人彈跳力還成，也有股拚它個魚死網破的衝勁兒，一個狗搶屎栽進床裡，當場流下一灘涎液，小腿迎面骨磕在床欄上一陣令人昏厥的巨痛。我哭了一聲就意識到這不是時候，含悲忍淚慌張下床，一瘸一拐往自己床上跑。一個拖著傷腿的小戰士能跑多遠。眼看快到床了，一隻大手把我按在半路上，驚恐回頭——李阿姨。她也有點過，逮個孩子嘛，還用擒賊似的撅起人家一隻胳膊反扣人家雙手。

審問完全是胡亂逼供。審的和被審的都有點歇斯底里，證人做的也全是僞證。我哭一陣，說一陣，激動得渾身顫抖。爲自己極力辯解但只會說三個字：我沒有。我甚至沒提陳南燕的名字，壓根把她和本案當作兩回事，一個是玩，一個是闖禍，可見邏輯思維一點沒有。張燕生等現場證人眼中看到的也是一件件孤立的事件，只會描述給他們印象深刻的景象，那就是我如何像壁虎趴在窗戶上。更糟糕的是，這些僞證專家一旦記憶出現空白，就虛構。一個人起頭，其他人添枝加葉，越說越亂，最後整個事情變得荒誕不經。要相信他們的說辭，我就是——神仙。

徹底的唯物主義者李阿姨此刻也感到世界觀受到衝擊。她伸開兩臂懇切地求饒：停一下停一下，都不要講話，一分鐘——讓我整理一下思路。

就是說，你從這把椅子起飛，一路飛，然後落在窗台上——下不來了？唐阿姨先恢復了理智。她從寢室門口老李的座椅量著步子向窗台走，邊走邊問。走到窗前對李阿姨講：整十步。是麼？唐阿姨歪頭問我。

是。

是麼？唐阿姨大聲問其他孩子。

是。

是麼？唐、李兩阿姨齊聲問我們大家。

是！我們的肯定並不是肯定起飛這件事，而是肯定阿姨念的那個字確實讀「是」。

唐阿姨走到椅子前，轉向我：你再飛一遍。

李阿姨從二樓提下陳南燕當面對質。陳南燕一進門還沒開口先哭了，同時押到的陳北燕也在一旁抽抽搭搭哭起來，淚已哭乾身心交瘁的方槍槍又陪著掉下眼淚。他們像一干共犯公堂相見，惺惺相惜，面面垂泣。方槍槍甚至有點喜歡這場面，共同的遭遇使他和陳家姐妹挨得更近了。一時間他忘了自己的苦主兒身分，只想和人家同樣下場。

阿姨們這次嚴禁孩子們主動招供，自己提問題。一個問題先問陳南燕，後問方槍槍，再傳喚證人，所有人只須回答「是」或「不是」。爲什麼「不是」不必多嘴。

方槍槍不知不覺模仿陳南燕，從模仿她的姿勢到成爲她的應聲蟲。陳南燕說是，他也說是；陳南燕說不是，他也不是。陳述客觀環境時這一點難以令人察覺，只顯得事實淸楚毫無爭議。審到後來牽涉到較多個人行爲，李阿姨發現方槍槍在人稱關係上的混亂，應該使用第三人稱時方槍槍也使用第一人稱。譬如：陳南燕說，「我掐他脖子」「我搬了椅子」。方槍槍也說「我掐他脖子」「我搬了椅子」。

他這麼說並無意替陳南燕開脫，只是迷戀陳南燕說「我」時那個字的發音和由此包含的身分感。似乎「我」字是個複數，像「黨員」「同志」或「群衆」可以容納兩個人。

阿姨若用陳南燕名字代替人稱指謂問他：「是不是陳南燕搬的椅子？」他就能明白回答：「是」。但再借用人稱強調：「到底是誰搬的椅子——她還是你？」他又糊塗：「我。」

再後來，方槍槍這種人稱顛倒發展到公開用第三人稱指稱自己：「他是自己走過去的。」「他沒穿褲子。」等等。

唐阿姨先發現方槍槍這種不對和陳南燕之間的聯繫，方槍槍的一個純粹女孩子的撥髮動作引起了她的注意。接著她發現方槍槍一直站著丁字步，姿態幾乎和他對面的陳南燕如出一轍。這兩個孩子臉上掛的淚珠多少、下滴速度以及吸鼻涕的頻率乃至呼吸次數更是驚人一致，一個如同另一個的翻版。唐姑娘渾身起了一層雞皮疙瘩。她一下同意了老李的判斷：方槍槍這孩子思想很不健康。

她插到兩個孩子之間，擋住陳南燕，厲聲對方槍槍說：

方槍槍，你要端正態度。

我用陳南燕的聲音小聲說：錯了，下次改。

這期間發生了一場混亂，用阿姨們的話說，一個誤會。三堂會審還沒完，到了晚飯時間。李阿姨去給其他小朋友開飯，留下唐阿姨一人在寢室裡結案。逐一批評教育涉案小朋友，一個承認完錯誤走一個去吃飯。張燕生等幾個孩子先得到解脫，陳南燕、陳北燕也陸續放掉。最後留下方槍槍，唐阿姨準備跟他好好談談，和風細雨地，循循善誘地，摸清他的思想根源。這麼下去是不行的，這孩子快成班裡的闖禍大王了，任其發展天知道還會出什麼妖娥子。談之前唐阿姨急著去廁所換了遍月經紙，回來路過活動室正巧張副院長叫李阿姨去辦公室接她家裡來的電話，老李讓她照看一下正吃飯的孩子們。她還想了一下把方槍槍的飯留出來。正要找碗，于倩倩把湯灑在胸前，她趕去收拾。汪若梅咬了一口楊丹的肉包子，貪心太大連著咬了人家的手指頭，楊丹大哭，又得要她去擺平。忙來忙去把個方槍槍忘了。自己也餓了，挑了個餡最大的包子，舒舒服服在小椅子上坐下，蹺著二郎腿，細細品起小豬剁碎了加上白菜、蝦米的滋味。

這時，天已經黑了，誰也沒注意窗外來了個人。這人悄無聲息地站在夜色裡觀察燈光明亮的窗內。他看了一圈吃飯的孩子，表情納悶，似乎沒找到他要找的人。他拔腿往旁邊走，從寢室的窗戶往裡看。寢室沒開燈，很暗，他適應了光線後猛發現方槍槍就站在窗前，垂頭喪氣，臉上有淚，看見他十分恐懼。

此人大怒，幾乎是破門而入，活動室內正吃包子的所有人連大人帶孩子全嚇了一跳。唐阿姨立刻就站了起來，隨即被此人直逼到臉上喝問：

爲什麼不給孩子飯吃？誰給你的權力不許孩子吃飯？你是法西斯啊還是國民黨？這是渣滓洞啊還是白公館？

唐阿姨被這突如其來的襲擊也弄懵了，滿嘴的包子塞得她啞口無言，條件反射地加快咀嚼眼睛直勾勾地盯著對方。對方認爲她無恥徹底激怒，喊聲震動全樓，看那架勢唐姑娘再不開口就要吃耳光了。

這關頭李阿姨張副院長趕到，勸住了方槍槍他爸。她們向方際成同志連聲道歉。她們和方參謀都是熟人。老李的愛人和方際成都是南京總高級步校來的，在南京就是同一個教研室，現在又是同一個處。張副院長和方家住同一個單元門洞，方家在四層，張家在三層；她愛人也是「二野」❹的，與方際成不同時期先後給同一個首長當過祕書。此刻，她們一齊批評小唐。張副院長親自三步併作兩步趕進寢室領方槍槍出來。唐姑娘食不甘味嚥下喉嚨內最後一口包子，騰出這張嘴也沒了說話機會，委屈的淚水撲簌簌滾過紅撲撲的臉蛋。比較可氣的是老李，瞪著賊亮的大眼呲噠她，好像這全是她責任。這人不可交。唐姑娘心裡對自己說。

方槍槍在寢室裡獨守先就很緊張。他根本沒認出也沒想到站在窗外那人是他打完印度回來的爸爸。黑夜空院突然冒出一個很大的人，他先想到的就是保育院孩子們傳說的那個鬼。外屋陡然響起的咆哮和紛嚷也很符合他想像的鬼進門吃人的局面。

張副院長領他出來後，他看到一個解放軍大鬧活動室的景象如同看到另一台可怕稍遜的戲劇。唐阿姨臉上的淚水更是使他魂飛魄散。阿姨都給欺負成這個樣子，他還有命嗎？無論大人怎麼攛搭、號召他也不敢正視這個軍人。頭都快低到肚臍眼，後腦勺上的短頭髮一排排鞋刷子似地立起來露出青皮。解放軍摸了摸鞋刷子，一陣痙攣掠過脖梗沿著脊椎涼到尾巴骨那兒。他聽到爸爸這個詞，極度緊張使他理解力短時癱瘓，像聽外語一樣既不懂這詞的意思，也不明白與自己有什麼關係。張副院長塞到他手裡一個包子，他才多少放鬆一點，還認得這是個吃的東西，一口咬了上去。

吃完第二個包子，他突然想起爸爸，拿著第三個包子一下站起來。解放軍已經走了。小朋友們也陸續離開餐桌，進寢室做睡前準備。活動室像曲終人散的劇場走得一空。偌大的房間只剩他和孤零零站在窗前默默擦淚的唐姑娘。他感到自己與這個本來沒有絲毫共同點的大人此刻很像，都在想同一件事。他還不懂這猶如迷路，對自己頓生憐愛，不滿足但又蠻舒服的心緒正確的說法叫：感傷。

第四章

夏天到了。午後經常電閃雷鳴，驟然降下瓢潑大雨。下雨的時候在房間裡睡午覺十分享受，睡眠既深且沉，到了起床時間怎麼叫也難以醒來。

孩子們都只穿著一條小三角褲衩，整個夏天光著膀子和腿，脖子撲著痱子粉，像剛消過毒的小樹苗。他們都長了半頭，也顯得更知道和大人合作了。當你和他們談話，會發現他們能說很多人話，除了日常用語還夾雜著一些革命單詞「毛主席」「天安門」「無產階級」「萬萬歲」什麼的。到秋天他們該升入中班了。

方槍槍在生活自理和組織紀律性方面進步很大。雖然還是尿多，但也大都集中在晚間，喝水多了和玩得過於疲勞的時候。他長開了一些，頭和身的比例不那麼接近，五官也勻稱多了，看上去可算清秀，頗得一些路遇的大人喜愛。他的頭髮偏黃，長鬢垂耳，不知道的人常常把他當作小姑娘。阿姨跟他的家長講了多次，讓他們給方槍槍頭髮剪短，夏天留這麼長的頭髮容易生痱子。

大禮拜回家，他爸爸帶他們哥倆去逛對過的翠微路商場，用冰棍把他騙進理髮館。一看見那些白衣白口罩細菌部隊打扮的人，每人按著一顆人頭奮力切削；一圈陸海空官兵引頸受戮低下高貴的頭任人宰割；方槍槍先心驚肉跳。聞了一會兒臭烘烘熱烱烱的頭油、髮渣兒、肥皂水的味兒他就暈了理髮館，跑出來吐，吐了一地小豆乾飯和黃瓜炒雞蛋。再怎麼拖也不肯進去了。方際成講不通理，當街拍了他兩下，他就哭成個高音喇叭，惹來一些隨軍家屬指責解放軍不注意影響虐待幼女。氣得方際成拉著方超揚長而去，「幼女」一路哭一路跟，險些被另一些隨軍家屬當走失兒童送到交通崗。

下次講好條件，滿足了方槍槍一切正當或不正當的要求，一走到理髮館門口他又兩腳生根不上台階。沒打就開始哭，誰見誰心軟。

方際成對阿姨講，這孩子他沒辦法，每次進理髮館都像送他上法場。先讓他頭髮那麼長著，實在不行紮小辮，等他媽媽有空兒了再收拾他。

唐阿姨心說：打呀。你不是會張牙舞爪來老虎那套——還是分人。自己家孩子是人，別人家孩子都是王八蛋。

與他們家熟識的張副院長也在私下講：不是理不了而是不想理。這家人沒女孩，在南京的時候就喜歡把方槍槍打扮成女孩子的模樣，一兩歲進保育院前還給方槍槍梳過小辮兒。

唐阿姨激憤地講：就是慣孩子嘛。越是小戶人家越是愛把孩子養得嬌滴滴的。小唐發現這是一條規律。保育院也有不少孩子父母是高級幹部，也沒見誰當個寶似的。還不是交出來就不管了跟參軍一樣，隨保育院怎麼調教。這樣風吹過雨打來的孩子將來才能屈能伸，坐得金鑾殿，進得勞改隊。

「糖包」要不是文化程度低，寫自己姓還常缺筆劃，真有心寫一本中國版《教育詩》與各位專家好好切磋切磋。當下她就立志，捐棄前嫌拜奉天女子國民高等學校開除的李阿姨當文化教員，從人口刀手尺認起。

方槍槍頂著一頭德國鋼盔式的齊耳髮在夏日的陽光下跑來跑去，有風的日子長髮飄飄，誰見了都要說「這女孩兒長得有意思」。他也很美，受了抬舉似的。沒事雙手分開擋住眼睛的鬢髮掠向耳後，歪嘴吹吹額頭的瀏海，東施效顰，女里女氣。好像木匠進了音樂學院拿鋸的手也有機會拎弓子了——很得意自己跨入了另一個領域。

保育院的女孩子普遍比男孩子發育早，身體靈活，頭腦清晰，無論是認生字學唱歌跳舞蹈都比男孩子領會快，記得牢。她們也更講衛生，更禮貌，待人接物更有規矩。男孩子還在衝衝殺殺，她們已經在玩複雜、更有情趣的遊戲：過家家、看病、餵飯什麼的。其中一些發育尤其快的，更是落落大方，人在幼年便顧盼流眸，自有一番成熟。這些早熟女童每日裡梳妝打扮，花言巧語，表達能力、社會經驗明顯高同齡男孩一截兒。阿姨喜歡她們，大量啓用這一類女孩充當密探和小頭目。在方槍槍性別意識尚且朦朧時，只覺得這些女孩是集體中較爲優秀的一群像官場上的紅人兒大學裡名教授的得意門生，十分仰慕，一直在發憤盼著有朝一日魚目混珠混跡其中。

方槍槍深信自己是在追求上進，向好孩子看齊。他也想讓阿姨待見，委以重任。誰願意總招人鄙視，姥姥不疼舅舅不愛——學好有罪呀？

女孩子的身體在日常生活中隨處可見，保育院的孩子都沒特別當作一個祕密或一種奇觀。實際上她們過分簡樸的線條在漫不經心的眼光中很容易遭到忽視。方槍槍有時起心打量她們全在於什麼也看不見，一說起女孩子怎麼長的就茫然。自己在明處，她們在暗處，平白無端就覺得吃了她們的虧。大家都是新中國的少年兒童，團結友愛，何至於她們得天獨厚，長得那麼經濟、輕盈，便於活動。尤其有時方槍槍翻床欄硌了一下蛋，安然走在路上被大人出其不意掏一把襠，越發覺得自己這一嘟嚕肉多餘、礙事、暴露身分。我們班男孩中高洋的陰莖異乎常人，豆莢般飽滿鼓脹，阿姨們也引爲一奇，沒事便指著說笑，搞得他成了保育院名人。經常一些無聊的男大人走來參觀，很多手摸來摸去，有一次摸發炎了，腫得紅艷。方槍槍不留神看了一眼，留下病態、畸形的印象，心中更是嫌惡。

後來胡亂受了些進化論的影響，沒搞清是怎麼回事就瞎造句：女孩先進化沒了，男孩還沒進化完。

方槍槍時常把自己想像成一個好看的女孩子：一張潔白的瓜子臉——葵瓜子；彎彎的黑眼睛，不一定很大，但務必雙眼皮；鼻樑很直，薄若餐刀刃，可用來切豆腐；鼻頭是尖是圓，他猶豫很久，最後選擇不尖也不圓，翹起來。嘴是櫻桃小口，不能窄於鼻翼，像哥哥那樣——搶飯時很不方便。

他還要一個香菸過濾嘴長短的人中；一瓶葡萄酒粗細的脖子；可盛一滴眼淚的酒窩；像杴鈕扣縫得熨貼的肚臍；十根麵條一樣的手指；兩條吧凳般的長腿。

他不要所謂身體曲線，只希望自己全身上下像根無縫鋼管渾圓緊湊，白璧無瑕，拎得起放得下，一絲不掛也不丟人，到那兒展覽都是可造之材。

最早他這些想法是照著陳南燕想的，後來幾經修改，超出了原型。單純拷貝陳南燕，因爲實物總在，一比樣品，贗品就不像了。無論本人自我感覺多好，陳南燕一到如同樹起照妖鏡，方槍槍自己也覺得原形畢露。

方槍槍博採保育院所有女孩的特點。一些男孩長得不錯，他也大膽取其局部爲其所用。還有一些無人具備，他又堅持要有的特點，譬如氣質、風度，他就自作主張，想當然了。

他認爲自己應該顯得傲。

我長得這麼好，全保育院也找不出第二個，不能太平易近人了。咱們這些個小孩，德智體都沒開始發展，天眞爛漫，比不了學識又談不上什麼思想品德，長得全乎，不傻不黏，就是一個人全部優點了——誰也不能管我叫「花瓶」。

老院長有一次看見方槍槍在花壇摘花兒，掐了朵月季湊在鼻前使勁嗅，眼睛瞟來瞟去。見人注意便做出深爲花香陶醉狀，勁兒勁兒地掉頭走開。那步態也特別，像是經過設計，踩高蹺似地平地走出一股蹬梯子的味兒。

於是指著問：這個……男孩還是女孩，怎麼這麼噁心？

還有一次，大家玩完回屋，都急著上廁所。李阿姨也急。她放進女孩子，把男孩子擋在外面，自己也進去，還插上門。剛蹲下，發現方槍槍蹲在旁邊，心頭大怒，又不便聲張。方槍槍裝模作樣撒完尿走了，大敞著門。李阿姨吃了個蒼蠅似的別提心裡多熬糟，一下午嘴裡都在嘟囔：眞他媽流氓眞他媽流氓。小唐聽見問：流誰啦？

李阿姨嘴一下閉得像刀片那麼薄，倔強的模樣彷佛告訴小唐：打死我也不說。

方槍槍不三不四的樣子和特立獨行的架勢在保育院遭到集體的孤立。男孩們當他是個怪物、叛徒，給他起了個外號：假媳婦兒——我認爲這是鸚鵡學的阿姨舌。阿姨看不到，還把他堵在牆角摧，按在地上吃土。美麗整潔的方槍槍經常弄得蓬頭垢首，一副殘花敗柳的樣子。心中愈發覺得男孩粗野，發狠不與他們爲伍。他也傲得挺沒意思的。也想給自己找幾個宮女，眼睛一遍遍往女孩子高的那一堆兒裡乜斜。心知自己是冒牌貨，還是抖著膽子往人家跟前湊，湊了幾天插進去，恬著臉問人家：你們玩什麼呢？

女孩們晃著懷裡缺胳膊少腿的布娃娃不吭氣，誰也不看他一眼。

帶我玩吧，我給你們當做飯的。

楊丹先翻了他一個白眼，其他女孩一個挨一個接力朝他翻。陳北燕翻得比誰都大，半天不見黑眼珠落回槽兒。

中午午睡，他掐陳北燕胳膊上最嫩的肉：爲什麼不帶我玩？

陳北燕疼得嚶嚶哭。

方槍槍咬牙切齒小聲說：以後不許你跟別人玩，只許跟我玩。

唐阿姨巡視過來，他連忙縮回手，蓋好毛巾被裝睡。

他聽到唐阿姨問陳北燕哭什麼，陳北燕不敢說，挨了「糖包」一通訓斥。

下午，方槍槍走到哪兒，陳北燕跟到哪兒。女孩子們叫她，她看著方槍槍腳下不敢挪步。

楊丹摟著脖子把她帶走，沒過多一會兒，她又自個乖乖回來了。

方槍槍很高興，盡量善待她，拔了一些草，做成一束花的樣子，讓她手裡拿著。

他讓她坐上轉椅，推得她飛轉，自己退開一步，揮手向她告別：再見！到了就來信。

方槍槍還把陳北燕攙進鞦韆筐坐下，自己當大力士送人家上半空。

下來問人家跟我玩好玩嗎？陳北燕不點頭也不搖頭，方槍槍給了她一耳光，接著手指她問：

你哭？

陳北燕也就沒哭出來。

方槍槍想自己還要耐心點，多給她一點參與感。於是拉起手喜氣洋洋地建議：咱們玩打仗吧。

方槍槍在前邊假裝八路軍跑，陳北燕在後邊假裝中央軍追。方槍槍邊跑邊射擊，還扔手榴彈，嚴格按照軍事要領，爆炸時趴下，打槍時隱蔽。陳北燕簡單，敢死隊一樣往上衝，槍拿的也是無聲手槍，光放不響。女兵就是不會打仗。方槍槍對她講，你這樣不行，眞在戰鬥中很快就會中彈。他教了她幾種簡單的步兵動作，怎麼臥倒，怎麼匍匐前進，讓她原地練了幾遍。不標準，再來。陳北燕趴在地上哭了。方槍槍不爲其所動，冷酷地命令她繼續。直到無可救藥才叫她起來。再三叮囑她：槍一定要響，人一定要經常趴下，否則這仗沒法打。然後雄赳赳跑開幾步宣布重新開戰。這次他當美國兵，陳北燕當志願軍；他巡邏，陳北燕打他的埋伏。

方槍槍戰鬥得累了，跑到一堆沙子上筆直倒下，對趕上來，不知再往下應該怎麼辦的陳北燕說：假裝我犧牲了，假裝你把我埋起來。

陳北燕跪在沙堆上，第一把沙子就揚在方槍槍臉上。

方槍槍迷了眼，揉著眼睛坐起來，沒發火，興致勃勃換了個花樣：假裝我負傷了，假裝你搶救我，假裝把我運醫院去。

陳北燕用盡全身力氣才把方槍槍從地下架起來。方槍槍在她攙扶下非常得意地一瘸一拐穿過院子，時而吊在她身上短暫昏迷片刻。張燕生一幫男孩大聲給他們起哄。

方槍槍躺在樹蔭下讓陳北燕治傷，太陽曬著一點就往蔭裡挪一點。陳北燕給他吃藥，抹藥水，在他堅持下還用手指頭給他打針，臂部注射。

爲了玩得逼眞，方槍槍還在樹下揀了個塑料扣子當藥吞下，含在舌底。

現在你的傷好了，可以假裝追趕部隊了。陳北燕十分不耐煩地結束治療，對病人態度一點也不好，很像院裡衛生科的大夫。

假裝現在你負傷了，假裝我給你看病。

方槍槍把含了半天的扣子吐出來，塞到陳北燕嘴裡：假裝我先給你吃藥打針脫褲子。

陳北燕臉朝下枕著胳膊，一動不動趴在地上，褪下褲衩。

方槍槍揀了根樹枝，撅巴撅巴當針管。嘴裡還念念有詞：

假裝我抽了藥，假裝我甩甩針頭，假裝我……他高高舉起樹枝正要扎陳北燕，只聽另一棵樹下李阿姨一聲大吼：

幹什麼呢你！

聲音未落，人衝過來，一把搡開方槍槍，拉起陳北燕三下五除二給她提上褲衩。叱兒她：

你傻呀！

方槍槍玩得高興半截中斷，笑容還在臉上：我怎麼啦？

李阿姨蹲在地上給陳北燕拍土，扭過臉嗓子眼兒裡發出一聲低吼：滾——！

方槍槍走出小樹林，來到太陽地。儘管已近黃昏，太陽光仍然很足，曬在皮膚上灑辣椒麵兒似的。他滿身大汗，蹭到牆上、門上都是一片濕印。他走進活動室，用自己缸子接著涼白開桶的銅龍頭喝了很多水。那水有點溫，放了白糖，好像還放了一些鹽，喝進嘴裡有點甜也有點鹹，喝多了愛打嗝兒。他又接了半缸子水走出門站在台階上邊喝邊瞅別人玩。

他肚裡灌了涼水，沒有冷卻下來，反而更加逛蕩。李阿姨那一小吼，別看他表面上沒怎麼樣，心裡著實受驚不小。李阿姨吼之時那張臉很多年後才找著詞形容：鄙夷。這李阿姨的粗暴惡劣他是習以爲常，更猙獰的嘴臉也遭到過，怕一下也就完了，全沒今天這麼觸目驚心過眼難忘。方槍槍自以爲還是深得大人喜歡的。雖然有幾分孤芳自賞，但對阿姨這類強者，他一向摧眉折腰能巴結則巴結，很在乎她們對自己的看法。李阿姨這一吼，吼掉了他一大半自信。再一項令他惶恐的是原因不明。過去李阿姨每次行凶，都凶得有個道理，方槍槍自個也清楚什麼地方招了人家，霉頭觸在哪裡。這一次玩得好好的，如遭晴天霹靂，死都不知道是怎麼死的。

方槍槍有些憤憤不平：她也給我打針了我也給她打針了怎麼我就活該得一個「滾」。這時他想起陳北燕的屁股。剛才玩時這東西並不顯眼，只是身體的一部分，他壓根沒往記性中擱。現在，屁股斷頭去尾凸顯在他眼前，像清白無辜的生靈受了冒犯，十分冤屈卻含悲忍垢不記仇不皺眉。屁股多老實呀——我感到一陣羞愧。欺負不會說話的東西算什麼本事？人家那麼靦腆，不愛聲張，默默地爲我們做好事：承擔我們的重量，排泄我們的骯髒；從有限的口糧中節省出那麼一大塊脂肪墊在下面，使我們身上有一處容許人打又不太疼的地方，走到那兒都像給自己帶著個沙發墊兒。當然還有一些我那時不知的好處，譬如：遇到地震給壓在房子底下多活幾天燃燒的能量。簡言之：應該善加珍藏妥貼呵護誠心敬重的東西被我隨隨便便拿出來胡使，不說褻瀆神聖也要講暴殄天物。難怪李阿姨發那麼大火。我知錯了。我對屁股充滿歉意，覺得自己深深得罪了一個那麼善良忠厚又謙虛謹慎的好屁股。

我抬眼去看所有人的屁股，都嚴嚴實實包裹在結實的布匹裡，或扁或鼓——這一定是好東西。

唐阿姨從屋裡搬出一把椅子放在樹蔭下，朝我招手點名叫道：方槍槍你過來。

她很親切，滿臉堆笑，一手背在身後，一手繞著柳枝揪下片片柳葉。

我走了幾步，看到她手中什麼東西一閃光，心中不祥，先排除第一恐懼雙手抱著腦袋大聲說：我不理髮。

不理髮。跟你商量個事。唐阿姨笑得更可人了。

我盯著她的一舉一動，滿腹狐疑走到近前。

我準備讓你當吃飯小值日。

唐阿姨虛晃一槍，冷丁伸出一隻手抓人。我早有防備，收腹含胸，眨眼之間人已在一丈開外。

你跑？唐阿姨變色吆喝。

我不跑。我前腿弓後腿彎，箭在弦上和她討價還價：不跑不理髮。

進退幾個回合，唐阿姨眼珠一轉，計上心頭，掉臉喊那邊正玩得歡的孩子：你們幫阿姨把方槍槍抓住。

只聽周圍小朋友發了聲吶喊，人人奮勇，個個爭先，一窩蜂四面包抄過來。

我左衝右突在前邊拚命地跑，邊跑邊回頭——大群孩子黑鴉鴉緊跟在後面，最前面的幾個狂奔之中還伸著手像鐵道游擊隊在追火車。一隻手撓了一把我的光背，我一個急拐彎兒，一排孩子應變不及闖進花叢。

散兵游勇楊丹出現在我面前，一臉驚恐只想躲我，左閃右閃都跟我想到一塊兒了。

我只好抓住她雙肩，腳下一個絆兒將她尖叫著摔倒在塵埃中。

就耽誤了這麼一小會兒，長腿長手的高洋從後面把我撲倒。快馬駕到的其他孩子接二連三壓到我們身上摞成京東肉餅。我扭過頭親眼所見，汪若海健步趕來雙手按著趴在最上面的于倩倩屁股一個起跳，穩穩坐在她的腰上。

我費勁抽出一隻手用力打高洋的臉。高洋被人山壓得一動不動還不了手，皺著眉頭忍受，很快臉就被打紅了，貼著我臉嗚嗚咽咽哭。

唐阿姨分開鬼哭狼嚎的孩子，掐著我的後脖梗把我押到樹蔭下的椅子上，一推子先在我腦門中間犁了道溝，鬆了手說：你跑吧。

我哭哭啼啼任她給我拔毛，只求保住耳朵。前幾天見過唐阿姨拿廚房的韭菜練手，以爲她是想學修剪桃樹，還爲她高興。她煞費苦心給我剃了個蓋兒。這是她認爲最美觀的髮式。她們房山縣唐家坨子的栓柱有富什麼的都剃這樣的頭。其他小朋友圍著我叫：馬桶蓋兒馬桶蓋兒。

第五章

人矮，天就顯得高；日晴，雲就蒸發了。翠微路上的楓樹葉子已經變成酒紅色，摘下來貼在帽子上就能當帽徽；楊樹梢頭的部分被一夏天的陽光曬得像披了件黃軍裝；榆樹、槐樹還是綠的，但也綠得乏了，中午也顯得陰鬱；樹葉脆弱，沒風也自夭枝頭接二連三沙漏般往下掉不像柳樹輕薄依舊，有事沒事翩翩起舞。

天好，阿姨就帶我們去街上看車。從家屬區的西門出來，沿著翠微路走到復興路口。出門小朋友除了橫著手牽手還要扯著前人的後下襬，一個穿一個遠看就像一根繩上拴的螞蚱。走到復興路上，小朋友們面向馬路排成兩行，小合唱一樣伸著脖子等著，駛過一輛汽車就拍手雀躍，齊聲歡唱：大汽車大汽車大，汽，車。

很多年前新北京一帶還是典型的郊區景致。天空還沒被首都鋼鐵公司和八寶山火葬場污染。也不繁盛，沒有沿街那些花狸狐騷的大笨樓和髒館子。復興路只是一條四車道的窄馬路。兩側樹木葱蘢，有很寬的灌帶將非機動車道隔開。騎自行車或步行的人可一路受著林蔭的遮蔽。

隨處可見菜田、果園、遠山與河流。建築物大都隱在圍牆深處，多數高度在二層或四層，在林木環抱中露出錯落有致的屋頂。僅有的標誌性建築是軍事博物館高大的金色五星和海軍辦公的大屋頂黃樓。

馬路很清淨，基本沒有行人，汽車也很少，小朋友們望眼欲穿才盼得來一輛軍用卡車。要是馳過一輛車頭帶奔鹿標誌的老「伏爾加」就像見了寶一樣，歡呼聲久久難以平息：小汽車小汽車，小——汽——車——

這一趟沒白來。

我把「小氣」和「小汽車」這兩詞搞糊塗了，以爲這倆是同根詞，因爲小氣才叫小汽車。不理解爲什麼大官偏坐「小氣車」。

走來走去，知道了自己的大概方位和家鄉的部分面貌。東面是北京城，有火車站，西單和木樨地。沿著馬路中間一直走能走到天安門，毛主席就住在那兒上。屋裏掛著紅燈籠。逢年過節出來讓大夥兒見見，平時就把相片掛在外頭誰想他了可以隨時看看。

緊挨著我們院的是海軍大院。大得一塌糊塗，圍牆圍住我們半個院子，還一直綿延到公主墳「大一路」公共汽車總站。兵力也多，足有兩個連我們院只是一個可憐的警衛排。更遙遠的東方據說還有個空軍大院。全國戰鬥機都是從那院起飛保衛黨中央。有時不知何故遠處會傳來一聲巨響。小朋友都知道那是空軍在投彈轟炸。多一半孩子見過機場停放的飛機，星期天那些飛機統歸「軍博」管，買票就能進去參觀。

西邊隔著翠微路是通信兵，發報機都在裡面。他們保育院的小孩也經常手拉手出來，沿著路西側他們院圍牆走到復興路上看汽車，與我們井水不犯河水。再往西就深了，大院一門接一門，都是陸軍把門。你要知道陸軍有多少兵種你就挨牌數吧。反正盡頭是「301」總醫院，全是病房。據說「301」往西還有陸軍，但我們班的小朋友最遠也就在「301」住過院，再西還有哪支部隊也沒人說得清了。陸軍如此衆多，聲勢浩大，很使我們這些陸軍小朋友優越。

我們院門牌是「29號」。這是開在復興路上的北門號碼。有時我們抄近路從北門回院，經過門外那兩個大紅數字，一下就記住了。北門是正門，門禁森嚴，站崗的有長槍短槍，進出要穿軍裝亮出入證。家屬小孩是不許通行的。保育院阿姨認識有的戰士，另外我們小朋友好歹也算編隊行進，帶班的班排長偶爾開恩，揮手放過我們。這些兵拿的都是眞槍啊！小朋友們格外敬畏那槍刺上的凹進去的血槽，看得入迷，走出老遠還一個勁兒後仰著身子擰脖回頭。最愛看的是這些兵敬禮。有幹部通過，背短槍的就一個立正手舉帽檐。小朋友們登時喜笑顏開連忙學著互相敬禮，一步一個立正，誰看就向誰致敬，隊伍就此扯散了拉長了一路都是忍著笑不停行禮的小孩。

北門內的辦公區有三個品字形排列的大花園，被結滿青灰色樹籽的柏叢緊緊環繞，裡面種著一些花草看不清品種和姿態。中央花園有一根旗杆，高聳入雲，想數上邊飄揚的那面紅旗到底有幾顆黃星一定會被直射下來的陽光刺盲眼睛。每個花園後面都有一座灰白鋼筋混凝土樓房，平頭整臉肥矮敦實。樓門寬大一排玻璃門主樓還有防雨車道；窗戶很多一扇連一扇槍眼一般都是鋼框鐵架。這種風格如果一定要命名可稱之爲「蘇維埃式」。一種經過簡化的俄國款樣：毫不掩飾，突出堅固，具有堡壘般戰鬥氣勢和庫房般容積米數的大塊頭。小朋友們的爸爸都在這些樓裡上班。每次路上總會碰見一兩位，一個人喊爸爸，其他人也會跟著亂喊。樓上窗戶就有人探出頭，知道是保育院小朋友經過了。

出辦公區還有一道崗。那道隔離牆建得有點節約，磚砌得很花俏，碼出很多鏤空的圖案，攀登方便，應該說是道女牆。

女牆外是大操場，也是我們院的中心地帶。操場上有兩個籃球場，一個燈光水泥地一個土地；一架雙槓一具單槓一個沙坑一堵障礙板一條獨木橋；更大的部分是一個足球場，東西兩側遙立著無網的足球門。

操場西路排列著禮堂、俱樂部、澡塘、鍋爐房、衛生科、一食堂和菜窖到西門。

東線桃林夾路，成熟的桃子有嬰兒臉那麼大，三三兩兩嬌嫩地躲在匕首形桃葉中。桃樹後有一大片果園，鐵絲網圍著很多蘋果樹、梨樹和一鋪果實累累的葡萄架子。果園南邊隔著一片楊樹林空地是所大別墅，在美國也值一百多萬。原先是給一名將軍修的宅子。此時當作保育院的傳染病隔離室。再往南百米開外的另一所將宅。更大，更講究。圍著柵欄，有單獨的崗亭衛兵。在加州得賣兩百萬美元。小朋友們都知道住的是十年後相當著名的林彪反黨集團成員海軍中將李作鵬。此人給小朋友留下深刻印象。大高個，挺胸疊肚，像現今的明星一樣永遠戴副墨鏡從沒摘下過。那是我有生以來見過的頭一副墨鏡。這墨鏡使我倍受困擾，那是電影裡壞人一般而言特務的道具，革命高幹李將軍戴著充滿邪氣。

他是一位海軍副司令。高洋很了解他，告訴我們他原來是我們部的副部長，官遷海軍家沒搬。他有一個胖兒子。之所以戴墨鏡是因爲他的一隻眼在戰爭年代被白狗子打瞎了，裝了隻狗眼。

李將軍家毗鄰東院牆有一個小門，通往一牆之隔的海軍大院。小門的衛兵由兩個院各出一名陸海軍士兵。再加上李家自己的崗哨，一小塊地方林立著很多武裝衛兵，給小孩重兵把守的感覺。

跨過東西小馬路是38樓。這也是座將軍樓，住著一員中將，幾員少將，一位前途遠大的大校和一位白髮蒼蒼的老上校。這位老上校原來也是將軍，國民黨部隊起義的。他的兒女當時就很大了，有的已經成婚。高洋見過他的外孫女。

挨著38樓就是我家的42樓。這是院裏最大的樓，我們班小朋友多數都住在這幢樓裡。往西過了二食堂，院最深處還有一幢和我們樓一模一樣的23樓。高洋楊丹家住那樓。

其他就是些平房和筒子樓了。于倩倩家住平房。

38樓人家都吃辣子。家裡炒辣椒，聞見油鍋味兒就要流眼淚。42樓和23樓裡很多大個子壯漢，吃饅頭地瓜就大葱，說話像含著豬大油。愛打孩子。孩子也被打慣了。經常在樓下聽到樓上近乎殺人的慘叫，片刻受害者下來笑嘻嘻的，若無其事。

高洋講，38樓都是紅軍。42樓和23樓的是八路。一個在南邊打一個在北邊打，成立解放軍前都不在一個部隊。高洋什麼都懂。他家吃蛇，有時還套貓。他家一個老太太說出話來誰也聽不懂。

小朋友家愛吃的東西都不一樣。除了地瓜大葱還有喝醋的一天到晚撈麵條的炒菜放糖吃糯米的。我家專做的就是豬肉酸菜燉粉條。

沒一家愛喝豆汁。

大人都講方槍槍虎頭虎腦。他頭剃得青一塊白一塊從後邊看就是一足球；兩腿膝蓋永遠塗著紫藥水或紅藥水舊創未癒又添新傷；脖子、腳後跟沒到冬天就皴了什麼時候搓什麼時候一群活蚯蚓。孩子有了七八顆牙，路上揀到圓的亮的就往嘴裡塞，經常大便時拉出一個扣子或汽水瓶蓋偶爾還有一枚五分硬幣。有一次唐阿姨見他塞嘴裡一只八一帽徽，連忙用手捅嘴裡去掏已呑進肚裡還被咬了一口。午睡時來了兩個衛生科護士，帶著一根橡皮管子和一輪液瓶肥皂水。她們把管子插進孩子肛門，把那瓶肥皂水灌進他直腸，讓孩子坐在便盆上，聊天等了一會兒，就聽便盆一陣水響，接著噹啷一聲。護士把帽徽沖下馬桶，放心走了。孩子一下午括約肌失靈，吃窩頭拉棒子麵粥，學了一個新詞：灌腸兒。此後一生一見到那道北京小吃扭頭便走。

孩子還學會了一個新詞：王八拳。中國武術沒這一路。那拳不叫「打」「使」而叫「掄」。要領是以肩爲軸，兩臂能伸多長盡量伸長，然後「掄」起來，左右畫車輪。車輪轉得越快越好，在眼前形成一個密不透風的屏障，誰進來都是一頓雨點般的拳頭落身上。打的時候最好邊哭邊「掄」，那樣震懾效果最佳。

不會王八拳不行啊。孩子長不大。孩子每天都要和全班小朋友較量一番。一起床，還沒穿完衣服，就要先跟陳北燕掄一通王八拳。下地之後，每一張床的小朋友都在摩拳擦掌，等他一到就開始掄拳。要走到活動室必須一路掄過去。上廁所也要邊掄邊尿，旁邊不能有人，也騰不出手扶把。做遊戲的時間幾乎沒有了，只要阿姨一解散，小朋友們就圍著方槍槍狂掄王八拳。也不見得非要打中，關鍵是運動起來，別讓他閒著。經常形成小朋友們圍成一圈，方槍槍一人獨在中間，各掄各的，誰也沒打著誰，個個哭得上氣不接下氣。好像邪功導師領著信衆在練氣哭啊鬧啊。阿姨也不明白這些孩子爲什麼同仇敵愾跟方槍槍過不去。問原因沒人說得上來，一個比一個委屈；三令五申又制止不住，一轉身孩子們就打成一團。爲了減少打架，阿姨有意隔離方槍槍。散步時把他擱在自己手裡單獨領著。玩集體遊戲老鷹捉小雞丟手絹時讓他一人在邊上看著。這絲毫沒有緩和孩子和大家的關係。

孩子也不懂這局面是怎麼形成的，只知道誰不理他就打誰，越打越多，打成了慣性。孩子他不羞，不苦悶，不講理，不自憐，每日一睜眼兢兢業業打到閉眼。他總是第一個醒，最後一個睡。有時寢室熄了燈，還有一些男孩光著腳悄悄摸過來，孩子就和他們床上床下你來我往比試半天。全班都睡了，孩子還在黑暗中閃動著警惕的眼光。

孩子太累了，心中生出一些狠念頭。那些女孩再向他掄拳頭，他就貼上前認真打一個直拳。這一手很奏效，一拳打在臉上，對方的王八拳也就歇了。排頭逐一打去，一片女孩子捂著臉蹲下哭。下次一見他紛紛逃散。

打垮了女隊，孩子轉向男隊。他先是攻擊單個遇到的男孩，不管人家是在喝水還是上廁所，只要占著手，上去就打。高洋有次拉屎，被他打得差點掉進茅坑。老實膽小的男孩都被他馴服了，一解散就去和女孩玩。只有張燕生汪若海等七八個男孩十分頑強，每日堵著他照打不誤，也疼也哭但就是打不散。汪若海也學會抽冷子打直拳。孩子第一次挨了直拳就有點堅持不下去，可惜沒有辦法光榮投降，只有打下去。第二趟直拳打過來疼得實在哭都來不及，張燕生雪上加霜一頭撞過來，孩子當場停止奮戰，渾身軟綿綿得再無一絲力氣。第二次一交手挨的全是直拳，孩子轉身要跑，吃了一絆兒，被幾個人屁股壓在底下騎到吃午飯。汪若海還坐在他頭上放了幾個蔫屁。被人騎了吃過人家屁，再遇到這一夥，孩子失去抵抗意志，奴隸一般任他們驅使。汪若海喊一聲：假媳婦兒。孩子就乖乖跑過去站在人家面前，叫立正立正，叫敬禮敬禮。聽到汪若海喊：把叛徒押上來。就知道是在喊自己。不管正幹著什麼馬上停下來，等著來提自己。下跪捆綁坐老虎凳之後，還要被處決多次，一聽到「我以人民的名義」叭一聲槍響就要立刻栽倒在地。正面槍響向後倒，後腦槍響向前趴，前後夾擊身體應轉半周兩腿彎曲原地癱泥。每一槍都有講究，都要交代，亂來不行的。像槍響捂胸那就是嚴重違例，這是革命者的專利，叛徒使不得。

方槍槍每天遭幾遍槍決，死得非常老練。尤其善於亂槍穿身：東一抽搐西一痙攣，轉好幾圈也不倒下——臉望藍天，大張著嘴，身體一點點往下溜，左翻一白眼右翻一白眼——躺到地上戲還很足：吐舌頭、蹬腿兒，不折騰夠了不閉眼。他這死法保育院很多小朋友欽佩，視爲絕技，群起效仿。汪若海等人看了也喜歡，爭當叛徒令方槍槍挨個槍斃他們，一個個兩眼失神，東倒西歪，頹然撲地。一時保育院槍聲四起，屍橫滿院。當叛徒，遭槍擊，死不瞑目蔚然成風。

當了人家的兵，儘管吃點苦，我還是更多覺得找到組織的安心，比一個人獨闖天下少很多茫然。位置明確了，前途不用考慮了。我背著汪若海或者張燕生在院子裡漫步時，想的就是怎麼當好一匹馬。小碎步怎麼顛顛地邁，柳條抽到屁股上怎麼最快速度跑起來，聽到「吁」的一聲怎麼低頭停下來。這不是誰都幹得好的。譬如說人只有兩條腿，手還要抱著身上人的腿，勒馬後退這個最體現馬之矯健騎手之英姿的動作缺兩條前腿你怎麼表現？那就要憑空捏造，借鑑戲曲藝術來個金雞獨立勻出一條人腿仰起馬蹄，另一條腿同時往後蹦——這平衡功能不是一般人具備的。幾年後第一次看《智取威虎山》，童祥苓打虎上山，馬遇虎驚退那一場，我們這一排小哥們兒忽然大笑不止，覺得看到了熟悉的場面。

再有就是騎馬打仗。說是騎兵格鬥，主要還是要看誰的坐騎穩健耐戰。你不能把主人馱進戰場就傻站在那兒不動。你要盡可能迂迴機動，第一防備側面、後面的偷襲；第二從側面、後面偷襲人家。敵人應處於你和騎師的正面半徑範圍內。接敵之後騎手因要兩手全力肉搏，身體就全靠馬加固。你要不斷托著他屁股把他舉高，身體越高，臀下越穩，騎手的優勢越大。一旦他快不行了，將要被人拖下馬來，你還要及時退出戰場，重整再戰。哪有什麼命令啊，全靠馬自覺。所以沒有好馬，再好的騎手說要取勝那是一句空話。好馬還會主動參戰，撞擊對方的馬。一般不是身高體壯有戰術頭腦的孩子想當馬還沒人要呢。打贏的時候，最大的榮譽是屬於馬的。

那麼多人爭著騎我，我感到自己十分優秀。

有一次，我哥哥看見我馱著汪若海用嘴伴奏咯噠咯噠跑過去，揪下汪若海要揣他。我還替汪若海說情：我願意的。

我也不是沒馬。汪若海騎完我，我就騎高洋。高洋人很高，是匹好馬。可他不願意我騎他，打起仗不出力，經常別人一拽，他就鬆手，我就掉在地上。怎麼打也不上路。我換遍了保育院所有的馬，沒一個可心的。有時情況緊急，隨手拉來一個小孩騎上投入戰鬥，沒走幾步連人帶馬壓垮在地。

汪若海愛好之一是給女孩子搗亂。作為他的打手我也義不容辭。女孩子那邊剛擺好過家家的鍋碗瓢盆，汪若海就領著我們幾個歪戴帽子斜紮皮帶的小子走過去，踢開假設的門，橫眉立目，惡聲惡氣地問人家租子交了沒有，家裡藏沒藏八路。汪若海喜歡楊丹，每次都說她是八路，讓我們把她抓走，抱住人家就親。楊丹見他就跑。我們就追。楊丹跑得快，一跑就跑到阿姨跟前。我撵不上她，轉身去追陳北燕。她剛留了兩個小辮兒，授人以柄，又跑得最慢，我幾步撵到她身後，一把拽住她小辮兒，她就乖乖到手了。

我抓著陳北燕兩個小辮兒像提著馬繮繩，把她趕到汪若海面前，挺胸敬禮：報告軍長，八路跑了，抓住個送信的。

燒死她——汪若海手疊手杵著根樹棍叉著腿撅著屁股覺得自己很像皇軍小隊長。

我把陳北燕貼在最粗的老槐樹上，自己從後繞樹拉著她的兩隻手，把她全身打開形容五花大綁。張燕生他們就在她面前假裝點起一堆熊熊大火，模仿著火苗呼呼向她臉上吹氣。陳北燕睜著驚恐的眼睛一聲不出，頭髮嚇得都立了起來。

八格牙路，老虎凳的幹活。汪若海又說。

我滿頭大汗跑去搬磚頭，把陳北燕靠樹按坐地上，往她腳底下一塊塊墊磚頭。我一般墊三塊磚頭膝蓋就疼了，陳北燕墊四塊磚頭也沒事兒。花壇裡就那麼幾塊磚頭，中班一桌老虎凳又用了一些，我們這邊就沒了。我把陳北燕腿往上抬，她很軟，還有很大餘量。

看她腿能不能夠到腦門。汪若海說。

我和張燕生各搬起她一條腿使勁往上舉。陳北燕從靠著的樹幹滑到地上，後腦勺蹭土，大聲哭起來。我們趕緊扔下她的腿慌慌張張溜了。

第二天黃昏，我在楊樹下揀到了一只老根兒葉子，又寬又油，拿它拔斷了汪若海他們所有人的老根兒。正得意呢，陳南燕衝過來一下把我推了個大跟頭。我剛要站起來，她又衝過來推我一跟頭。她緊繃著嘴，眼睛明亮像裡面點了燈，臉雪白一用勁就湧出滿腮紅。她不讓我站起來，只要我將起未起，她就再推一把，每次推我都讓我覺得她想推死我。

我招你了？我丘在地上大聲嚷。

你招我了。她死盯著我咬著牙說。她身後還跟著幾個大班女孩抓著汪若海張燕生的脖領子亂嚷：有你沒有有沒有你？

他二人連哭帶掙扎：放開你放開。

張燕生他三哥張寧生和一幫大班男孩衝過來，推那些女孩：幹嗎幹嗎？欺負我弟幹嘛？

女孩男孩立刻吵成一片，什麼也聽不清，只能聽到楊丹她姐楊彤的尖嗓子，一口一個：廢話！廢話！

我哥跑過來時，唐阿姨也趕了過來，問陳南燕怎麼回事，怎麼欺負中班小朋友。

陳南燕這才說：他先欺負我妹的。不是一次，老欺負。

唐阿姨把陳北燕叫進人圈指著我問：他怎麼欺負你了？

陳北燕有人撐腰，聲音也亮堂了：他揪我辮子把我綁樹上還用火燒還掰我腿……

唐阿姨咂著嘴點著我額頭：你，一天不惹事你就難受。專欺負女孩子恨死我了——那也不能自己打人。陳南燕我要告訴你們班阿姨，星期六告家長。女孩子還這麼野蠻。都回去，這事兒阿姨處理。

走，回班。唐阿姨一把將我揪走。路上順手牽羊捉住汪若海張燕生。

你們三個就是咱們班的害群之馬。你，是壞頭頭——唐阿姨一摁汪若海腦門。

你，是狗腿子——她一摁張燕生。

你，最壞。狗頭軍師。什麼壞主意都是你出的。她一摁我腦門，我頭往前一低，只聽她手指關節咯吧一聲響，我腦門上留了個紅印。

你再壞！唐阿姨遠遠拿起竹教鞭敲我天靈蓋：你翻誰白眼，你再翻一個試試——你就是缺打。你父母不知道管教你，所以你成了個禍害。他們再這麼慣你，你就等著長大讓公安局管吧。

唐阿姨把陳北燕帶進來，理理她的小辮兒，手扶著她肩對她說：你這孩子也是太老實，挨了欺負不吭聲。你越這樣這些壞孩子就越欺負你——下次誰再欺負你立刻告阿姨。

陳北燕怯生生點頭。

現在，你們三個一個一個向陳北燕道歉。從汪若海開始。

我錯了，下次不這樣了。

說對不起——你們家大人沒教你啊？

張燕生。

我錯了，下次不這樣了，對不起。

方槍槍。

……

方槍槍！唐阿姨用竹教鞭左右捅我的雙肩，捅得我撒嬌似地來回晃身子。

阿姨可等著你呢啊——阿姨可沒多少耐心了啊——你是非要阿姨把你家長請來是不是？

她一竿兒捅疼了我。我小聲嘀咕：糖包。

你說什麼！「糖包」一下炸了，竄了過來，連推帶搡，我腦袋咚一聲磕在身後水泥牆上。

我開口罵她：操你媽！

「糖包」這一鞭絕對是照著我人抽過來的，帶著風聲，呼一下從我頭皮上刮過——我本能地縮了一下脖子。第二鞭掄起時，我已經鑽過桌子站到另一側。

你敢罵我媽。我撕爛你的嘴。

唐阿姨眼睛都紅了，瘋子一樣舉鞭繞著桌子追我。她追過來，我就鑽到另一邊。我也嚇壞了，不敢遠跑也不敢再罵，只是來回鑽桌子。我不知道唐阿姨爲什麼不上桌子，那兒童桌子很矮，她一邁腿不費勁就能站上去，那樣抓我打我都易如反掌。也許是習慣意識影響了她，也許是氣懵了大腦空白只剩下一個念頭：報仇。

李阿姨披頭散髮端著個臉盆從外面進來。她剛洗過澡，人很乾淨，顴骨泛紅還有幾分嬌媚。怎麼啦——她心情愉快地問小唐。

他——唐阿姨指我，接著眼淚奪眶而出，悲憤嘶喊：罵我。

罵你什麼？李阿姨放下盆，用皮筋紮一把頭髮，緊了一扣眼腰帶。

操我——媽。

我就知道李阿姨會加入。早已看好路線。當她一腳踏上桌子，另一腳尙在半空，驟然高大像羅盛教❺那樣縱身向我撲來，我已小碎步溜進廁所，一返身插上門插銷。

她十指尖尖，指甲有泥，像兩把多齒叉子在我心靈上留下了三天無法磨滅的印象。

外面汪若海在哭，關門的一瞬間我看到他被失去平衡的李阿姨一膀子撞倒。

李阿姨莊嚴的聲音在我耳邊響起：屋裡有沒有其他小朋友——請給阿姨開門。

我小心翼翼走過剛擦過滑溜溜的瓷磚地，從後門溜掉。

老院長正在夕陽下背手踱步，苦吟「ai」的韻腳。看見我笑瞇瞇地問：玩捉迷藏呢？

李阿姨唐阿姨帶著大批小朋友繞過樓角出現時，我已快出了保育院大門。

你回來。

李阿姨高聲喊。

不！我也用盡全身力氣哭著喊：我不回去。你們全都欺負我。

李阿姨跑起來。

我也跑起來。

下班號吹響了。海軍、通信兵都響起了嘹亮的軍號。悠長的號音迴蕩在遼闊的晚空。

第六章

那個黃昏很美，方槍槍到死都會記住這景象。晚霞似一把通天大火在斜垂的天幕上熊熊燃燒，火光映紅了大地。流雲一朵朵飛動，到處風起雲湧，像爆炸決口的大河滾滾奔騰。藍色在空中融化，一大塊一大塊地剝落變黃。整個天穹忽明忽暗，亮時極盡斑爛奪目，間有巨光射出；暗時一片鐵青，薄若蟬翼隱約透明宛如一爐煤火表面已成灰燼內部仍舊暗紅湧動。在這瞬息萬變的光線照射下，樹，像陰天一樣邊緣清晰；樓，紅裡摻進很多黃變成一堵堵橙色的牆；花果草坪遍地枯黃——看到哪裡都是一幅曝光不足的照片。

照片上有喇叭中播放的軍歌聲，總是一排男聲粗聲粗氣在唱；有飯菜漂浮的味道，一聞就是大鍋熬的白菜和籠屜蒸的米飯；有一夥夥穿黃軍裝的人沿操場東西兩路步出辦公區；操場上有一群赤膊打籃球的漢子，一個穿印字紅背心的大個子低頭運球過人，頭頂直立的短髮和鼓起的肱二頭肌相當醒目；一個光頭戰士兩臂撐著雙槓高高躍起，口輪匝肌結實地凸顯一圈；一個燙花穿列寧裝的青年婦女在大門衛兵前片腿下自行車；一排小學生有高有矮走進院門。其中一個扭臉看衛兵腰上的皮手槍套；一個戰士一手托摞報紙一手扶把奮力在騎自行車，他半身傾斜，眼望前方，一滴汗珠兒在帽檐下閃閃發亮。兩個女孩正從一幢樓門裡出來，一個臉已露出一個還在暗處，手裡拿鋁飯盒十分明亮。

送報戰士從她們身邊一划而過。兩名少女最後一截台階一跳而下像是比賽跳遠，她們起立後沿著小馬路上粉筆畫的房子一間間跳著往前走，手裡飯盒一路響。穿列寧裝的青年婦女騎到樓前下車，拎包匆匆進了另一個單元門。那排小學生跑過來，書包在胯部一下下拍打，分頭進了不同的樓門。西門進來更多的家屬、學生，有騎車的有步行的。最後一抹夕陽像是跟著她們從西門進來，水泥小馬路像金色鏡框映著上面來來往往的人、車。

穿黃軍裝的人流蔓延到每一條馬路，每一幢樓前，與婦女孩子匯成一片，或扎堆兒聊天或結伴而行幫著拎飯盒和菜籃子。他們都是胖胖和善的中年人，個頭高矮不等，年齡相差無幾，講話南腔北調，走路鬆鬆垮垮。要不是身上披著那身軍裝，領章綴著的槓、星，你會把他們當作百貨大樓的經理或各單位管後勤的幹部。十幾年聽不見炮響，年紀大一點，吃得好一點，活動少一點，內分泌再變化一點，軍官們都有些發福，有些白淨。憑臉你看不出這些保養得不錯的先生放過牛砍過柴。下班了，到家了，該吃晚飯了——終於盼到一天最舒心的時刻。他們都幹家務，也怕老婆，洗洗涮涮，生兒育女。他們臉上充溢著滿足、愜意、百事不求人的表情。

在這一片和平光景下，李阿姨也顯得軟化形象可親。她像一個在找貪玩的孩子回家吃飯的少婦，尋尋覓覓，邊走邊問，不時停下和人打招呼，笑聊幾句，接著又焦急地四下張望。

方槍槍藏在濃密的桃樹叢中，臉蛋掛在其他桃子之間。李阿姨在他眼前來回走了幾遍也沒發現。他望盡穿黃軍裝的人也沒看見他的爸爸。好幾個軍人他都以爲是，走到近處又變成了別人，白動了一番情。他覺得自己忘記了父親的面容。42樓上家家廚房亮了燈，只有他家窗戶是黑的。姥姥和姨已經回了瀋陽，再也沒人請他吃晚飯了。天暗下來，路上行人斷跡，操場上打籃球的人也走了。他很難再讓人發現了。眼淚順著臉蛋流下來，他揪著樹葉無聲地哽咽，知道父母去了遠方。他很懷念保育院，現在應該洗過手坐在桌前吃晚飯了。他把一根樹枝上的桃葉揪得淨光，樹枝一定很疼，吱吱呀呀地小聲叫。他不摘桃子，阿姨說過摘挑子不是好孩子，那叫偷。他想當好孩子，卻總是像個壞孩子被人追來追去。誰都追他，小朋友追，阿姨追，陳南燕也追——想到這兒他大聲哭起來。他咧著嘴，仰著臉，邊哭邊東張西望。周圍只能看見李作鵬家的警衛一人。這個背手槍的水兵站在李家花園柵欄外挖鼻孔，一眼也沒往這邊看。哭了一會兒，方槍槍聲音低下來，眼淚不斷只是改成了哼哼。他用手去摸一個個成熟的桃子，桃皮上的絨毛立刻刺激了他，手指一片潮紅，又扎又癢。他站起來覺得屁股都硌扁了，褲子被桃樹膠沾得呲啦一聲拉出很多根絲。他腳蹬樹杈撥開枝葉伸長脖子往外看，再沒人來，他就準備自己下樹了。

方槍槍倏地縮回脖子，他看見李阿姨張副院長領著方超從保育院大門走出來。他很興奮，藏好自己悄悄樂了一下。等了一會兒沒見人過來，再次偷看發現他們進了樓門，他很失望。片刻，三個人又出來了，站在樓前十字路口，似乎拿不定主意往哪條路找。方超嘴裡還嚼著東西，顯然是從飯桌上給帶出來的。他向桃樹這邊呆呆張望，方槍槍探頭探腦，躍躍欲試，嘴裡高興得出小聲：笨蛋，我在這兒呢。方超看了會兒桃子，抬頭看大人。三個人轉身回保育院。

方槍槍這時跳下樹，站在馬路牙子上，只要這三個人中任何一人回頭都會一眼看見他。方槍槍叉著腰，大英雄般一步跨到路中央，望眼欲穿地注視著這三人的背影——直到他們消逝在保育院樓拐角，沒有一個人回頭。他們對我太不好了——方槍槍悻悻地原地向後轉，低著頭叉著腰無聊地走。

他走過一棵棵桃樹。看著桃樹的間距自己也邁起大步。我應該生病，看你們再不關心我——看到保育院隔離室的燈光，他恨恨地想。

小孩，別再往前走了。

方槍槍聽到有人說話，停住。他已來到辦公區豁口，站崗的軍人瞅著他。

你是誰家孩子呀？軍人從崗亭走出來。

我是從保育院跑出來的。方槍槍仰頭看著這個高大的士兵。

你怎麼那麼淘氣。士兵笑著說，騙我呢吧？我這兒可有電話能打保育院。

眞的。方槍槍認眞地說，阿姨不好，小朋友也都不好，我就跑了。

你爸是誰呀？

我爸是，我爸是……。方槍槍不知道名字，一指辦公區的樓：我爸就在這樓裡。

這些樓裡都沒有人。你媽叫什麼？你住哪樓啊？

能讓我看看你的槍嗎？

可以。士兵解腰上的手槍套：只許看一眼。

這槍能打嗎？方槍槍踮著腳扒著士兵的皮帶摸了摸套裏露出半截兒的光滑烏亮槍身：能讓我打一槍嗎？

那可不行，那我可犯錯誤了。士兵笑，扣上槍套。

就一槍。

這是誰家娃兒，怎麼跑這兒來了？一個空著手的士兵走過來，掏出煙卷點火邊吸邊說。

不知道，在這兒玩半天了。站崗的士兵說。

快回家去吧娃兒。一會兒天黑了，狼都出來了。新來的士兵蹲下抱著腿抽煙。

你們家又豐收了？站崗的兵問那個兵。

方槍槍氣喘吁吁停住腳，看到操場上有幾個人在往兩根高木桿上拴白布，好奇地走過去看。這些人把白布兩角穿著的繩子紮在高桿上垂下來的鐵環上，然後兩個人跑到桿旁分頭拽繩，一下一下，像升旗一樣，整塊白布吊到半空，四四方方飄動——他們要放電影。方槍槍恍然大悟。每個樓裡陸續有人出來，拎著各式各樣的小板凳、竹躺椅，很快就擺滿了半個操場。銀幕四角牢牢繫在木桿上，微風仍然把它吹得凸來凹去，拂動不止。放電影的人架好音箱，在遠處支起放映機。放映機射出一束白光打在銀幕上，銀幕像個大窗戶亮起來。很多小孩跑到銀幕下，用手做出各種各樣的小動物。操場幾乎被坐滿了，上千人說話、談笑，發出巨大的嗡嗡聲像一架飛機低空飛行。保育院大班的孩子也來了，排著隊，一人抱著把小椅子。他們在最前排一行行坐下。天已經完全暗下來，隔幾步就看不清人臉。方槍槍和他們面對面坐在籃球場地上誰也沒注意那個混在大人堆裡的小孩子就是他。

電影開始了。一枚黑色的八一軍徽在銀幕上放著光芒，接著就是炮彈爆炸，密集的槍聲。左手端著刺刀槍軍帽上掛著屁簾的日本兵衝過去，軍官騎在大洋馬上也用左手高舉戰刀連聲怪叫。八路軍趴在溝裡左手開槍，打一槍拉一下槍栓。他們很好認，個個都比日本鬼子長得好看，濃眉大眼，帽子上釘著兩粒襯衣扣子。農村老百姓拖兒帶女驚慌失措地跑，炮彈在他們中間冒起一朵朵硝煙。方槍槍不替他們擔心。他看過多次電影，雖然記不住片名，故事也看得糊里糊塗，但不知何故就是知道下面情節怎麼發展。他更擔心那些英武的八路軍。一會兒他們準要撤退，留下個把跑不快的或挨了槍子兒的讓老百姓掩護——這和他在保育院玩的差不多。

果不其然，大娘大嫂大爺們讓鬼子給圈了回來。剛才又投彈又射擊就瞧他勇的指導員和二班副現在都混在老百姓人堆兒中，槍也沒了兩扣眼帽子也摘了穿著身要飯的衣服。鏡頭給到一個總擋著他們哥倆兒的白鬍子老頭臉上，方槍槍嘆了口氣，完了，這老頭一會兒準讓鬼子燒死。

反著看電影，銀幕上的人一律用左手讓方槍槍心裡彆扭，又覺得好玩，自己左手也癢癢，揀起一粒石子歪歪斜斜扔出去。

銀幕瀉下的光照亮大班孩子一張張仰著的眞誠的臉。他們也在爲鄉親們著急，從小就知道好人子彈少，大部隊總是在打完仗才趕到。老頭被綁到樹上，一點不害怕。孩子們也不是太心疼他，既然好人這邊一定要死人，他們也同意鬼子挑一個老的，只要部隊不受損失將來算戰果咱們總是贏家。

老頭被燒得耷拉下頭，這種有音樂伴奏，人群圍觀，從頭到尾不痛苦只是嚥下一口氣的死法陳南燕覺得很好看。如果要陳南燕挑一個詩意的時刻，陳南燕會首選去死。

大部隊該來了吧？她伸了個懶腰問方超。

這時她看見銀幕另一面暴露在光線下的方槍槍。

方槍槍靠在身旁席地而坐津津有味看著電影咧嘴笑的戰士肩膀睡著了。大部隊衝過來的吶喊聲也沒能喚醒他。銀幕上紛亂的人影、馬匹、刀槍投射在他臉上斑馬一樣黑一道白一道像正在演奏的手風琴忽寬忽窄，這張小臉變幻不定只有一雙眼睛始終緊緊閉著。他睡得很香，那戰士一挪肩膀他就向後倒去，平躺在地上睡。

你弟。她指給方超看。

方超看不清那個躺著的孩子，還要忙著看電影。

陳南燕扭頭找阿姨，阿姨不在。她拉著方超低頭從銀幕下飛跑著鑽過去。日本軍官被逼入絕境，四周都是指著他的槍口。方超站住看。陳南燕自己跑到地上的孩子身邊，跪下搖晃他醒。孩子睡得很死，怎麼晃也不睜眼。周圍坐著的大人都眼盯著銀幕滿意地期待著。有一剎那，陳南燕以爲方槍槍死了，俯下身體貼近方槍槍臉馬上聞到他呼出的氣息和奶味這才笑了。她把胳膊塞進方槍槍頸下，手托著他的臉蛋像媽媽抱她妹妹那樣把方槍槍上身抬起；她的另一隻手伸進男孩兩腿膝下，跪著一用勁，挺沉一個男孩離了地。這時旁邊戰士忽然扭臉說：你應該叫你們家大人來。

日本軍官死得很慘，很醜惡。兩邊一千多觀衆同時鼓起掌，個個笑容滿面。小孩一齊衝銀幕上那個死人喊：該！

方槍槍醒了一下，茫然看了眼歡呼的人群，頭往陳南燕懷裡靠了靠，一手勾住她脖子，爪子冰人。陳南燕抱著沉睡的方槍槍迎著四散的人流走了幾步，覺得自己很偉大。

方槍槍的夢裡還在跟著部隊渡河。他趴在馬背上一走一晃悠。天很黑，隊伍裡有哥哥、陳南燕和很多大班的孩子。人們低頭慢慢地走著，軍長師長都和自己的部隊失散了，戰士們手裡也光拿著小馬扎。剛才的戰鬥沒打好，方槍槍覺得是自己的責任。敵人衝上來的時候，他失去了知覺，一定是受了傷，可渾身上下找不到傷口，看來子彈是穿過去了。他想從馬上下來，要回自己的槍，對大家喊：同志們，不能再這樣撤了！馬把他往上一推，更緊地夾住他。馬穿著保育院阿姨的藍點大白褂。必須槍斃幾個。方槍槍昏昏沉沉地想。

人群走散了，只剩下保育院的隊伍還保持著隊形。進村了，方槍槍被攙進堡壘戶明亮的房間，鄉親們關心地圍上來，端來熱騰騰的雞蛋西紅柿麵條。李大嫂人眞好。方槍槍疲倦地微笑著，想對她說我沒事傷不重就是耷了。他吃了幾口，猛地提醒自己傷員不能吃太多，回頭叫人看出來，睡不成覺就得送回前線。先睡覺先睡覺，飯有的吃這一傷怎麼也得養半拉月多享幾天福。方槍槍打著小算盤上了自己床，脫衣服時還記著：臨睡前問問李大嫂那個姓唐的女特務抓起來沒有，出發前跟民兵講過幾次了。部隊沒把敵人打退，村裡的特務又要活躍了。他希望不要天沒亮就被敵人包圍，還得鑽地道。

明天跟海軍借兵反攻一下。西邊還有很多部隊沒有用上。我就不信小小幾個日本兵打不過他們。三八大蓋過時了，我們有炮——他媽的，空軍的飛機爲什麼沒起飛？見死不救，有意保存實力。日本人都打到我們院了你公主墳還完全嗎？要批評他們，下死命令，要不仗沒法打。

第二天方槍槍發現自己還是個小孩，躺在一片密密麻麻的小床中，又落到李阿姨唐阿姨手裡，不禁失聲痛哭。

他頭悶在枕頭上，身體一聳一聳，哭得十分傷心。鼻涕流在嘴裡人要大嘆氣離開枕頭才能呼吸一下。他哭了一早晨，趴累了，又轉過身拿濕枕巾蓋臉哭。他實在不想接受這個現實，沒有勇氣開始保育院新的一天生活。阿姨小朋友也都沒人理他，沒人勸他也不叫他起床。大家都認爲他是深爲自己罵阿姨的錯誤懊悔，畏罪情緒嚴重，乃至痛不欲生。

小朋友們照直去外邊做早操，做完操在活動室吃早飯。他們知道方槍槍闖下塌天大禍，幾乎沒救了，自己也學了一點乖，所以吃飯走路靜悄悄的全不似往日吵吵嚷嚷。保育院整幢樓裡只傳出一個孩子斷斷續續的哭聲。

隔著透光的枕巾，方槍槍看到走過來一個人影，這人開口是唐阿姨的聲音：知道錯就行了，別哭起床吧。

唐阿姨的語調也有些顫抖，聲音低沉帶著家鄉的口音。方槍槍這時尤其受不了別人對他好，眼淚更多了。他哭，一是哭自己不該得罪唐阿姨，捅了個大漏子；二是哭阿姨：你要早點對我這麼好，我又何至於罵你，恨你，往外跑——咱們不是都沒事了嗎？

再想一會兒，就起來吃飯。阿姨不會跟你計較，阿姨幹這個工作就是有思想準備不怕受委屈的。只要你能主動承認錯誤，阿姨還會對你像從前一樣。

唐阿姨說著喉嚨也有些哽咽。她用手摩挲摩挲方槍槍的額髮，手很暖很乾燥。唐阿姨起身走了。

方槍槍又流了會兒眼淚，自己也覺得在劫難逃，看來混不過這一關，總要面對阿姨小朋友，跟大夥有個交代。另外他也確實餓了，餓得不輕。早知第二天是這麼回事，昨晚那碗麵條就不該浪費。

方槍槍一奮勇坐了起來，扒掉蒙著臉的枕巾，窗外的陽光一下刺進了他的眼睛。他哭得眼睛又紅又腫，看東西只能瞇覷著不悲傷也情不自禁時時流淚。

他穿齊衣服下了地，一手撥拉著沿途一根根床欄慢騰騰往寢室外走——眞希望生活裡沒這一天。眞希望在電影裡過日子，下一個鏡頭就是一行字幕：多年以後。

他最後看了眼陽光明媚的窗外，沒有他的大部隊，只好推開寢室門——臊眉耷眼出現在大家夥兒面前。

小朋友們趴在桌上靜靜地畫畫，看見他出來一齊抬起頭，有幾個還眉飛色舞，接著又一齊低下頭，繼續全神貫注地畫畫兒。

唐阿姨在用拖把擦地板，擺臂扭胯退一步腳下濕一行。她好像也哭過，眼睛紅紅的顯得人既老實又質樸。看到方槍槍，她把墩布靠在牆上，大步走過來牽起他手將他領到門邊一張孤零零的小桌旁坐下。小桌上擺著一搪瓷碗大米粥，一碟醬蘿蔔片和四個糖包。

方槍槍喝粥吃糖包。粥和糖包都是溫的，糖包裡的白糖部分已經凝結成砂狀。平時早飯每人只有兩個乾糧，今天他得了四個。很多小朋友回頭偷偷朝他笑，方槍槍矜持地瞟他們咬著糖包蹺起二郎腿，看到拖地的唐阿姨立刻又放下腿，低頭喝粥。

小朋友們排隊去遠處玩了。方槍槍獨自坐在活動室窗前小椅子上，看著地板上的水印在陽光下一點點乾透。院裡很安靜，樓上也沒有腳步聲。他已經想好了，待會兒一上來就主動承認錯誤，不該跑，不該罵人，對不起，再也不了。應該再畫一張畫送給唐阿姨，表示歉意。畫什麼呢？葵花、太陽、小鳥？應該有人物，一個大人，一個小孩，大人是唐阿姨，小孩是我，大人拉著小孩的手，旁邊再有葵花太陽和小鳥。寫上自己和唐阿姨的名字——唐阿姨不是糖包的「糖」吧？

唐阿姨李阿姨張副院長從門縫魚貫而入，李阿姨張副院長手裡還各拿一個本子。她們三人在方槍槍面前圍坐成半圓，李阿姨張副院長擰開鋼筆帽在本子上亂劃幾下試水兒。

大人還沒開口，方槍槍就勇敢地站起來，背手面對唐阿姨多少有些唐突地大聲說：我錯了不該跑不該罵您對不起下回改再不了。

說完他還不倫不類地鞠了個躬搞得唐阿姨直眨眼睛一時無話。

你坐下你坐下先別急著承認錯誤。李阿姨拉著他的後衣襬把他拉回到小椅子上。

有認識能承認錯誤這很好。張副院長推推自己的眼鏡說，倒不在於錯誤大小，主要看態度好壞，是否能挖出錯誤根源，挖出根子，改就容易，就不是句空話了。

這幾句話倒給方槍槍說糊塗了，話聽清了意思一點沒懂。這態度還不算好？還要往哪兒挖？隱隱覺得自己這錯誤白認了，人家沒原諒。

你那句罵人話是跟誰學的這我們特別想知道。張副院長接著說，你這麼小怎麼會罵這句話？

哪句話？方槍槍一時忘了自己昨天罵過什麼，他覺得自己也沒罵幾句。嗷，他想起來，他罵阿姨「糖包」來著，不禁一陣臉紅低下頭。

你懂這句話的意思嗎？張副院長問。

方槍槍點頭。

你懂？李阿姨難以置信。

小朋友都這麼說。方槍槍不安地在椅子上扭扭屁股。

不可能！李阿姨扯著嗓門嚷嚷：我從沒聽見任何小朋友嘴裡說過這話。咱班、全保育院我是第一次從你嘴裡聽見這髒字兒。

那你可真太不了解情況。方槍槍不服地想，小朋友背後還管你叫大鴨梨你大概也沒聽說過。

你是不是在家聽誰說的，還是在院裡聽那些大一點的學生說的？

都不是。方槍槍也不明白張副院長腦子是怎麼轉的——保育院外邊的人怎麼會知道唐阿姨的外號？

那你是怎麼會說的？一定是有人教，你才會的，你才多大？我二十歲以前都不會說這個話。保育院絕不會有人講這個話——不允許！

張副院長態度嚴厲起來：今天你一定要說出這句話是誰教你的。跟小朋友打架，頂撞阿姨，從保育院往外跑，都不是什麼大不了的事，承認錯誤後都可以原諒。但講這個話，不說清楚，沒人原諒你。這還得了嗎？我搞幼教工作從一解放就開始，十幾年，軍訓部的孩子我帶大多少撥兒，沒見過這麼惡劣的，對阿姨罵出這種話。這話解放前也只有流氓地痞才掛在嘴邊。

張副院長憤然站起：你起立。

方槍槍瞠目立正。

你父母我都很熟，我不相信他們會教你說這個話。他們要知道他們的孩子這麼小就這麼——怎麼形容呢？

滿嘴噴糞！「大鴨梨」脫口而出。

滿嘴污言穢語——他們會傷心的。張副院長畢竟是個知識分子幹部，文雅一些。孩子交到我們手裡，沒學到好，倒學了這麼些亂七八糟的——我們失職啊。

張副院長言下竟有些唏噓，背轉過去摘眼鏡。

快說！「大鴨梨」呵斥我，你不要想著替別人打掩護。說不出人來你就全自個兜著——早看你不是個玩意兒。

不要朝他嚷，還要耐心細緻，我們的責任是教育。張副院長看我一眼：這之前先不要讓他參加班級集體活動了。讓他反省直到搞清整個事件——我就不信沒壞人影響他會自己學出這種話。

聽見了沒有——聽見了沒有！李阿姨聲若洪鐘，兩下就撞得我胸腔發麻。麻之後是心口一陣陣起酸。我瞪著她和張副院長，告訴自己不許哭，不許當著這兩個壞蛋哭。一開始我就不該承認有錯，眞是後悔。對待她們這號的必須厲害，沒理也要攪理，因爲她們是笨蛋，你認錯也白認，她們聽不出你的誠心。比起「大鴨梨」，「張四眼」更討厭。說他媽什麼呢一大嘟嚕沒一句聽得懂的。你要罰我以後不許玩就直說。想告我爸打我沒門兒。他出差了不在，找不著人，氣死你氣死你。

方槍槍的心理活動都寫在臉上。張副院長看罷搖頭，對李阿姨講：不要急，這孩子現在牴觸情緒很大，慢慢來。

你現在回寢室，待在自己床上，從今天起每天不許下床。撒尿報告阿姨，吃飯等阿姨叫，沒有允許不許跟小朋友說話。別人主動跟你說也不行。

有槍第一個崩了這大鴨梨。我在走向寢室的路上鼓勵方槍槍：做得對，不怕她們，下次還罵操她們的媽。我想起了昨天方槍槍罵的這句話。確實不知道是個什麼意思。也忘了從哪兒，聽誰先講的不知不覺就會了。但我發誓，罵唐阿姨那次是第一次說。氣急了，不知說什麼好，一下脫了口。這話也許不好，不好你跟我好好說，現在這樣，我還不改了！有空兒就罵你們：

操你媽操你媽操你們大鴨梨張四眼一塊兒的媽。

陪我進寢室的唐阿姨看見方槍槍嘴不停翕動，嘆氣道：你罵這話眞是早了點兒。

我沒罵你。方槍槍哭咧咧地說，一骨碌爬上床。

第七章

正如越南人民的偉大領袖胡志明伯伯所言：再也沒有比獨立自由更寶貴的了。我在自己的鋼絲床上蹦啊蹦，身體筆直，兩手貼腿，想像自己從十米跳台一個接一個「冰棍兒」跳下來。跳累了就踮起腳痴看窗外跑來跑去熱鬧嬉戲的小朋友，看得悶了又接著跳起來，我在空中學會了從一數到五十四，那是寢室裡空床的數目。我看到了遠藏牆角的簸箕掃帚，天花板潔白中的瑕疵。偌大的寢室總是只有我一個人。開初我還能自得其樂，爲自己製造一些驚險場面和有意義的時刻。每天早晨阿姨帶著小朋友退出後，我在床上立即開始折騰：拿被窩做地道，摸著黑往裡爬，從被腳隱蔽待命之後一躍而出；用枕頭在床欄砌成垛口，打一槍換一個地方，機敏地滾動躲避子彈，負了重傷依然艱難地扣動扳機。我差不多一個人打完了解放軍幾十年的戰鬥，消滅了我能想到的國內外敵軍。緊接著嘗到了勝利之後的空虛，凱旋歸來的無聊。榮華富貴猶如過眼煙雲。

我從一張床走到另一張床，光腳踩在兩根緊靠的床欄杆上走鋼絲一樣全憑張開雙手平衡，更多的時候像一架行將墜落的小飛機，左右搖擺著翅膀，飛不多遠撲通掉到別人床上。班裡小朋友的平展的床單都被我踩上腳印，踐踏成一塊皺巴巴的抹布。我發現阿姨的床上有很多祕密。枕頭下、被子中藏著一些奇形怪狀的布帶子和疊成很寬扇子的粉紙。我把那些亂七八糟的布帶子抖落出來，試圖穿到自己身上。有兩個圓兜的似乎很容易猜出用途，一般我是當作小背包套在肩上，既可以裝傘兵又可以當步話機對指揮部呼叫：851，851，我是延安。還有一種帶子研究很久莫名其妙，穿在哪兒都有多餘部分，也就能湊合胡亂打一綁腿。粉紙沒什麼可說的，一概用來擦鼻涕，相當吸水。我對阿姨身上居然要掛這麼多零碎十分輕蔑，可見她們有多畸形多不正常，難怪一個賽一個脾氣暴。

唐阿姨對我的態度比李阿姨要緩和。她還能用平常的口吻同我講話，準時叫我吃飯，對上廁所的要求也一般予以滿足。有時我還得到她有意的關照。我是全班最後一個吃飯，笸籮裡剩下的涼花卷、涼發糕她都夾給我，吃炒菜她就帚底連湯帶水都添給我起碼漲出大半份，這樣我往往比其他小朋友吃的食物分量更足。趕上吃好的肉包子什麼的，這種最後就餐的實惠更招人眼羡，有些飯量大嘴饞的孩子製造各種機會吃著手指頭在我桌旁徘徊，我大肆享用，一口也不給他們剩下。于倩倩曾替我數著目睹我把十一個豬肉白菜包子都嚥下肚子，當場大哭起來。

我像一名被判了死刑的江洋大盜受到同牢其他普通刑事犯的尊敬。我也用實際行動證明了自己的——酷。每天仰著臉獨出獨入凡人不理，跟阿姨說話也是歪著頭，眺望遠方。誰手裡拿著什麼我看上的東西，走過去一言不發劈手奪來，被搶的人一聲不敢吭，目送我遠去。汪若海有一次還想騎我，我背起他二話不說往牆上撞，還專程走去挑門框銳角，撞得他痛哭不止，屁股兩天才重新彈成半圓。告到阿姨那裡還受到批評：誰讓你去和他接觸的？自此他一見我臉上便有些諂媚。

陳北燕完全淪爲我的奴隸。晚上我只要把腳一伸過去，她就會給我脫襪子；早晨我還沒醒，她已經把我兩隻襪子穿好了。我喜歡擰著她臉蛋睡覺，她就任我伸過去一隻手擰著，常常我都睡著了手還在她臉上。

我遇見過一次陳南燕。那時我已開始趁保育院所有阿姨小朋友外出散步，偷偷溜出班在整棟樓裡竄上竄下，視察各班情況。我在二樓拐角處碰到正偷偷摸摸下樓梯的陳南燕。大概她也犯了什麼錯誤，被她們班阿姨罰不許出門。當時周圍一個人沒有，全樓靜悄悄的。我們都鬼鬼祟祟幹著不可告人的勾當，冷丁冒出一個人來，彼此大吃一驚，第一個反應是都轉身要跑。接著又都鎮靜下來，橫眉冷對。陳南燕瞪著我，又開始一步步慢慢下樓。快到最後一節台階，也就是將近我面前，我舞起王八拳。

我只是在原地舞，拳頭並沒有落到她身上，隔著半尺遠。她側臉皺起眉毛，好像突然有風沙刮來。她可能想尋找縫隙鑽過去，怎奈我雙拳舞得密不透風，向前一步斷難倖免。她想從一旁繞過去，走到哪邊我迎到哪邊。

別來勁啊——她小聲警告。

我更不答話，只是一味瞎掄，掄得我自己都看不清眼前的她。

她無意還手，就那麼居高臨下望著我，看得有些不耐煩就換隻腳當重心。

對峙半日，我邁上一節台階。

別來勁啊——她又說。但人往高處退了一節。

我又邁上一節，她一低頭衝下來，不是對打而是穿過敵人封鎖線。

我的拳頭紛紛落在她頭頂、肩膀，有一拳擦過她的額頭，一拳打中她的耳朵。我不是眞想加害她，舞在高潮，猝不及停，最後兩拳也是軟的。

她在下一層樓梯停住了。我從扶手往下看：她捂著耳朵在流眼淚。

看到她的眼淚，我也像掉在地上的鉛筆外表完整內芯兒斷成一截一截。我想誰都不會再對方槍槍這個壞孩子好了。

我覺得保育院的房間都太大了，大得就像人在海中，四周一片汪洋。這些房間又都很深，如同一口口深潭。人在潭底靜坐，耳朵受到很大壓力，嗡嗡作響，時間長了再聽人近在咫尺說話都覺得很遙遠像隔著一層玻璃罩。

有時太長時間聽不到一點聲音，我很怕自己聾了，就喊。突如其來的尖叫首先把我自己嚇一大跳，像是鬼的聲音，接下來久久不敢再出一聲。

阿姨帶著小朋友回來，經常發現方槍槍失蹤不見。她們發動全體小朋友裡裡外外找，最後在緊靠牆角的小床底下找到我。我緊蜷雙腿，兩手抱膝，睜著眼睛目視前方。她們以爲我傻了，在我眼前晃手掌，讓我數手指。我心中冷笑：這太小兒科了。我早就數過多少遍二百一十六條床腿，現在正在加每張床下的彈簧鋼絲數。她們打擾了我的計算，令我非常不耐煩。

張副院長又找我談了幾次，她的要求降低到只要我承認錯誤，萬事皆休。我哪有工夫再跟她扯淡，總是得不出全班床的彈簧鋼絲總數叫我十分煩惱，一上三百就亂，一上三百就亂，我都快被二九八、二九九這兩個數字弄瘋了。像是有人在我腦子中設了重返記號，一到二九八、二九九就不走字，讀過去就變回二〇一、二〇二……。我試過慢讀、快讀，一句一字和一帶而過，統統無濟於事。三百成了我的頂點、極限、宿命，可望不可及，到達它的同時就中斷、彎曲，開始新一圈輪迴。這短短一組小數像一頂小帽子扣在我過大的頭上，箍得我喘不上氣伸不開腿，視線一過三百米都一片模糊，只能蜷縮著待在床底。

她們允許我參加集體活動。第一次走出保育院，看到桃樹我就跑了。我好像在前世見過這些相映成趣，整齊排列的桃樹。一萬年前它們就這麼長著，結滿桃子，我是一隻小猴子，騎在樹上吃桃，輕盈地攀上攀下，手還被桃子尖利的絨毛刺傷。我有個美好的過去，這只有重新爬上樹才能想起。

看到我擅自離隊，沒有一個小朋友告阿姨。班裡似乎已形成共識我有不守紀律的特權，或者說我已不屬於這個班集體。

曾經掛滿枝頭的桃子已經消失，桃葉似乎更茂盛了。破碎的藍天記載著一些含義曖昧，難以言說的符號。當我還是個大人的時候，我指揮著大軍從這裡經過。我有一把手槍。心情沉重。我不知這麼多年的戰鬥生涯是如何度過的，也忘了到底是勝仗多還是敗仗多，爲了什麼堅持鬥爭。我失去了最後一個參謀人員，心中的苦悶無人訴說。強大的敵人埋伏在前方，明知這一仗打不過還是身不由己走向包圍圈。我想起自己的父母，他們遠在天邊。橫在中間的無數河流、高山峻嶺被夕陽照得紫癜淤紅殘缺不全，他們的身影依稀淡薄，只是天際線上的兩個黑點，快馬也追趕不上。我很想重回他們懷抱，重回童年無憂的時光。這時我意識到他們早已去世，不復再在這個世上。42樓那個家只是一個空殼，一個騙局，只等我回去埋伏在牆裡的敵人就會一齊開火，把我打死在自己家的堂屋地上。爲此他們已經先打死了我哥哥，派了另一個方超冒充他。一想到自己一個親人也沒有了，我肝腸寸斷。我知道自己是連年戰亂不休的禍首，殺了太多人，就算帶領整個部隊投降，人家都會得到赦免，我是肯定要判死刑。這麼年輕就要去死，我實在不願意。早知今日，當初對一些落在自己手裡的人就該手下留情，放人家一馬。要是陳南燕姐妹活著，我被捕後她們一定會爲我講些好話的。眞懷念早年剛起兵的歲月，那時大家多麼親密無間。

唐阿姨在桃樹叢中找到方槍槍時，發現他哭得傷心欲絕。抱在身上仍一聲不出，淚如泉湧，身體劇烈顫抖，喉嚨咕嘟咕嘟悶聲吞嚥。唐阿姨直擔心他會窒息，不斷輕輕拍打他的後背，走幾步讓他往地上吐一口痰。

唐阿姨感到方槍槍身體很燙，衛生科醫生來給他試了體溫計，果然有些低燒。醫生開了一些四環素和阿司匹靈讓阿姨飯後給他服下。午睡起來，方槍槍熱度又升了一點，躁動不安。到了下午，臉上開始出現露珠一般滾圓的水疱，額頭、鼻側、頸後都有。唐阿姨一看十分緊張，她知道這是出麻疹了，必須馬上隔離，否則會很快傳染給其他小朋友。

唐阿姨把方槍槍抱到隔離室，李阿姨抱著他的一小捲鋪蓋相跟著。空置的將軍住宅客廳裡窗簾低垂，光線晦暗，飄浮著濃烈的來蘇水味兒。一些出麻疹的孩子已經睡在那裡，由一個老阿姨照料。李阿姨在一張空床上鋪好被褥，從唐阿姨手裡接過方槍槍把他放進被窩，掖嚴被角。這個過程，我很清醒，李阿姨掖好被子後還摸了摸我的頭髮。她把我的幾小袋藥片也帶來了，一一交代給隔離室的阿姨。她和唐阿姨似乎都不太信任隔離室的老阿姨，反覆告訴她這些藥分幾次吃，什麼時間吃，一次吃幾片。還是生病好。生病別人對你就不厲害了。

臨走時，兩個阿姨都再三叮囑我：千萬不要用手抓臉，多癢也不要抓。水疱破了就會結疤，長大就不漂亮了。

黃昏唐阿姨又來看了我一次，正趕上病號飯送來，她一筷一筷餵我吃了那碗麵條，每一筷都先用嘴吹吹再塡進我嘴裡，還用筷子頭把沾在我嘴角下巴的殘渣扒拉乾淨。我感到愧對她，吃完一口就低下頭，心裡還是願意被她俘虜的。

吃完飯隔離室的燈就熄滅了。我身上熱呼呼的，腳心出汗，把手腳都伸出被窩。隔離室老阿姨查床看見，又都把我塞回去。外面天還沒黑，隱隱可以聽到遠處人聲喧語。我睡了一會兒，被臉上癢醒了，像是有幾隻螞蟻爬。我想用手抓，發現雙手被布帶一邊一隻綁在床欄上。我記著阿姨的囑咐，不能抓，要忍耐。這次我要表現好，讓她們知道其實我是最聽話的孩子，如果她們允許我投降，就會知道我有多忠心多勇敢。我癢得哭起來。周圍的孩子也有人跟著哭，哎喲哎喲喊爸喊媽。司令不能哭。司令一哭底下的大將就會瞧不起你，以後就不服你管了。我邊哭邊勸自己。部隊被消滅了，東山再起很困難。幸虧得了病。應該在病好前逃出去。出了隔離室一拐就是國境線那道灰牆，趁夜裡沒人看見翻過去到海軍大院就沒人管了。有海軍站崗我們院的人追不過去。我可以裝作海軍的小孩，不叫他們看出我是幹什麼的，若無其事瞞過他們院的大人，混進海軍的碼頭上船，去找城裡的解放軍。我在波濤中起伏顚簸，小床變成我的船，一次次把我從浪底送上浪尖，一次比一次離天花板近。再這麼甩下去我該磕著了。那黑色的怪物又從天花板上出現了，帶著巨大的身軀沈甸甸地接觸我。我想我已經被它壓死了。死後的感覺並沒我想的那麼可怕，身體還能動，意識也沒中斷。我不能讓人看出自己沒死，要裝死。看來我確實與衆不同，別人都死了我就死不了。這個祕密不能洩露，要不別人就會盯著我往死裡打，其他人挨一槍我就得挨一梭子。我有這麼個打不死的本領，將來準能在解放軍裡當大官。每次打仗我都裝死，仗打完了再偷偷跑回來，毛主席一定很驚訝。

燈亮了，我看到唐阿姨、李阿姨、張副院長還有一個燙髮的年輕女人以及兩個衛生科的大夫圍在我床邊竊竊私語，商量什麼。我裝死，一動不動，連呼吸也屏住。她們輪流用手摸我額頭，一點沒發現我沒死，只是都說：又高了。

她們把我翻過身，脫下褲衩，將一支冰涼光滑的細棍兒塞進我肛門。我初以爲是誰的手指，後來想到是體溫計。這很不舒服，但我忍住了不抗議，一說話就不像死屍了。她們拔出體溫計時我跟出一屁。自己十分掃興，估計前功盡棄。果然她們動用最狠一招試驗我。我聽到玻璃瓶被敲碎發出的清脆聲，屁股一緊，接著挨了一針，銳痛刺膚，眞想埋怨，又想算了，只要她們不拉我起來還是裝到底，將來遇到各種各樣的敵人什麼怪招兒不使？沒毅力老得被人家多槍斃幾回。

我被翻回來時歪著腦袋，耷拉著舌頭吐白沫兒。聽到有人笑：沒事，還裝死呢。

於是知道自己有點過。

隔離室白天也掛著窗簾，方槍槍睡得日夜顚倒，常常把晚飯號聽成起床號，留下那些日子天總是陰沉沉的印象。每天都有一些新出疹發著燒的孩子送進來。一天上午方槍槍醒來，發現陳南燕睡在他旁邊的床上，燒得昏昏沉沉，邊哭邊說胡話，臉上星星點點塗著紫藥水像長了蟲眼的蘋果。

後來方槍槍的燒退了，老阿姨允許他們幾個出完疹子的孩子白天在隔離室外的涼台迴廊玩。涼台邊有一架茂盛的藤蘿，吊著很多皀莢，方槍槍以爲那是寬扁豆。陳南燕等同室病友幾個女孩子想摘下一些炒菜過家家。方槍槍主動當底座，蹲在木頭架子旁讓陳南燕踩著他肩膀、腦袋瓜伸手搆著去摘。陳南燕問他有沒有勁兒站起來。他一努站了起來，手把著陳南燕腿彎搖搖晃晃在日影斑駁的藤蘿架下走。下來的時候他腿一軟，兩人一齊傾斜，陳南燕一下從他肩上滑下來用手摟住他脖子，倒在地上手也沒鬆，兩個孩子勾著脖子躺在地上還相視傻笑半天，皀莢撒了一地。

方槍槍和女孩子們玩得很好。誰使喚他都聽，讓去打水就去打水，讓去拔草就去拔草，跑來跑去，忙的不亦樂乎。也因此受到女孩子們待見，辛勞之餘被允許抱一下人家娃娃。在他的帶動下，隔離室其他男孩也都爭著給女孩當隨從。自願爲女孩子效勞的人多了，形成一個局面：每個女孩都給自己找了個貼身男僕，走到哪兒帶到哪兒，什麼事都是這男僕幹，不許旁人胡插手亂獻媚的。

陳南燕挑男僕時好幾個男孩自告奮勇，方槍槍手舉得都快杵到陳燕眼睛上了。陳南燕邊退邊挑一腳踏空掉到迴廊台階下去。最後陳南燕選上他，方槍槍笑都沒來及笑一聲立刻勤勤懇懇開始工作，奔波聽命百依百順。惹得楊彤還老大不高興，跟陳南燕吵，說是自己「第一個看上他」的。陳南燕也不示弱，說「他本來就是我發展的不信你問他自己」。兩個女孩雞一嘴鴨一嘴吵了一中午。方槍槍在一旁垂手恭立，一語不出，心裡很是滿足。

陳南燕對下人很關照很愛護的。教他跳房子，踢毽。方槍槍踢毽不靈，腳擺不正；跳房子還成，手裡腳尖都有點準頭。幾次女孩們組織男僕比賽，他都贏了。女孩子們每天比賽跳繩，雙人跳，女主人和她的男僕。這是方槍槍喜歡的遊戲。每次他和陳南燕面對面腳對腳站好，他就不禁樂呵呵的。陳南燕很嚴肅，繃著蟲眼漸少的小臉緊盯著方槍槍的眼睛，嘴裡清脆地喊道：預備——起！雙手往前猛一掄繩，他們倆就一齊有節奏地跳起來。繩子像鞭子刷刷從腳下抽過，兩個人異口同聲喊著：一二三……。喊到了兩百，周圍小朋友就一齊幫著喊，越喊聲越大，越喊聲越齊：二九八、二九九、三百……這時候，方槍槍的聲音比誰都響亮，他毫無障礙地喊出三百這個數字。陳南燕單人跳的紀錄到達五百五。但對方槍槍而言，這三百就意味著超越了自我，因而使他興奮異常，眼中也放出光彩。陳南燕受到他的感染，臉上也露出笑容。兩個孩子喊著、笑著、眼對眼互相緊盯著，同心協力跳著躲過一次次繩擊。方槍槍在陳南燕的瞳仁中看到了自己和身後的迴廊。這一切被完整縮成一幅褐色的小照：花影、日光、牆窗、其他的孩子。以至幾十年後我一直認爲有這樣一張照片。與陳南燕爭論起來還蠻有把握地形容：一三五相機拍的，當時顏色就有些發黃，從藤蘿架方向取景，照的是涼台迴廊上一群孩子在看我們倆跳繩。陳南燕總是說我胡扯。她壓根不記得我們一齊在保育院隔離室住過。不記得我們冤家對頭似地打過架；不記得我上過她的床她幫我脫過衣服。在她的童年記憶中我是個無足輕重的角色，只是方超一個很小的弟弟。當我把我對她的感受講給她聽時，她的回答是：流氓。

方槍槍以爲他是陳南燕最親近的人。這一次他超過了陳北燕。一切如他想像過的那樣發生。他像一股臭味兒縈繞在陳南燕周圍，日夜不離左右。他跟陳南燕跟得那麼貼身，以至屢屢踩到陳南燕的後腳跟，使這個女孩每走幾步就要蹲下來提鞋。他沒得到「小尾巴」的綽號殊感不公。

午睡時間孩子們睡不著，整間客廳內充滿嘈嘈切切的低語。陳南燕和方槍槍在床上一聊就是很久很久很雜亂。陳南燕去過很多地方，記著一鱗半爪，就形容給方槍槍聽。頤和園，北海公園，香山。她把這些地方都說成人間仙境，有好多好多亭子、畫著畫的長廊，可以划船，在船上喝汽水吃麵包。這都是皇帝住的地方。皇帝顯然是個愛玩的人，人民還挺慣他，讓他把家修得像個公園。我以後準備當一個皇后——陳南燕輕描淡寫去意已定地說。她還怕方槍槍聽不懂，接著問他：你知道什麼是皇后嗎？

知道——方槍槍點頭：皇帝的人，必須是女的。

對——陳南燕肯定他的知識面：皇帝的愛人。就譬如說皇帝是爸爸，皇后就是媽媽。

那我就當皇帝。方槍槍興高采烈地說。

那不行。陳南燕不同意：皇帝還得打仗呢，那得是大人。你不行。

方槍槍想爭辯說自己當過司令，打過仗。話到嘴邊又懷疑起自己的記性，陷入沉思：到底是眞的還是自己作的夢？

那時你可以到我們家來玩，不收門票，我穿得特別漂亮，請你隨便喝汽水吃冰淇淋。陳南燕美滋滋的幻想——你要想在我們家上班也可以。

那陳北燕呢？方槍槍不服地問。

她是公主啊。陳南燕說：我妹妹肯定得是公主。

不對，公主必須得是女兒才能當的。方槍槍奮起反對。

妹妹也可以的。陳南燕想說服他：這你不懂——這樣吧你給我當太子。

我懂。妹妹就是不能當，除非她是你生的。方槍槍寸步不讓。

咱們別爭了，問楊彤。陳南燕欠起身喊楊彤：楊彤你說妹妹能當公主嗎？

楊彤從另一張床上露出頭：可以：妹妹姐姐都可以。女兒叫貴妃。

楊彤說得確鑿，方槍槍一時沒詞兒。

那你到底當不當太子？陳南燕問他。

不當。方槍槍生氣地說：要當我就當大將——太子是幹什麼的？

太子？太子就是每天陪皇后玩的——你不陪我玩了？

方槍槍既捨不得不陪陳南燕玩，又嫉妒陳公主地位比他高，左思右想，終於同意：那就又當太子又當大將。

陳南燕問方槍槍：你們家是從哪兒來的？

方槍槍說：我們家就是這兒的。

陳南燕得意地說：不對。咱們這些家原來都不是29號的，都是從外邊搬來的。外邊哪兒啊？方槍槍這次糊塗了。

都是很遠的地方，要坐火車才能到。我不知道你家是哪兒的，我們家是南京的。楊彤她們家也是南京的。我們兩家是一齊坐火車來的。我在火車上就認識她。和她妹。你肯定也坐過火車，只不過你忘了。咱們院的人全坐過火車。那邊那個瘦瘦的像猴子的那個高晉，你們班高洋他哥，只有他們家是坐飛機來的——陳南燕指給方槍槍看。

方槍槍被她說得心神恍惚，使勁回憶自己坐火車的經歷，怎麼想也是雪地鴻爪，似有若無。一頂白色的遮陽帽在他記憶深處飄飄蕩蕩地飛舞，總也不落。他好像看到混濁泥黃的滔滔江水。他不知道那是什麼地方，爲什麼有那麼多髒水，人何以身在水上。他想那並不是眞的，是陳南燕一通渲染造成的。從遠方而來——這說法眞令人神往。我早就猜到，我不是一個簡單的小朋友，在此之前我有一個複雜、幽暗的過去。我受過很多苦，九死一生，經歷過很多難以想像的考驗和激動人心的時刻。此番前來，一定肩負偉大的使命，否則不必有「我」。保育院張三李四王二麻子夠多的了，又何必浪費一個方槍槍冒名頂替進行掩護？只是我在保育院渾渾噩噩的生活中忘記了自己的身分和任務。也許這是爲了我的安全，等我長大這一切就會油然想起。方槍槍這個外殼實在弱小，不堪一擊。如果我的敵人知道我現在是這麼一個兒童，他們就會找來輕而易舉弄死我——方槍槍一死，我的計劃也就打亂了。一切還要從頭再來。

派我來的人是誰呢？

咱們爲什麼都要到29號來？我問陳南燕。

她已經睡著了，額頭緊緊頂著床欄杆。我看到她腦門上硌出來的一道道紅印。

我嘆了口氣翻過身來，迷迷糊糊正要入睡，一下又精神了：一個黑黑的軍人和那個燙髮女人頭挨頭扒著紗窗往屋裡看。我撐起身子，燙髮女人立刻笑逐顏開向我拚命揮手，露出門牙和明晃晃的手錶。

我扭頭去找那個流星般在牆上、天花板上飛來飛去的亮點兒。

第八章

我問方槍槍的爸爸：我是從哪兒來的？

他微笑不說話，很爲難的樣子。

地裡撿來的。方媽媽插話，飛快地瞟方爸爸一眼。

白菜地嗎？

方媽媽大笑：對。

白菜地呢？

挖了。鏟平了。沒了。

原來呢？

原來就在大操場。方媽媽信手一指。

南京在哪兒？

在南邊兒。方爸爸說。

南邊哪兒？

這要看地圖才能說得清。回家我指給你。

南京有河嗎？

方爸爸訝異地一揚眉毛：你都記得？

我快樂地說：我的白帽子呢？掉水裡了吧。

厲害厲害，你那麼小會記得。

他怎麼會記得，還不是你總說。方媽媽一撇嘴。

那些雞呢？

什麼雞？兩個人一齊糊塗。

方爸爸先反應過來：你是說困難時期家裡養的那些雞？都進你肚子了——你看他確實都記得。

這次輪到我茫然了。

再往前呢？

往哪兒前？方爸爸領我躲過一輛自行車。

南京。白菜地。

兩人笑：又繞回來了。

方媽媽說，這些事小孩別老瞎問。
長大你自然就知道了。方爸爸說。
這就對了。我心裡一美，手牽兩個大人之手，雙腳離地悠起鞦韆。
你爲什麼那樣笑，好像你什麼都懂？方媽媽奇怪地看我。
我懂。
懂什麼，說出來。
我不是你們的孩子。
胡說！方媽媽一卸胳膊把我頓在地上。指著自己鼻子：你，是我生的。南京「八一」醫院。這可不是瞎編的，有出生證。
說著她得意地笑起來，好像這下終於把謊編圓了。
我也笑，瞟了眼方爸爸，彼此彷彿心照不宣。
這一次我在方家住的時間比較長。第一天我還能嚴格要求自己，不亂動老鄉一針一線。第二天就忘乎所以不知道自己姓什麼了。方家，特別是方媽媽也有很多規定、禁忌：進門要換拖鞋；飯前便後要洗手；撒完尿立即沖馬桶；不許進大人臥室；不許躺著看小人書；吃飯要端起碗，筷子不能插在米飯上——據說這是給死人吃的。

方媽媽工作很忙。每天她進門天都黑了，收音機裡在播一首低沈、叫孩子聽了心裡難過的歌兒：「起來——飢寒交迫的努力」[6]。這時我已經迷迷糊糊，怎麼主觀努力也起不來。

唱完歌說一句話：現在是各地人民廣播電台聯播節目時間。

然後，方媽媽就準時回來了。她和方爸爸在外屋咕咕噥噥說話，踢哩趿拉進來開一下燈，接著能嗅到香油和雞蛋的味道，聽到吃麵條的嘆息和咂舌聲。再往後就什麼也不知道了。這歌聲、掛麵味伴我入睡多年，養成習慣：一聽《國際歌》就想順嘴說：現在各地人民廣播電台聯播節目時間；一吃掛麵就直得不行。

方爸爸也很忙。一吹號就要起床，帶我去食堂吃早飯。吹第二遍號他就要去上班。把我送到42樓小路口，看著我進單元門，自己去辦公區。中午吹號，我再在食堂門口等他，一齊吃完午飯回家午睡。下午醒來家裡一般只有我一個人。直到晚上吹號，我才能在食堂門口又一次等到方爸爸。有時方爸爸晚上還要開會，天黑很久也不見他回家。

家裡不鎖門。銅鑰匙就插在門外的鑰匙孔裡，不管誰進門一擰就行。平時關著主要是怕風吹開。

白天，我就一個人把兒童三輪車從四樓搬下來，背著一枝刺刀槍騎著車在院裡逛。我還有一枝裝電池槍口能閃紅光的衝鋒槍，捨不得拿出家，怕被別的小孩玩壞了。院裡常見一些沒工作的家屬和推著嬰兒車的保姆在每個樓一層涼台坐著聊天。我騎車過去和她們說說話，逗逗孩子給她們表演拼刺刀。

有時我也聽聽她們的會。

這些家庭婦女都是資格很老的共產黨員。做姑娘時一定很像電影上那些腰紮皮帶背著大槍又站崗又送軍糧的潑辣的婦救會幹部。現在老了，解除了武裝並失去電影上那種硝煙紛飛的戰爭背景。

他們和方媽媽那種時髦女青年完全兩路人，從裡到外毫無共同點。前者來自農村山區很多人目不識丁，後者基本是大中城市學生出身；她們說話有濃重的山東口音，方媽媽她們全講普通話；她們穿偏襟粗布大褂，梳直上直下的短髮別著老式髮夾，冬春颳風的日子包著花布頭巾；方媽媽她們穿旗袍、布拉吉[7]或制服，燙髮，繫絲巾或羊毛圍巾；她們蒼老、身材臃腫，手裡納著鞋底子，表情既善良又溫順，很愛和小孩說話，拿東西給小孩吃，小孩做什麼都會得到她們的讚許；方媽媽她們白皙、體態窈窕，手裡拎皮包，神態傲然，不是自家孩子一眼不看，不許小孩吃別人東西，小孩做什麼都要被她們禁止、喝住。

方媽媽她們都是那種標準新中國女性。電影上也有這麼一路人，身分一般爲教師、文工團員或大學生：剛毅較真，意氣風發，一遇見錯誤傾向就堅決鬥爭。你一看見她們就會產生幻覺，彷彿看到一個高舉火炬向我們跑來的女子馬拉松運動員。文革過後家家公開了一些歷史照片，我發現這些尊敬的女同志大都是有錢人家或曰剝削階級家庭的小姐來的。

聽會的收穫使方槍槍知道白薯切成片晾成乾兒很好吃，雞蛋打成漿和在麵裡攤餅也很好吃，籠而統之得出印象——別人家的飯比自己家的好吃。

家庭婦女黨員們一邊曬太陽聊天，一邊也擺著個小半導體收音機讓它響著，權當它是個神經病，沒人理它自己仍一個勁又唱又說。神經病大部分時間是憋著嗓子唱戲，要多難聽就多難聽，就像有人拿鈍刀宰他，脖子都斷了只剩一口氣還沒接沒完死乞白賴地哼唧。

唱戲之餘神經病也愛說一些不著四六的話。方槍槍字字聽得明白屬於國語，連成一片反而暈菜如墮五里霧中。灌進他耳朵裡最多的兩個詞一是「美國」二是「越南」。神經病好多話裡都帶著這兩個人，似乎這兩個人在打架，神經病在一邊看不下去，絮絮叨叨聽著也不像勸倒像是自己挺生氣。

美國——方槍槍有印象。這大高個生活作風不太好，家裡富裕講吃講穿，出門也愛欺負一些小朋友。好像原來就欺負過一個叫「朝鮮」的小朋友。方槍槍媽媽和院裡許多人家都去人到朝鮮跟這大流氓打過群架，她們要不去朝鮮小朋友就完了。方媽媽愛說「朝鮮的大米比長春的好吃。」可能還吃了一些美國大流氓的牛肉罐頭，吃完把勺子帶了回來。方槍槍一家喝湯每人一把沈甸甸的鋼勺子。勺子把兒上刻著彎彎曲曲的花紋，一個是U，一個是S，一個是A。方媽媽說這三個花紋意思是「美國陸軍」。大流氓是會省事兒。方媽媽還說這鋼叫「不鏽鋼」，意思是永遠不會生鏽，沾水不擦乾也沒事兒。方媽媽輕飄飄的描述讓方槍槍覺得他不是去朝鮮打仗而是去搶飯。由此方槍槍也得出結論：打仗比較理想的就是找美國兵打，他們吃得好，跟他們打除了可以搶他們的飯吃還可以搶他們的吃飯傢伙。

越南——方槍槍只能憑發音猜測是個南邊的小朋友，越往南越是。大流氓沒事又去他們家搗亂，早晚又是一場群架。方槍槍也是替大流氓想不明白：你吃得好穿得好老招那些苦哈哈的往得都挺遠的小朋友幹什麼？你又誰也打不過，回頭我們院和海軍一齊出兵你怎麼辦？我媽去都夠你一嗆，我爸再一急也去了呢？

有時神經病還說錯說。

半導體一有口誤，方槍槍就在一邊著急帶跺腳地嚷：錯了，又錯了——阿姨收音機又念錯了。

張燕生他媽，一個大胖女人就無比愛憐地摸摸方槍槍的頭：小伙兒真聰明，這麼丁點大就給收音機挑眼了。

總和這些沒文化的婦女混在一齊也沒多大意思，方槍槍像動物園湖中的水禽遊人不再投餵新的食物就漫游開了。他騎車到保育院隔離室，扒著窗戶往裡瞧。老阿姨出來對他說，他同期病友都回家了。方槍槍隱約記得陳南燕家在23樓，便沿路往遠處樓群方向騎。

他嘴裡含著一個棗，皮肉都吃乾淨，還捨不得吐核兒，舌尖反覆舔著棗核每一條皺紋貪圖剩下的一點點甜味。他穿過一排平房，家家門戶敞開，不少門口站著衣不蔽體，又黑又髒的孩子。一些頭髮蓬亂，敞胸露懷的婦女在煤爐上熬粥或在搓板上使勁洗衣褲。她們一邊幹活一邊大聲叫罵，所用詞彙不堪入耳。方槍槍以爲她們接下去將要廝打，停下來想看熱鬧。等了一會兒，什麼也沒發生。再看她們的臉，平和舒展，嘴好像是借來的，所罵髒話與己無關。被罵的孩子、大人也置若罔聞，照舊呆立、進出。有兩個婦女隔著幾個門點名互罵，意思接近方槍槍罵唐阿姨那句話，但不涉及長輩，只保留句首動詞。與其說是宣洩情緒不如說是詳盡敍事。她們把這個字形容成一件事，只在夜裡發生，都說對方喜歡這件事，樂得不行。這語氣和所述感受給方槍槍造成很大困惑和混亂。分明是罵她，講的又是一件快樂的事。祝願別人快樂，也惟恐別人不快樂，這怎麼能叫罵人呢？這罵法實在低級，怪不得打不起來。方槍槍很想叫她們住嘴，教她們眞生氣了應該怎麼說。想了想他會的那幾句對她們也不適用，第一人家不是「流氓」；第二人家沒「不要臉」，第三人家本身就是「媽媽」，不能兩邊都是媽媽——想到這兒他似有所悟：第一這在媽媽不是壞事，第二愛幹好事也不能到處說，第三必須不是爸爸才算罵人話。

他往一個正在燒飯的爐子跟前湊，探頭探腦往鍋裡瞅，跟人家搭訕：你做什麼飯呢？

那婦女沒給他好臉：去去，一邊待著去。

那些光屁股的孩子看方槍槍的眼神也不是很友好。他們和方槍槍差不多同齡，但都沒上保育院，方槍槍一個也不認識。

這幾排平房是大院的貧民窟，住的都是不穿軍裝的職工：司機、炊事員、燒鍋爐的、木工、電工、水暖工、花兒匠什麼的在方槍槍看來都是些老百姓。在方槍槍的詞典裡「老百姓」這三個字是貶義詞。他把不穿軍裝的人家都稱作「老百姓家」，小孩叫做「老百姓的孩子」。聽似僅有一點精神上的優越，其實小心眼裡充滿地地道道的勢利，那是指窮人、無權無勢的人。平房人家的普遍赤貧在簡樸的舊時代仍覺觸目驚心。他們的婦女衣衫襤褸，終日辛勞，未老先衰。孩子滿臉菜色，頰上染癬，手足生瘡。個別人家還要靠揀垃圾維持生活。平房有個很小的孩子，一年大部分時間不穿衣服，赤身裸體玩土。我們給他了起個外號：黑屁股紅老二。沒事我們就讓這些孩子把東西亮出來給大家看，以證實確是紅的。然後狂笑，得了什麼寶物似的。

平房的人從不和樓上的人來往。方槍槍經過那裡時有強烈感受：這兒沒人喜歡他。

方槍槍騎到23樓前的空場，看著四個單元門不知陳南燕家在哪個門裡。他繞到樓後，兩腳平衡踩著車蹬子直起身，手搭涼篷往樓上一間間陽台上望。23樓緊挨著海軍圍牆，牆那邊海軍汽車隊發動引擎和司機們的說話聲聽得一清二楚。這邊樓上悄無聲息。方槍槍小聲喊了句：陳南燕。自己也覺得不好意思。又喊了兩聲，聲音仍憋在嗓子眼裡也就自己能聽見。他鼓了鼓勇氣，已經張大嘴還是隨之羞怯了。想了想覺得意思到了，坐下蹬車離開。邊騎邊抬頭，盼望正巧遇見陳南燕上陽台。二樓陽台一個女人在晾衣服，手裡幹著活眼睛盯著他。這女人眼熟，也許是陳南燕的媽媽。陳南燕在嗎——想著方槍槍就說出了口，聲音也很清亮。女人擺擺濕手，往上一指，接著她伸出腦袋仰頭大喊：老周，周玉茹，有個小孩找你們家女兒。

這一喊直令方槍槍丟魂落魄，走也不對留也心虛，臉一下紅了。

三樓陽台門響，探出一個文質彬彬戴眼鏡的女人臉，俯視方槍槍捏著嗓子小聲說：你是誰呀，南燕病還沒好，不能下樓，你自己玩去吧。

說完縮了回去。方槍槍聽見陳南燕在屋裡和她媽媽吵了起來，大人的聲音低得幾乎是一陣陣空白，女孩的嗓門又高又飄如同一縷縷鴿哨。

方槍槍從23樓另一端繞出去，看見楊彤一個人在鍋爐房前的大楊樹下跳皮筋，念念有詞地在兩棵樹間蹦躍不休。方槍槍騎到她跟前，她也沒回頭。方槍槍舉槍瞄準她一會兒，她總是在晃動很難達到三點一線。方槍槍嘴裡喊了聲「啪勾」，蹬車走了。

他上身俯把將車蹬得飛快，一路叮鈴鐺鎯從二食堂小松林裡衝上小馬路。保育院的散步隊伍正好晃晃悠悠經過面前。方槍槍立刻挺起胸脯，一腳著地，單臂挎槍，作驕矜巡邏狀。李阿姨看都不看他那個操性一眼，昂首而過，其他小朋友七嘴八舌同他搭話：你病好了嗎？什麼時候來上保育院？昨天我們吃果醬包了。

我不上保育院了。方槍槍自我吹噓：我自己在家。自己到食堂吃飯。昨天我還吃過獅子頭呢。

他騎車跟在保育院行列旁，一會兒直行一會兒拐彎，前前後後找人說話，掏出身上所有寶物向小朋友顯配：

我有彈球你沒有吧？我有奶糖你沒有吧？我這兜裡還有兩分錢，褲兜裡還有個轉筆刀，這一把老根兒都是我在食堂門前揀的那兒老根兒特多我家裡還一衝鋒槍沒拿下來我覺得巡邏帶一刺刀槍就夠了。

李阿姨猛一轉身大步奔向喋喋不休的方槍槍，拎起他的車把連人帶車拖到通往辦公區的岔路口，腳蹬小車後槓用力一踹，方槍槍箭也似地向前滑去。方槍槍在高速滑行中感到幾分快意，自己也順勢猛踩了幾圈輪子，到了禮堂門口才慢慢停下來。回頭再望，保育院的隊伍早沒了影兒。

禮堂是院裡最雄偉的建築，有很多高大的門窗、拐角、凸凹和寬闊的台階。門兩邊有兩個宣傳欄，玻璃箱子掛著鎖，裡邊貼著一些照片和漫畫。禮堂周圍種著金字塔一般的雪松，陽光充足的白天也一地陰影。如果這裡藏著游擊隊是很難發現的。方槍槍下了車，端著槍鬼頭鬼腦摸進松林，在一株株松樹後閃來閃去，悄悄地接近，猛地跳出來大喊一聲：不許動！

在一株雪松後面，他剛跳出來，只喊出一個字：不……。嘴就被人捂住了。張寧生等幾個大班男孩坐在禮堂的窗台上，晃蕩著腿，笑嘻嘻地看著他。捂他嘴的是又瘦又高總是很嚴肅的高晉。

把他帶過來。張寧生招招手。

高晉捂著方槍槍的嘴，用膝蓋頂著他屁股往前走。方槍槍上身幾乎躺在他懷裡，挺著肚子，兩手還橫端著刺刀槍。

張寧生咚一聲跳下地，看了眼路口，順手下了方槍槍的槍，往旁邊的樹幹上一個跨步突刺，木刺刀扎在樹幹上，尖兒立刻綻開，變成亂糟糟的方頭。破槍——他把槍背在肩上，問方槍槍：聽說你是你們班的大王？

高晉鬆開手，方槍槍大口喘氣。目不轉睛盯著另一個孩子從張寧生肩上摘下自己的槍，往樹上、禮堂牆上一通亂打。

你是不是老欺負我弟——高晉搡了他一下。

還我。方槍槍說，期期艾艾看著高晉。

我操——張寧生做搧大嘴巴狀，手掄圓了從方槍槍臉上輕輕刮過直接進了他的衣兜，搜出彈球裝進自己的口袋。

高晉從方槍槍另一兜搜出牛奶糖，退開幾步剝開紙就往自己嘴裡塞。

還我。方槍槍跟著高晉。

張寧生也跟上高晉：一人一半。

高晉吐出半截牛奶糖，咬下一塊濕漉漉遞給張寧生。又咬斷一點還給方槍槍。

三個孩子都嚼著牛奶糖，一時無話。其他孩子圍上來要，張寧生高晉都張大嘴：嚥了。還我。方槍槍去掏張寧生口袋。

張寧生撥開他的手，躲開他：一會還你。

方槍槍又去要槍，拿槍的孩子用刺刀扎他不讓他靠近。

你來的時候看見保育院的隊了嗎？高晉問他。

看見了，他們都出西門了。方槍槍說。

看見我們班了嗎？張寧生說。

看見了都出去了。

走。張寧生帶著大家往松林外走。

這是你的車吧？高晉坐上方槍槍停在路邊的車，蹬起來走。一個孩子站到車後槓上手扶他的雙肩搭車前進。

一行孩子橫穿大操場，方槍槍也跟在後面。

警衛排的戰士正在苦練捕俘拳，擰腕反掌捂籠抓雞，又齊刷刷跌倒一排腳有力地蹬向半空。

跑！張寧生一聲喊。孩子們撒丫子狂跑。

方槍槍跑得上氣不接下氣，心中充滿通過敵人封鎖線的喜悅。

孩子們跑過大操場，衝過大柳樹、桃樹和東馬路，進了隔離室和果園之間的楊樹林。楊樹林地表長著一層苔蘚，十分滑溜，張寧生先一屁頓兒摔倒，方槍槍也一腳踩呲，差點滑個大劈叉，襠部一陣扯皮拉筋，臉上皺眉咧嘴。高晉一個捂籠抓雞——即手從襠後伸過攥住前馱，將他抬起。其他孩子紛笑。方槍槍他自己也笑。一瘸一拐又跟大家繼續跑。

跑到圍牆邊，方槍槍發現那兒堆著幾十根潮濕巨大的原木。方超領著另一些從保育院逃出來的孩子在上面玩，看見他們跑來發出興奮的叫囂。

衝啊！每人四兩大煙土。高晉率先往木堆上爬。

方超站在制高點一根原木上，上來一個推下去一個。高晉和他像點穴似地互相推胸脯，都搖搖欲墜，最後還是高晉腳下一滑，迎面趴下。張寧生撲上去想抱他的腿，被他蹲下一點腦門，仰面坐倒。方槍槍好容易爬上來，剛想一笑，方超毫不留情地當胸一掌，方槍槍雙臂向後掄了兩圈，失去平衡，一屁股坐張寧生身上。高晉再次衝向方超，一腿蹬上原木死不後退，就手搭住方超膀子，另一條腿也邁了上去；張寧生抱住方超腿，使他寸步難行，自己跪著爬上原木。三個人都在一根原木上，張寧生高晉一齊喊：一二三，胖方超紋絲不動。方槍槍爬了上來，把他們三人一古腦推了下去。

占領嘍——方槍槍跳著腳在原木上喊。

他轉身凝視海軍大院。原木堆和圍牆等高，一抬腿就能站在圍牆上，很有些居高臨下一覽無遺的舒暢。別的孩子也從四面八方爬上圍牆，站成一排，假裝人人懷抱一挺後座力很大的機關槍向海軍大院內橫掃。這兒是海軍大院荒僻的一角，種著無數矮小的蘋果樹。果園後面是海軍兩個警衛連的營房，可以看見浪橋、轉梯和圓圓的「伏虎」。這些運動器具不像29號體育用具漆成深綠而是都漆成海藍色。這種顏色的差別使一牆之隔的兩個院風景大不相同，像兩個民族建立的風格迥異的國家，29號的主要色調是大紅大綠：樓是紅的，人和樹是綠的。海軍大院的主要色調是藍和黃：人是藍的，樓是一大塊有明晃晃的黃。與紅綠的沈鬱比藍黃顯得更明快，與遠方的藍天更吻合，稍帶一點外來的味道。「海」這個字使人輕易能聯想到陸地盡頭的巨大區域，它的顏色又和天空同爲藍色更拓展擴充了這種遼闊深遠的想像，令一個孩子超出自己經驗感到了世界的大。孩子眼中的海軍大院是一個強盛的帝國，有更多的樓，更多的汽車和更多的兵。一切建築、道路、廣場都比29號院堂皇、講究、寬大。這觀感使孩子深感壓抑，像是看到了更美好的生活，進而心存敬畏神嚮往之。

29號的孩子們站在牆上嫉妒地議論海軍。方超說別看他們院大只有一個大將和一個上將；張寧生說咱們院原先有兩個元帥；高晉說李作鵬在咱們院只能當副部長到他們那兒就當了副司令，所以他們院和咱們院平級。他們三個嗽嗽叨叨說了很多人名、官銜。方槍槍在一旁聽著十分欽佩，暗記人名，默誦少中上大四種順序。

孩子們排成一隊在圍牆上走著正步，嘴裡唱著：向前進，向前進，戰士的責任重，婦女的冤仇深……

歌聲驚動了東小門站崗的海軍哨兵，吹著哨向這邊跑來。

大孩子們紛紛跳下院牆，方槍槍嚇呆了，看著地面不敢跳。

那水兵一手指著方槍槍喝道：你別跑，下來！

方超張寧生在這邊牆下喊：跳啊沒事。

方槍槍含淚看看他們，蹲著蹭到另一邊牆沿，被水兵一把揪了下來。落地時他踩了水兵的腳。水兵踢了他一腳，提溜著他的耳朵腳不沾地拎回哨位。方槍槍雙手抱著那隻大手一路一走蹦高疼得哇哇大叫。

方槍槍一邊抹淚一邊如實交代了和他一齊上牆的其他孩子的名字，說了保育院阿姨的姓。陸軍哨兵進崗亭往保育院搖電話，一會出來說：人家說這孩子現在沒上保育院，不管。

你爸叫什麼，哪個處的？陸軍問。

方槍槍說不清楚，一指42樓：就是那個樓的。

我怎麼對你沒印象？陸軍說。姓方的多了。

先不管，讓他站這兒。什麼時侯想起大人叫什麼，親自來領才能放走。太不像話了，你們院小孩老爬牆。上次我就挨了我們排長一頓罵兒。

水兵把方槍槍拉到海軍這邊靠牆站著，自己悻悻回到門外哨位繼續站崗。

這時中午下班號響了。方槍槍想到爸爸會在食堂門口等他，心裡很恐怖。非常後悔自己膽小不敢跳牆，心裡又把那牆跳了幾遍，也覺得沒什麼了不起。他直腰往遠處看，蘋果園那邊臨街是鐵絲網，大概有小孩鑽過，扯開個口子。我敢不敢悄悄跑了從鐵絲網鑽走？方槍槍問自己，結論是：不敢。他又往牆上看，伸手搆搆高度，掂量自己能否一躍竄上去，結論是：不能。只好死心塌地留在原地。獨在異國，倍感淒涼。

幾個海軍小孩手拿彈弓走過來，一路仰頭找著樹上的鳥。看見到圍上來問：你到我們院幹嘛來？

我爬牆被逮了。方槍槍老實回答。

有彈球嗎？有煙盒嗎？海軍小孩們搜了一遍方槍槍，一無所獲，罵：窮鬼。

海軍哨兵聽見這邊有人說話，從門口探出身。

以後再逮著你爬牆打死你——海軍小孩指著方槍槍狐假虎威嚇唬。走開。

那幾個小孩走過去又走回來，哨兵也換了崗，回到營房端著碗蹲在轉梯架子旁吃飯，邊吃還往這邊瞅上一眼。

方槍槍吐乾了嘴裡的全部吐沫，把一窩螞蟻陷入汪洋大海。下午上班號也響了，方槍槍餓得前胸貼後背，捂著肚子不斷到門口探頭探腦。

新上崗的水兵是個臉色蒼白的男孩，看樣子中學還沒畢業，穿著那身水兵服像個姑娘。方槍槍看他一眼，他也瞟方槍槍一眼，兩個人似乎都有點緊張。陸軍哨兵也換了，是個大黑個子老兵，不時和海軍小兄弟說笑。

方槍槍沮喪地靠牆坐在地上，用手指甲摳泥，不知該不該主動去找兩個新哨兵承認錯誤，還是死等人家處理。他覺得雞蛋炒西紅柿是人間至香。

此刻，有人從小門裡出來。他抬頭一看，是陳南燕牽著她媽媽的手。

你藏這兒幹嘛？陳南燕問，你爸到處找你，都找到我們家去了。

他們不讓我走。方槍槍兩眼一擠，掉下兩顆眼淚。

你們去哪兒？兩滴淚後，方槍槍又關心地問。

我們，陳南燕有些扭捏，我跟我媽媽去七一小學上班。

陳南燕媽媽找哨兵詢問，兩個哨兵莫名其妙。海軍那個小兵還說：我還納悶這孩子爲什麼老在這兒看我們站崗還以爲是我們院小孩呢。

你媽媽是老師啊？

嗯。

那你將來上七一還是上翠微呀？

咱們快別聊了。你還不回家？

陳媽媽趕緊把方槍槍領進院：快回家吧，大人都著急了。

看見方槍槍沒往42樓走，又在後面嚷：你去哪兒？

方槍槍回頭，舉起一隻手指著方向，惝了片刻帶著哭腔說：找我車去。

剛繞過李作鵬家，只見方爸爸押著一隊孩子從楊樹林中走出來。方超打頭，垂頭喪氣，臉上還有紅手印子。

方槍槍本能地拉開步子要跑，被方爸爸一聲怒吼喝住。看你跑！

方槍槍縮肩拱背站在路邊期待著，三十秒之後，背上重重挨了一掌，身體往前一撲，差點沒把心臟嘔出口。

第九章

很長時間，我把方槍槍他爸當作我的「大部隊」，寡不敵衆，危難時刻想著他。嚴酷的事實教育了我：沒有哪個「大部隊」眞愛救自己的「小部隊」。小股流竄部隊除了給大部隊添麻煩不幹什麼正經事，所以大部隊趕到之後橫掃敵人倒在其次，第一件要幹的事是先把那些惹是生非的散兵游勇收拾一頓。

方槍槍他爸平時嚴肅不乏溫和，偶爾露出獰厲令人震悚不已。他一向處處注意自己作爲正規軍人應有的儀容、風度和舉止。整潔的軍裝、筆挺的腰板也確實爲身材中等的他平添幾分尊嚴和莊重。我相信他總是正義和戰無不勝的。這是大的方面，値得我學習。小的方面，我認爲他不夠文明之師的稱號。身爲軍人，他長期違反兩條軍紀，《八項注意》的第一條和第二條：第一不許打人和罵人；第二不許虐待俘虜兵。

有段時間，他內心痛苦，打起方槍槍來好像他是萬惡之源。這就嚴重混淆了敵我，破壞了軍民關係。他的榜樣力量促使方槍槍形成這樣的認識：一、當兵的不一定不打好人；二、打認識的人不犯法。關係越近越親社會公衆越不干涉；三、打人是一種日常的情感表達方式，或者毋寧說是一種深情厚意的流露。當你特別愛一個人的時候，他有點不識抬舉，你可以照死了揣他。

那天餘下的時刻方槍槍破涕爲笑如果算不得狗熊掰棒子——撂爪就忘。家裡來了很多親戚：舅舅、舅媽、三姨和姨夫。他們都是新婚不久的年輕人，也許未婚正在談戀愛。

方槍槍媽媽有很多兄弟姐妹，尤其兩個妹妹，常來常往，是方槍槍和方超最歡迎的來賓。三姨是個快樂活躍的空軍中尉，飛機製造工程師，講一口流利的俄語。老姨在一所中學教語文，更愛說愛笑，不是那種假模善道的姑娘。她們的開朗在那個時代相當驚人。她們都對生活懷有一種孩子般的熱愛。每次來京，無論怎樣匆忙，也要趕來帶方槍槍方超逛一圈公園，下一把飯館。你不會覺得她們是在糊弄孩子，因爲她們對逛公園下飯館比孩子還要興致高昂和孜孜不倦。由於有這兩個姨，方槍槍才享受到正經的家庭娛樂。

她們找的丈夫都燒得一手好菜。三姨夫是個憨厚的上海人，不善言談，一來就鑽進廚房，似乎他的任務就是專門來爲可憐的每日只知粗茶淡飯的方槍槍和方超改善生活。他常做的幾道菜方媽媽也無師自通缺糖少醋地會了，成了方家的日常主菜，使方槍槍這個地道的北方孩子養偏出一種不很地道的南方口兒。很早就預言上海菜終會流行北京。

老姨夫在一本正經的方媽媽眼裡算個花花公子。這個相貌酷似喬冠華❽的中學體育教師，吃喝玩樂樣樣精通，抽煙喝酒無所不爲，頂大逆不道的是居然愛看小說。我對小說這東西第一次耳聞，就是聽他和老姨講他們上大學時如何上面聽課底下看小說。方媽媽大驚失色地批評他們腐蝕少兒，他二人嘻嘻哈哈全不在意。當時我不辨是非，覺得方媽媽假正經，對這兩個不守課堂紀律的大人喜歡得不得了。老姨和老姨夫是方媽媽那一族系出名的落後分子，大概連共產黨也沒入，學習也不好，要不怎麼去念了師範——這都是方媽媽的觀念。

年輕親戚們在方家大操大辦，煎炒烹炸。方槍槍跑進跑出，歡欣鼓舞，對即將開鑼的盛宴寄予厚望。方媽媽提前下了班，方超也從保育院接了回來。哥兒倆見面都忘了剛才的同聲一哭只顧賽著激動。這是他們人生最初掀起的小高潮：有這麼多很親的人，一會還有很好的飯，明天還要一同出遊、拍照、吃冰棒、喝汽水——這就叫幸福吧？

夜裡，大人們聊得很晚，喧聲笑語陣陣傳到已經合眼躺在床上的方槍槍耳中，使他睡著後仍有知覺，睡夢中也跟著偶爾喜上眉梢。後半夜這笑語變成嘈嘈切切的雨聲，方槍槍尿了床。

第二天醒來，外面果然下過雨，陽台地都是濕的。天空陰霾密布，颳著小涼風，看樣子白天還有雨。方媽媽先建議取消出去玩的計劃，方超方槍槍一齊跟她急了。每人背起昨晚灌好涼白天的塑料水壺，戴上自己的遮陽帽，各自手拎一根指揮交通的三色棒，擅自開門，三步併作兩步搶先下樓了。

哥兒倆在樓下路口指揮了一會交通，隔兩秒就輪流衝上樓喊：快下來呀你們。

大人們陸續下來，一個個喬裝打扮，方爸爸也換了身淺白色的柞蠶絲軍便裝，讓方槍槍覺得像個特務，不願意拉他的手。

方媽媽又是最後一個下來，花枝招展，香氣撲鼻。每次出去玩她都是千呼萬喚始下樓，大家都等她一人，下來後還要再上去，一定忘了拿什麼東西。方槍槍皺著眉頭噘著嘴，一腔高興都被她破壞了，直想宣布：不帶你了。

一干人在路上橫排走，方槍槍跑在前面，見路口就抬棒揮手指示大家往前走。有時自己指錯了方向，大人拐彎了，又忙不迭夾棍按壺屁顛顛跟過去。

通北門的路上有很多家盛裝大人孩子往外走，其中很多保育院小朋友，方槍槍每超過一家，沒人打聽也要告訴人家：我們家去中山公園。

方超覺得他很跌份，笑著跟三姨說：就跟哪兒都沒去過似的。

三姨笑道：他是不如你去的地方多，他比你小啊。

咱們還去過中山陵對吧？那時侯還沒有他呢對吧？方超在後面故意大聲說。

方槍槍在前邊聽得很氣，想了半路沒找到反駁的話。跑回來拉往三姨另一隻手。

出北門往東沒走幾步，大家一片驚嘆，大一路公共汽車站排隊等車的人龍見首不見尾，一直甩到海軍北牆。海軍空軍的男女老少出來不少，一家子一家子站在那兒等車進城，其中還混有成班成排的男兵女兵。

方媽媽又是第一個打退堂鼓：我的媽呀，這麼老些人，哪輩子才輪到咱們上車？說完拿眼看方槍槍方超。

方槍槍扭臉不理她。

方媽媽又抬頭看天：這雨我看還得下。帶傘也不管用。這些人怎麼都那麼傻呀，待會都得淪到半道上車都下不了。

下雪也去。方槍槍說。

大人都笑了。

下雨中山公園就不好看了，也照不成相，去了也白去。方媽媽煽動群衆，要不咱們去一近的地方，八一湖？也能划船。

反正我去過中山公園，不去也行。方超超然地說。

我不同意。方槍槍氣急敗壞。

其實你也去過中山公園。你忘了咱家還有你在那兒拍的照片呢。方媽媽對方槍槍說。

就沒去過，去過也要再去。說好了的。方槍槍低頭梭巡，若不是腳下一片泥濘，怕弄髒新褲子，他非躺下打個滾。

你看你看，別人都看你了，穿得這麼漂亮的小孩哭鼻子，和大人鬧。方爸爸猜出他的念頭，一把拽住他胳膊。

姊，三姨說，你就依孩子去吧，何必讓他哭呢？

沒說不去，我這不是徵求大家意見嘛。好好，去去，一幫大人，都讓一孩子治住了。咱們小時候哪有說跟大人犟的，還不是大人怎麼說都聽大人的。回頭我就上保育院跟你們阿姨提意見去，怎麼把孩子都教成反叛了？

方媽媽鹹一句，淡一句，半句眞半句假。

方槍槍嘟嘟囔囔，兩字輕三字重，該點標點符號的地方都不點：說話不算話出門就反悔還媽媽呢都不如小孩。

方爸爸笑：這可眞是娘兒倆，頂起嘴來眞像。

行了姊，你跟個孩子較什麼眞兒？三姨端著「上海」一二〇照相機退開幾步蹲下對準方槍槍：咱們等的時候先照個相。

方槍槍剛想擦淚，重整笑容，那邊照相機已經喀嚓一聲照了。

我胳膊還在臉上呢。方槍槍想重拍。

沒事，三姨笑道，等你將來有孩子了，給他看：這是你爸爸小時候。

公共汽車總站的車早都發光了，大家翹首期盼行駛一圈回來的空門。站台上人頭洶洶，成百上千個脖子齊刷刷伸著像莊稼地一排排穀穗，一鐮刀上去不知能砍落多少。還有數不清的人從四面八方走來加入到這個龐大的行列，毫無怨言無比耐心地越排越遠。方槍槍和方超跑前跑後，挨個扒拉著數人，每下一車就跑回來報告：再有三十車就到咱們了。

各位，我有一個比喻：這麼多人就像楊柳萬千條——方槍槍笑道，背手等著誇獎。

舅舅、姨噼噼啪啪地鼓掌：眞聰明。

這是你想出來的嗎？方超嗤之以鼻，這是人家早說過的。

方槍槍受到揭發，害臊地走開。

公主墳濃蔭霧靄，像一大團降落到地凝固不散的烏雲。方槍槍發現陳北燕一家站在隊尾，走過去對她說：過去你就躺在那裡。

陳北燕不明白他說的什麼鬼話，眨巴著眼睛看著他一聲不出。

你才躺在那裡呢。陳南燕伶牙俐齒回了他一句。

不許跟小朋友說話這麼厲害。陳媽媽批評大女兒。

我們家在前邊，你們排到我們那去吧。方槍槍熱情邀請她們加塞兒。

那可不行，別人可不同意。陳爸爸笑道：這小孩很有禮貌，是跟你一班的嗎北燕？

他老欺負我妹，還打過我呢。陳南燕說。

是嗎，陳爸爸收起笑容，那可不好，男孩子不該欺負女孩子。

方槍槍窘得不知說什麼好，回陳爸爸：你說話是哪兒的口音呀？

陳爸爸明顯不愛回答，但還是耐心作了答：我這是江蘇口音。別瞎打聽了，快回你爸爸媽媽那兒去吧。

方超過來把方槍槍領走：不知道人家不愛理你呀？

三姨、媽媽突然狂叫哥兒倆，她們已經排到一輛車前，哥兒倆手拉手狂奔，半路受到姨和媽的接應，一人抱起一個，衝向車後門，忠厚的三姨夫死死把住那扇將要合攏的門，不顧周圍人群一片「不道德」的指控。

這時雲開日出，方槍槍在車關門前恰被一束日光照進瞳孔。

「斯可達」汽車負重行駛，每一個機件都在嘁哩匡當亂響，像一節火車開進城裡，一車人也如醉心的戲迷隨著鑼鼓點兒整齊地搖頭晃腦。

方槍槍方超擠坐在一個空軍女兵讓出的座位上，透過不很乾淨的車窗玻璃聽三姨介紹沿途可說之處，遇到另一面的景致就站起來從人縫中看個一掠而過的鱗爪。

這是京西賓館，這是木樨地大橋，這是廣播大樓，那是民族文化宮西單電報大樓……

東張西望，忽起忽坐，方槍槍很快感到噁心。剛才就座時三姨還讓方超換方槍槍靠窗，說他愛暈車，方槍槍不服，貪圖視野開闊沒說什麼，現在知道自己果然是個窮命，坐車就暈。心裡也怯了。

他對木樨地橋下碧綠的河水，橋上站崗的陸軍有印象；對廣播大樓密如蛛網的天線有印象；復興門一帶灰牆青瓦的民房令他好奇：爲什麼有老百姓住在城裡；「慶豐」包子鋪門口排大隊買包子的人讓他覺得自己也餓了。之後他就都不記得了，使勁回憶還有車內忽然強烈起來的柴油味。

他並沒昏倒，只是把早飯吃的沒消化完的東西噴了出來，方超躲得一乾二淨，三姨和那個空軍女兵都沾了葷腥。三姨、媽、舅都掏出身上的紙、手絹給那清秀的女兵擦藍裙子，賠笑臉，賠不是。女兵都快哭了，一五一十擦去穢物就往人堆兒裡鑽，走到哪兒人家都閃開個空場——她也成了萬人嫌。

方槍槍小臉雪白，吐得神清氣爽，吧嗒著嘴問：咱們到哪兒了？

一家人在天安門廣場下了車，方槍槍精神恍惚地還在這片全世界最大的空地上跑了幾步，無動於衷地環顧一下四周肥矮結實的新舊宮殿，什麼也不走腦子和視網膜，活活一具行屍走肉混跡於大千世界。

廣場上積的雨水在蒸發，白汽裊裊，方槍槍夢遊天安門，眼前如同一幅幅幻燈片：天像漲潮的海水把紅牆黃瓦、白色大理石都浸泡在一片藍汪汪之中，人車像孑孓一層層漂浮；每一級建築都退得很遠，喊都聽不見；只有這幾萬塊方磚濕淋淋的剛露出水面，走道像爬山，僅此平面即可看出地球是圓的。他軟得像個脫扣的螺帽，一道紋也擰不上，很怕此刻吹來一陣風，把他輕煙般吹散，不知變成什麼飄離這個世界。這廣場大得瘆人，晴天白日也會心生驚悸，似乎公開存在著一般懾人魂魄的力量。

從那次拍下的一二〇照片上看，方槍槍大部分時間昏睡不醒，輪流出現在每個男人的肩頭，耷拉著頭，像是有意躲避鏡頭。在中山公園原「公理戰勝」後改爲「和平萬歲」牌坊前他是睡的；唐花塢前他是睡的；護城河裡划船時也有一張是醒著的，自己坐著，但兩眼無神，魂不守舍。天安門正面、人民英雄紀念碑前他都是睡的。不過大家是背對景物拍照，獨他臉朝後，又似偷偷覬覦。

方槍槍再度記事是在西單大街「亨得利」鐘錶店門前獨自哭泣。在此之前，方爸爸以爲他醒了，把他放下地自己走，一家人快步走進「玉華台」飯廳，方槍槍跟著另一家打扮相似的男女走了。一直走到「曲園」酒樓門口，這家人要過馬路去西單商場，這家的孩子才告訴大人：有個小孩跟著咱們。這家大人把方槍槍領回到開始跟的地方，都記成鐘錶店了，向過往群衆失物招領。

方家男女衝出飯廳，看都沒看左近這一小撮人群，一窩蜂往北找。

方槍槍看著下午陽光中熙熙攘攘的人群，周圍一切店鋪招牌皆爲陌生，猜是一座城裡卻怎麼也不明白自己如何會在這兒，爲什麼一人站在街頭哭。剛才他最後的夢境是在保育院午覺起床，天光氣氛與此刻銜接得天衣無縫。絕對是一睜眼故土故人後拋，頃刻間孤零人在萬里天外。方槍槍斷魂欲絕：我不是有名有姓有爹媽嗎？已經在29號上好幾年的保育院，交了一些朋友，樹了一些敵人，學了一些名詞，歷了一些悲歡，剛剛有點適應，怎麼一下都白過了——這是把我扔到哪兒去重新開始呀？我捶胸頓足一陣震撼驗證出這不是夢。此時不是夢，那過去就是夢，這兩個處境中總有一個是夢——我一下感到生活的不牢靠，不知哪天在哪兒醒來，前邊的一切就都否定了。悲痛之餘也有些困惑：想我小小年紀既不認路又不會飛翔，爲何一覺醒來身在異地——也許不是人吧？

一群閑人拉拉扯扯把我交到西單路口的交通警手裡，那兒已經有兩個走丟的孩子。交通警忙著指揮路口車輛行人，四面八方地立正，也顧不上理我們，我們三個倒楣孩子就並排站在他腳下抹眼淚。

方爸爸後來說，他聽行人說路口交通警那兒揀了幾個孩子，就往路口跑，遠遠看見指揮台下站著個男孩和台上的警察一齊指揮交通，警察舉棒他也舉棒，警察轉身他也轉身，行人都笑，警察再轉回來一張黑臉也繃不住樂了。

重爲人子，回到自己唯一的生活，我感到既甜蜜又安心。保育院阿姨太凶，爸爸媽媽有點陌生，好吃的東西總是太少，小朋友們動不動翻臉，這生活聽上去不盡如人意，但總比沒有強。雖然不是我自己選的，既然在29號院裡開了頭，省事的辦法就是在這兒繼續下去。

那些年的日子像鬆緊帶，一會短一會長；又像三級跳遠，有時每一步都能數清，有時一躍過去很多月；時間如同迅速貶值的鈔票，面額很大不值什麼。

我和方槍槍回到保育院，他已是大二班的孩子，誰都忘了他得過麻疹，似乎大家共同度過了一個假期，重新開園，季節也跳過冬春，再次進入夏末。我覺得過丟了一些日子，有些事情插不進記憶的順序，有些變化大出我意外。唐阿姨懷孕了，挺著肚子，臉上長出蝴蝶斑。可她原來明明是個姑娘，在院裡沒家，住集體宿舍。李阿姨眉心長出一個痦子，又黑又圓使她兩道濃眉接近合攏，這沒一段時間是長不起來的。陳北燕我幾乎沒認出來，看到一個胖胖的有兩個大臉蛋的小姑娘坐在椅子上朝方槍槍笑，我以爲是個新生。她說自己得了肝炎，在「三〇二」住了半年院，吃了很多糖和激素。她被特許可以在保育院隨時吃糖，一嘴牙都吃成了蟲牙，疼起來就歪著嘴絲絲倒抽涼氣。

陳南燕黑了，高了，兩條腿長得像竹竿，小班新人入院的孩子沒一個趕到她屁股。看到那麼多驚慌失措的小不點在我們原來的寢室裡哭作一團，我和方槍槍都覺得自己像個元老。我們敲玻璃扮鬼臉嚇唬那些小孩，對哭聲陡然升高頗爲滿意。顯然這些年吃得好了，院裡又生出了一片孩子，比我們那一波多出很多。一樓都叫這幫六十年代的小崽子占了，二樓還要讓給新升上來的中班，飛機樓沒我們的地兒了。我們大二班和陳南燕她們大一班合編爲一個班，一齊搬到果園邊上的一所大房子裡。這種安排我比較高興。

新搬去的那所大房子有一大間屋子，無數的小窗戶，窗外樹影婆娑，十分幽暗。這屋子能睡兩百個孩子。兩個班的孩子匯合在一齊像兩支兄弟紅軍會師，興奮異常，兄弟姐妹噓寒問暖，都住在了一齊，彼此也有個照應。大一班的調皮孩子比我們班的多，能量也大，跟張寧生高晉他們比，方槍槍汪若海這些都算小玩鬧，阿姨根本顧不上，尺度無形寬了，我行我素也不被注意，你可以說生存空間大了。

比較掃興的是新床鋪挨著于倩倩，她倒不怎麼流鼻涕了，可我還是不喜歡她，嘴太大。

大房間套著一個小房間，能擺十幾張床，那似乎是個待遇，只有得夠小紅旗的孩子才能睡在裡面，阿姨開始給孩子的日常行爲打分，牆上貼著一張表，寫著所有孩子的名字，表現好的掛小紅旗，得到五面睡高間。

陳南燕是高間常客，我覺出方槍槍也想得紅旗，以期有一天離偶像近一點。

我認爲方超也喜歡陳南燕，因爲他得了很多紅旗，經常抱著鋪蓋在高間進進出出。

我對方槍槍也感到陌生。我很驚訝他和大一班張寧生一夥竟然那麼熟，儼然小哥們兒，他和張燕生打架，張寧生基本不插手，讓他們公平勝負。他和陳南燕的關係也令我詫異，陳南燕每天遇見他必定一笑，幾遇幾笑，相視無語盡在一笑。這神祕的笑容叫我舉止失措，因爲完全不解其意，反觀方槍槍，極其曖昧，笑意未消滿足復現。這感覺讓我十分不舒服，似乎這二人瞞著我有了默契。如此輕易地被擇出二人世界是我不能容忍的，這就像你把心思託付好友他卻捷足先登發生很多故事沒你什麼事。方槍槍什麼也不對我說，這就是朋友，我還以爲能信任他呢。有一天下午，我在廁所堵住陳南燕，她正在提褲子。

你爲什麼老朝我笑？我彬彬有禮地問。

她大怒：誰衝你笑了！

我本來還預備了些笑容和美意，此刻也不由大怒：你。別不要臉了。她一膀子撞開我，氣沖沖出廁所，回頭又說：我笑狗呢。

你才是狗呢。我默默心酸了一會，本來無尿也無趣地站到台上尿了幾滴。

我猜到了這其中的原因：我以爲過去的日子每一天其實都眞實存在，只是我不在場，方槍槍則一秒也沒缺席。這是我們的區別。他身在自己的生活裡，我只是他生活中的過客。我有一種神奇的能力，可以加快時間的流逝，遇到尷尬危險無聊便翩然離去，來年再說。他卻無從逃身，永遠留在現實裡，每一天都要一分一秒地度過，太陽不落山，他的一天就不能結束。從這點上說，他的生活遠比我所知要多、豐富。很多事情我不知情。沒有我的日子他獨自面對的都是些什麼？爲什麼他和別人的關係會有這樣那樣的變化？我想我錯過了很多重要的時刻和機會，以至今天也不能說眞正了解生活。

這種面臨同一日曆年各懷長度不同。也決定了我和他對人、事的態度之差：我自命理想主義者，或叫妄想主義者；他是現實主義者，或叫機會主義者。

現實主義者對理想主義者總是不置一詞，當我試圖支配他時便感到他的頑強。我知道他的絕望，如此漫長一眼望不到頭又不可省略的一生眞叫人不堪重負。我們看不透其中的內容，不知道前邊有什麼在等著他無論好壞他都得一一受著。我想我日後是有個去處的，他知道我不屬於這兒，你可以把這叫體驗生活——可我不能帶他一齊飛走，這他也清楚。他經常猜我是誰，來幹什麼。那時我也不知道我的使命是記錄他，要是知道，我不會那麼任性，會多留一些時間在他身邊。

第十章

方槍槍知道自己眼睛後面還有一雙眼睛。他十分信任住在自己身體裡的那個叫「我」的孩子。他認爲這孩子比自己大，因其來歷不明顯得神祕、見多識廣。

那時他已經聽說了《西遊記》這個故事。高洋家有一套《西遊記》連環畫，這小子看一本就回保育院賣弄一段，雲山霧罩，記不清的地方就胡說八道，講得小朋友們神魂顛倒，想入非非。每天晚上熄燈後，孩子們各自躺在床上，全室一片寂靜，評書連播員高洋又尖又淺的嗓子就在黑暗中開講了：孫悟空、牛魔王、唐僧、白骨精、玉皇大帝一個個出現在我們面前，飛來飛去，各顯神通，展開一場無關正義，純粹比武的混戰。這比小八路打鬼子的故事要有趣，也不那麼揪心。好孩子孫悟空武器比較過硬，不像海娃張嘎子赤手空拳缺槍少炮，老得先挨揍，鬼鬼祟祟躲子彈——這種盡受罪，也吹，仍不免淒風慘雨的描寫弄得大家都不愛當好人了：勝利是一定會勝利，但總的加起來，還是壞人滋潤的時候多。

孫悟空多好啊，首先一根金箍棒好使，再一條永遠打不死，百煉成鋼一點沒吃苦，幾個仙桃人參果加上太上老君的一把炒豆全過程完了。吃一個就得活好幾千年，他得活多少年——太讓人羨慕了。要是不掩護唐僧這個沒起子的，誰拿他有辦法？

孩子們在高洋斷章取義、支離破碎的講述中，一點沒意識到唐僧同志是在追求眞理，孫悟空老兄只不過是革命隊伍中的一個打手。特別對觀音菩薩、如來佛這些領導人有意見，你們非要到孫悟空沒轍了再去救他，平時光在一邊看笑話。既然上邊決定要到西天取經，你們也擧了手，爲什麼不一陣風把老唐吹到西天還要人家一步步走？孫悟空同志能力強一個人足以完成這項任務爲什麼不信任還故意派出一些妖魔鬼怪打人家？這就不得不使人懷疑如來佛的動機了：經是你的，人也是你派的，自己派人取自己的經，你想幹什麼？

一些求知慾旺盛的孩子再三問過高洋，什麼叫眞經，眞經說什麼了，值得哥兒幾個這麼費勁拔力往西天趕？

高洋支支吾吾，想了半天說：不知道。

到了西天以後呢？方超問，如來佛有什麼表示？

什麼表示也沒有。高洋苦惱地說，小人書上只說到了，就完了。

連「從此過上幸福美滿的生活」這一句也沒有嗎？陳南燕說。她們高間的孩子也摸黑出來聽故事。

沒有。高洋十分洩氣。

這叫什麼事呀。孩子們群情激憤議論紛紛：我覺得如來佛沒安好心，他們都是一夥的，合起來坑老孫。

另一個看過這套連環畫，只是口才不如弟弟一直沈默的高晉最後一個說法，比較受孩子們認可：

眞經——那就是個意思，給孫悟空找點事幹，怕他又去大鬧天宮。

晚上寢室的故事會方槍槍很少插話，只是靜靜躺在自己被窩裡吸收玩味這些匪夷所思的神話。聽到孫悟空被如來佛壓在五指山下，他流下亮晶晶的淚水；孫悟空鑽進鐵扇公主的肚子，撲滅了火焰山，搗毀盤絲洞，渡過子母河，他又偷偷笑了——爲自己曾經動搖了對老孫的信心感到不好意思。他對這個本來快活地在花果山當大王，卻把自己的後半生獻給在崇山峻嶺掃蕩群妖的壯麗事業的猴子產生了極大敬意。那時他很崇拜書，認爲書上寫的都是發生過的事情，每一個字都是眞的。他把《西遊記》當作現實一種，剛剛結束的歷史。

遠在古代，中國天上、地下、水裡到處都充斥著神通廣大的妖怪，連地主那樣的壞人都欺負，全靠大英雄孫悟空一根棍子打光了，否則的話，多少部隊金角大王一個葫蘆就給裝走了。沒有孫悟空，就沒有我們今天的清平世界、朗朗乾坤，幸福生活。我們應該懷念他，起碼譜一個歌唱唱人家，以顯得我們有良心。要不人家該不高興了，再有妖怪人家就不一定幫忙了。

方槍槍堅信孫悟空還活著，在遙遠的西天翻跟頭。那些被他打敗的妖怪也都活著，變成善良的山裡農民苟且偷生。也許他們中的一些不安分的人已經進了城，變化成其他形狀潛伏在我們身邊，夜裡出來吃個把孩子解饞——如此一想方槍槍汗毛倒豎，樹、窗戶、牆壁、一張桌子、一把椅子都像幻了形的妖怪。

他頭蒙進被窩哆哆嗦嗦地祈禱：孫悟空你快來吧，妖怪都沒死，沒你不成。

方槍槍充滿希望地問他身體內的大孩子：你是孫悟空變的嗎？

我很想說是。我也非常樂意是。可我對這一點把握也沒有。孫悟空有七十二變，我只是一變：變成方槍槍，而且再也變不回來了。

孫悟空一個跟頭十萬八千里，我爬個牆都費事。

如果我是孫悟空，我的金箍轆棒呢？方槍槍的耳朵裡只有耳屎。

再說，就算我愛忘事，也不可能對自己的英雄事跡一點印象都沒有，群衆這麼提醒也想不起來——多崢嶸的歲月啊。

我對方槍槍說，很可能我連豬八戒變得都不是，老豬的武藝我也望塵莫及。你就別指望我替你去打人了，咱們都不是這塊料。也許我只是孫大爺棍下喪命的一個小妖，輾轉投胎投到你這兒。

是個妖就比人強。方槍槍對我的信任一如既往。

方槍槍掉牙了。滿嘴牙都像鋼琴琴鍵可以按動。啃蘋果尤其要小心翼翼，不留神就出血，就撅斷一隻，一陣麻人的寒戰掠過全身。他很擔心自己從此吃不了好東西。我對他說，沒問題，咱們還會長出一嘴牙。

他的肛門很癢，撓也治標不治本。保育院的小朋友都新添了一個動作：一手在前摳鼻子，一手在後撓屁股，非常鍛鍊腰肌。汪若海第一，于倩倩第二，陸續拉出蛔蟲。李阿姨拿來一箱寶塔糖每頓飯發給大家幾顆，想多吃敞開供應。孩子們一開始還當糖搶，吃下去才知有多噁心，口腔、肚皮都會感到麻痺。我提醒方槍槍要警惕，李阿姨的糖那是隨便吃的嗎？應該含在嘴裡不嚥，上廁所時吐掉。

我教導方槍槍：你要小心呢，李阿姨很可能是妖怪變的。看看周圍，沒有人長那麼大一張嘴，除了吃孩子她要這麼大嘴幹什麼？請你注意她的眼角，那兒有兩道向上斜拉的紋路，這是她變成李阿姨時沒變好留下的。她的臉上有很多難以掩飾的舊貌。唇上的鬍鬚，鼻孔內的黑毛——一個功力不夠的妖怪變成人時最難變的就是過去的一身毛髮。再譬如她眉心那粒痦子，這幾乎就是鐵證了：一不留神露出的本相。我很得意自己的目光敏銳，識破了一個妖怪，同時把方槍槍嚇得簌簌發抖。我叮嚀方槍槍：要聽妖怪的話，別讓她盯上你。數著點小朋友的人頭，這麼多孩子她隨便吃一兩個咱們也發現不了。

李阿姨發現方槍槍升到大班後表現很好，循規蹈矩，不急不躁，尤其聽她的話，指東不敢向西，說一不敢答二。李阿姨對這孩子的進步極表欣慰：工夫下得深，鐵杵磨成針，關鍵在教育，天下沒有不會點頭的頑石。通過日常觀察，李阿姨還發現了這孩子有數學天才，沒事就愛數小朋友，早一遍，晚一遍，想知道今天有多少小朋友到場，少了幾個，不用報數，問他即可。數不齊人飯也吃不下，著急，出汗、面如土色。這麼小的孩子對數字這麼熱愛，實在罕見。現在全社會都在提倡向科學進軍，沒準自己班裡已經出了一個華羅庚⑨——的胚子，別誤了他。李阿姨想到自己的一生，估計是瞎了，如果臨死能說紅旗上也有幾滴她的鮮血，就全指望這班孩子蘸上她的血一塊堆兒去染紅旗捎帶腳混上一些。不可能那麼倒楣，幾百個孩子一個烈士不出。要緊的是從現在做起，有苗頭的都對他們好一點，廣種薄收。方槍槍倒不比張寧生高晉這幾個打架手黑的孩子更有烈士相，但也不怕他沒出息，哪怕光當個部長，年愈古稀回憶起誰給他啓的蒙，登在報上，唏噓涕下，一派動人。那時儘管自己窮困潦倒，癱瘓在床，倒不一定出頭自首——這點骨氣是有的——也可悲欣自許，憨笑棄世，讓部長想死。李阿姨追終撫遠，兩滴清淚不覺掛腮，底下一片孩子嚇得屏息斂氣。

別看我，千萬別看我。方槍槍心裡打鼓，悄抬一眸，正與遠遠投來的李阿姨目光相逢。李阿姨目光是溫柔的，殷殷期許的，方槍槍這廂早靈魂出竅，手腳冰涼，認定今晚將成爲李阿姨的腹中餐。我還小啊，肉也不香，爲什麼你不先吃又白又胖的陳北燕？想到此生皆休，方槍槍也不免淚掛雙腮。

這孩子有良心，我哭他也哭，俺倆感情這麼深這我倒沒料到。這麼想著，李阿姨又死盯了方槍槍兩眼。

晚上，別人都睡了，陳南燕躺在床上看見地上一個黑影向她爬來，爬到她的床邊黑影跪立起來，借著月光她認出是大二班的一個男孩。

男孩滿臉淚水，哽咽著小聲對她說：我告訴你一件事，你可千萬千萬別告訴別人，一定保密，你發誓。

我發誓，我千萬千萬不告訴別人。陳南燕很興奮，催促道：什麼事你快說。

咱們班李阿姨是妖怪變的。

眞的。陳南燕大驚失色。

不騙你。男孩悲痛地說，今天晚上她就會來吃我。她已經吃了咱們班好些人了，我數過。現在輪到我了，她知道就我發現了她，所以先吃我。

那你怎麼辦呀？陳南燕既害怕又同情。

沒辦法，打不過她，可我不想死。男孩頭頂著床欄哭出聲。哭了會兒又說：你能讓我在你床底下躲一晚上嗎？

能能，你躲吧。陳南燕俠義地說，看著男孩爬進她的床下。

陳南燕睡不著，想得很多。她問床下的男孩：你說咱們倆個合起來，打得過李阿姨嗎？

不知道。

陳南燕跳下床，爬進床底，用手摸到那團熱呼呼的肉體：我想去打死李阿姨——咱倆一齊去吧。

我不去。男孩說，你也別去。咱們班小孩都加上也打不過李阿姨。

男孩向女孩身邊靠過來，兩個孩子身體緊貼並排趴在黑暗中，女孩能感到男孩的身體在抖。

一個小孩下床尿尿，光著腳丫走過他們眼前。

陳南燕往外爬，男孩拉住她：你去哪兒？

我去看看李阿姨。

別去。

我不碰她，光看看。

那也別去，她該吃你了。

看看李阿姨變成妖怪什麼樣兒就回來。

那對腳丫子又走回來，爬上床。有人大聲說夢話：那就算了……

陳南燕爬出床，又回身拉那男孩想讓他一齊去，男孩很沈，死活拖不動。

陳南燕自己出了小房間，穿過大寢室，回頭看一個小黑影遠遠跟著她。她走進活動室，阿姨的值班床就在門邊。她看到床上蜷伏著黑黢黢一堆東西，身上起了一層雞皮疙瘩，頭髮都飄了起來。她走近床前，那堆黑物毫無聲息，她一剎那想到了很多可怕的情景，還是不由自主一伸手掀開被子，一團熱氣撲面而來，有很濃的膻氣。被子裡的人說：你幹嘛？

陳南燕一聲沒吱，回頭就跑，在大寢室還和那男孩撞了一下，雙方恐怖之極。

幾天以後，方槍槍看見陳南燕哭著被李阿姨揪著小辮捲著鋪蓋轟出高間。

李阿姨糾集全體小朋友列隊，讓陳南燕站在隊前，指著她說：你們這幾天大概也都聽陳南燕說了，我是個妖怪變的。現在我讓陳南燕當衆講一遍，我是不是妖怪——我是嗎？

你不是。陳南燕哭喪著臉說。

你這算什麼問題？

造謠。

性質嚴不嚴重？

嚴重。

嚴重怎麼辦？

改。

怎麼改。

陳南燕開始在沿著一排排孩子走動，挨個辨認他們的臉。在陳南燕背後還有一個造謠者，我們現在就把他揪出來。李阿姨喊：一個男生。啊哈，太惡毒了，居然造這種謠破壞阿姨威信，絕不輕饒。陳南燕，你可仔細，找不出那個人，我就認爲是你。

李阿姨艱難地朝孩子們微笑：你們信嗎？這可能嗎——大聲回答。

孩子們齊聲說：不—可—能。

是不可能嘛，我要是妖怪，你們怎能好好的一個不少——我現在還要闢一個謠：那些生病回家的孩子我已經全通知他們家長明天送回來了。咱們再讓方槍槍數一遍。

陳南燕走到方槍槍面前，停下來，方槍槍血都不流了。

就是他——陳南燕一指。

方槍槍膝蓋一軟，剛想下跪，李阿姨大手忽忽生風掠過他左耳，把後排的高洋揪出列。

高洋殺豬般號叫、懇求：饒了我吧，不是我，冤枉。

我含淚看著替罪羊高洋被李阿姨拖走，默默地滿懷歉意地向他告別：永別了，朋友。別記恨我，我實在不能救你，咱倆加一塊也不夠李阿姨塞牙縫的，以後我會爲你報仇。

我毫不懷疑高洋此去將被李阿姨細嚼慢嚥吃得連骨頭渣子都不剩。可憐的高洋，你將要很疼。李阿姨的表白十分可笑，班裡一個孩子不少絲毫不能證明她不是吃人的妖怪，反而暴露出一個更可怕的眞相：她每吃掉一個孩子，就會用一個小妖變成那孩子的模樣。這是一個很簡單的是個妖怪就會變的戲法，只能騙騙無知的孩子瞞不了我。

我料到李阿姨早晚要把保育院的孩子吃光，用她手下的小妖代替，因爲小妖聽話，好管。我是妖怪也會這樣做，當我偷吃糖時也會用糖紙包上一顆土坷垃充數。這一手很高明，不顯山不露水，看上去還是那麼多孩子，其實瓤都換了，爸爸媽媽也蒙在鼓裡，還美滋滋地替人家養小妖。好妖怪，你眞夠狠，把我們都當傻瓜涮了。可惜呀，你萬沒想到這一班貌不驚人的孩子裡有我這麼一雙火眼金睛。哼哼，有本事你就跟我鬥吧，看最後誰贏。

我深知掌握祕密的人有多危險。它們都想除掉我。眼下暫時沒事全在於我的身分沒有暴露。我的冒失已經使兩個小朋友喪了命，現在必須謹愼從事。我不能像小喇叭似的到處廣播。小朋友中已混進了很多小妖，有些可以識別，譬如陳南燕，我知道她是隻波斯貓變的，高洋，是個長臂猿。有些是我不認識的動物變的，這就很難辦，說給誰也沒人信，動物園裡沒這種動物，到公安局它們也不會承認。搞得不好，它們還會倒打一耙，說我誣賴它們。必須要有證據，否則打不著狐狸還得惹一身騷。

我一直猜不出李阿姨是個什麼精。也的身量擺在那兒，原來肯定、起碼也要是隻大型猛獸，變成人才有這個兒，但究竟是老虎、金錢豹還是大象，很難估計。有一次她剛洗完頭，邊走邊打哈欠，有人叫她，她就那麼大張著嘴、瞪著眼一回頭。我恍然大悟：這活脫一個獅子甩頭啊，獅子精沒跑——很多石獅子都有這個造型。

這個發現加劇了我的恐懼，也徹底打消了我獨自一人消滅妖怪的雄心。誰都知道一個人隻身和獅子搏鬥那叫白給。怪不得李阿姨吃那麼多小孩還這麼瘦，獅子的胃口大呀。如此一說，倖免的可能也很小。我算過，就算李阿姨一天吃一個孩子，比較節約，最後一個吃我，不到半年也就輪到我了。

這種日子很煎熬人的。生活在一頭獅子嘴邊，不能跑又不能說，等於是它飼養的口糧，不知道哪天它一舔舌頭就把我吃了。我連飯也不愛吃了，不願意顯得胖。我看到方超在同齡孩子中突出的超重，吃飯時還那麼不管不顧，就爲他難過：還瞎吃呢，李阿姨下一頓飯準是你。畢竟是一奶同胞的兄弟，要餵獅子了，怎不叫人傷感？星期天回家，我看著方超就紅眼圈，什麼都讓著他，吃飯時也緊著他吃，自己不怎麼動筷子。看到他吃得快活，越發肥嫩可口，令人垂涎，不免垂下淚來。

方媽媽摸我額頭並不發燒，再三問我：你有什麼委屈說出來，跟爸爸媽媽還不能說嗎？

我哽咽著指著方超說：他快死了。

方媽媽方爸爸都非常生氣，一齊叫：好好的你怎麼咒起你哥哥來了。方超全不在意，笑嘻嘻地雨點般下著筷子對他爸爸媽媽說：方槍槍腦子壞了。

我心說：你們哪知道我的難處，想在保育院活下來太不容易了。

再一深想，我不由號啕大哭。

我決心用計謀使李阿姨想吃也沒法吃我。我主動接近陳北燕，屈尊吃一些她的糖果，和她共用喝水杯和飯勺。我認爲李阿姨永遠不會吃她，因爲她有肝炎，吃了她李阿姨也該傳染了。我的如意算盤就是從她那兒得點肝炎，這樣也許能活著離開保育院。陳北燕自從得肝炎吃激素變成個胖子之後，在保育院很受歧視，除了她姐有時跟她說說話，沒人跟她玩，經常自己很寂寞地獨自靠牆坐在小椅子上。汪若海給她起了個很形象的外號：大臉蛋子。大家都這麼叫她，好像她是個日本姑娘。

大臉蛋子對方槍槍主動和她套近乎十分感激，差不多是以一種逢迎、言聽計從的態度討好他。我也確實需要一個聽衆，一個可以切磋、議論、證明我沒瘋確實很傑出很預見性的崇拜者。大思想家都知道我的癥結：再也沒有比獨享思想成果更令人煩躁的了。

我對大臉蛋子講，我下面要對你講的是一個天大的祕密，如果你說出去，那咱們倆就全完了，你有肝炎不吃你起碼也得讓人咬死。我就更別說了，死無葬身之地（不是原話）。你不是你爸爸媽媽生的。

你怎麼知道？

這不是祕密，誰都知道，我也不是我爸爸媽媽生的。

方槍槍想了想：別打岔，我要說的不是這事。還記得李阿姨要抓一個知道她是妖怪的人，結果把高洋抓走那次嗎？

她抓錯了，那個人是你。

你怎麼知道？方槍槍真的吃驚了，對大臉蛋子刮目相看。

誰都知道。第二天你就到處跟別人說，我姐她們都覺得你特愛吹。

我絕對沒跟任何一個說過。你想可能嗎——我就怕讓人知道。

那我怎麼知道的？但我信你——當時我還想：方槍槍這人太直了，要是我就不會這麼到處說去，多懸啊。

方槍槍臉紅了，心想自己眞不是幹大事的人，嘴快，存不住事兒。難道我那些思想都當流言蜚語散布過——那可太得罪人了。

你也知道李阿姨是獅子？

知道。獅子回頭——你說的。

你還知道什麼？方槍槍愁眉苦臉問，咱們班誰被李阿姨吃過你知道嗎？

這我還眞不知道，沒聽人說過。是你新想出來的吧？

方槍槍鬆了口氣：對，是我新想的。你要再知道，我就不說了，沒意思，不好玩了。

我不知道，你快說吧，誰被李阿姨吃過？

太多人啦，你姐、高洋……我把自己的懷疑對象都告訴了陳北燕，情況萬分緊急，可是我沒證據，沒法匯報，發愁的就是這事。

可是我姐並不是波斯貓變的，這你可是純粹瞎說。大臉蛋子同意我的其他猜測唯獨反對這一條。

你有什麼證據？

她沒有尾巴。

尾巴？我豁然開朗：對呀，我怎麼沒想這點。我們都知道尾巴最難變，孫悟空那麼會變，尾巴還常常處理不好，照此類推，一般妖怪不管變得多像人，屁股上總會留著尾巴——這就是證據。

方槍槍激動地請教陳北燕：你說，咱們要是把全班小朋友的屁股都看一遍，就能弄清誰是什麼變的了吧？

大臉蛋子一本正經說：我覺得只能這樣，要不該冤枉好人了。

對對，方槍槍很興奮，看過大夥的屁股，心裡就有數了，就敢去警衛排報告，把暗藏在保育院小朋友中的妖怪一網打盡。

如果我這次立了功，有你的一半。方槍槍語無倫次地許願。

我覺得李阿姨的屁股先不用看。大臉蛋子也來了勁兒，添油加醋出主意：她肯定有根大尾巴，纏在腰上。咱們把她留在最後，咱們把警衛排的人都叫來，拿槍包圍了她，再逼她脫褲子——看她還有什麼可說的。

方槍槍也變本加厲：光看不行，還要摸一下，好多妖怪的尾巴是看不見的。別回頭讓人家把咱們小孩騙了。現在從我做起，我先讓你看、摸，證明我不是妖怪。

我倒不擔心你是妖怪，只擔心你嘴不牢，沒看幾個就被人都知道了。

我保證，我從現在起就是啞巴。

方槍槍和陳北燕鬼鬼祟祟溜進廁所，插上門。方槍槍脫了褲子，亮出屁股給陳北燕看：我沒有吧？

陳北燕伸手小心翼翼摸了摸他的尾巴骨，說：證明了。

方槍槍被摸得很癢，咯咯笑。

陳北燕也褪下褲子，讓方槍槍摸：我也不是吧？

方槍槍說：你不是。

第十一章

看屁股最佳場所是公共澡堂，放眼望去一覽無遺。院裡宏偉建築之一就是一座大澡堂，那是全院男女老少洗洗刷刷的地方。周五是女澡堂，周六是男澡堂，周四開放給保育院大班的孩子講衛生。至於中班以下的孩子，只能回家坐澡盆，公共澡堂沒他們的份兒。

洗澡的日子是孩子們的小狂歡節。可以玩水，游泳——澡堂裡有一個注滿熱水的大池子，第一個看見的人會說這水清澈見底，最後一個爬上來的人回首四顧只能形容自己「剛從肉湯裡撈出來」。那水蒸氣裊裊，沒有一百度，也接近七十度，人們成群結隊下去說成「下餃子」極其貼切。如果一個外國人混雜其中，歇後語就叫做「涮羊肉」。太像一口準備煮什麼的鍋了。我一直認爲北京話的「泡澡」是個口誤，正確的說法應該是「煲澡」。每次站在這鍋老湯前我都覺得自己是塊生肉，要站在鍋邊一點點投入，煮熟一截兒再來一截兒，坐在開水裡禁不住呻吟，輕輕划動手臂，蹲著在水裡走動——如果你樂意把這稱爲一種泳姿的話。

那是一種飽含痛苦的享受。每寸皮膚都經受著意志的考驗。疼才會輕鬆，麻木才能舒展，快感和痛楚都像針一樣尖銳，同時鼓點般刺激著你，每一個都難以忍受，哪一個都難以割捨。較之電擊、射精那等劈頭蓋臉猝不及防的震撼，這悲欣交加的感受更加客觀，更大面積，更便於細細體味。

這時你可以仔細丈量你的耐受力，它像物體一樣有形狀，一紙薄或一磚厚，隨便使用什麼計時方法都能方便地計算出它消失的速度。那樣你就了解自己是個什麼人了，不必在日後受刑時裝好漢，有些組織的機密能不打聽盡量別打聽，免得當叛徒組織受損失你自己也不好。我就是在這種熱鍋裡失去將來做一個革命烈士的理想的。當我被燙得幾乎失去知覺時，內心也不無悲痛地意識到，自己再不可能給黨做交通員或領導一個城市的地下工作了。

每次都是興沖沖、大義凜然地下水，悲觀失落地爬上，第一感覺：涼；第二感覺：爽；接著憂心忡忡向其他孩子打聽：蘇軍、美軍哪家部隊軍紀好？

我發現不單是我，幾乎所有男孩都對把自己脫得精光興高采烈。能看到自己的身體這對本人也是難得的機會。這就像偷自己的錢，大人們給我們一些零錢，又不許我們花，那錢只能藏在儲蓄罐裡以數字的形式存在，現在這錢拿出來了——我們互相打量，看不出這身體有什麼見不得人的：光溜溜的肉棍子，還沒一棵樹分叉多，也沒結著可愛的花朵和珍稀的果實，假如把頭砍了，沒人認得出哪截身子是張三李四還是王二麻子。

比較可疑、鬼鬼祟祟的就是那個屁股。平時我們不大見得到它，無論是自己的還是別人的，總是一閃即逝，匆匆而過，在最熱的天氣人家都亮出來了它也深藏不露，像下水道總蓋著蓋子。

它也很拿得出手嘛，胖乎乎長得很體面，比臉平整，比後背光溜，比肚子也只多道溝，暴露在光天化日之下一點不寒磣。那時方槍槍還小，沒開始發育，一些器官功能不明以爲僅僅是個撒尿的出口，怎麼觀察也只發現屁股在人體上位置突出，把它當作核心機密，被它的表面襟懷坦白所迷惑，產生了一些錯誤的同情心理：這麼動人的一段身體爲什麼總用布罩起來，讓人家一年到頭見不到陽光。又不是鑽石鑲的，人皆有之，大同小異，用物以稀爲貴也解釋不通。瞧把它捂得，多麼蒼白。

他深爲自己乃至大家的屁股打抱不平。這只說明了他和我的無知，現在想來很慚愧。很簡單，這不是屁股的問題，與它無關。單只一個屁股，我想就像馬一樣天天露著也無妨。關鍵是它還有個鄰居，這鄰居乃是天生罪犯，你必須從小就習慣將它單獨監禁，否則日後你將有大麻煩。

人的身體長得如此不科學。百獸之中沒一個這麼不自重的，即便是同樣用兩隻腳走路的鵝也不像我們那麼無恥——把生殖器懸掛在身體正面。假如我們不採取一些隔離措施，那麼，從開天闢地到如今，我們互相彼此連一句正經話也不會說。更談不上發明創造，修鐵路蓋工廠，改善人民生活。

你可以認爲屁股只是一個受害者，它的全部過錯就是選錯了位置，要是它長在肩膀上，它的一生就不會總給人裝在褲襠裡那麼暗無天日。可憐的屁股，當它露出來時臉色多麼晴朗，樣子多麼放鬆。

僅僅是光著，就讓它感激，呈現出對環境相當適應，十分合拍的姿態，這就叫自在啊——該下垂下垂，該收縮收縮，該發涼發涼，該著風著風，本來屬於你的形狀、感覺現在都歸於你，再也沒有什麼東西擋在你和溫度之間。你會發現貌似無動於衷的它每一寸肌膚都是活的，都在呼吸，甚至——有一點傲慢。

方槍槍以一種即使算不得淫邪也絕稱不上光明正大的目光盯著爲數衆多的屁股看，悶悶不樂地想：什麼東西多了也沒意思。頂讓他不舒服的是居然大家的這些東西都跟自己的一樣，並沒有誰長著尾巴。當然，牆那邊的女孩子的情況也不情楚，下結論爲時尙早。但是，單就表面的雷同便足以令人還沒著手工作先洩了氣。我想，由於我的影響，他多少也覺得自己有點與衆不同，這不同起碼、也應該在身體打上一些記號。尿盆還有鑲金邊兒的呢，未必姓名只是臉的一個形容詞。如果大家都這麼不分彼此，那還要我幹什麼？我來到這個世上又有什麼意義？那天，猛一下看到那麼多互相模仿的屁股，對方槍槍只是一個小小的觸動，日後他還將爲自己無異於常人的身體陷入迷惘。

男孩子們來到更衣室，像將要下水的鴨群奮不顧身，一片聒噪，隔著不封頂的木板牆也可以聽到的裡間更衣室女孩子們的朗朗喧聲。

汪若海第一個脫光衣服，像一匹摘了勒口卸了鞍子的馬歡暢地活動著自己的身體，對大家宣布：我可以變成一個女的。

接著，他把小雞雞從後拉進兩腿之間，這就使他從前面看上去只剩下一道淺槽兒，的確像個女孩。

男孩們一片歡笑，十分驚訝這一改裝的顯著效果，似乎他們真的看到了女孩子的身體。很多孩子仿效他，對把自己變成一個瘸腿女孩大爲開心，這傳染病一樣迅速蔓延的興奮也許已經有一點性意識在其中了。

高晉剛脫下褲子，感到尾巴骨被一隻手輕輕按了一下，驚回首。方槍槍別有用心地朝他一笑。

摸我幹嘛？

摸你長沒長尾巴。方槍槍公然說。扭著屁股走過去，又摸了把張寧生。

張寧生大叫：有人耍流氓啦。

高晉一溜小跑攆上正要對高洋下手的方槍槍，照他屁股蛋子就是一巴掌，這一脆響使得男孩們發現了身體的另一妙處，一時間，男更衣室裡像很多小口徑步槍在射擊，噼啪之聲不絕於耳。在這混亂的場合中，方槍槍的屁股上被打上很多手印子，像穿了一條紅褲衩。

李阿姨從裡間更衣室出來，大聲制止男孩們的胡鬧，命令他們都進浴室。她穿了一件大背心和一條沒膝大褲衩，胸前那一對大奶子觸目驚心。她把男孩們都趕進位於第二間浴室的那口大湯鍋內，自己像只鍋蓋立在鍋沿兒上，手指大家喝道：

都低下頭，誰也不許抬眼睛，互相監督——你，你，還有你。

瀴啊——男孩們發自內心地呻吟叫喚，很多人的眼睛不老實地瞟來瞟去。

女孩子們像驚弓之鳥或漏網之魚一組組三五成群跑過去，鑽進最裡面的浴室。她們大都用窄窄的毛巾圍住自己的胯部跑過去便露出屁股。這種遮擋在和她們朝夕相處、坐臥不避的男孩看來有點故作姿態，就像參加追悼會，平時可以面對的熟人現在都要低下頭，也使濕漉漉、到處充滿水響的澡堂忽然變得不同尋常，彌漫著極其曖昧、針對性別的下流氣氛。她們刻意掩飾的是什麼？一定有人教導她們有些東西不能給男孩看，這個教導者想必是個白痴，因爲誰都知道那前面什麼也沒有。或都那是她們的一個遊戲，對男孩的一種模仿類似汪若海對她們的模仿。

方槍槍坐在熱水裡，一眼一眼看著經過前方的女孩子的屁股，心想這些與男孩沒其他區別的屁股上也看不出什麼好和特別之處。總浸泡在熱水中使他十分不耐煩，眞實的念頭是：不要看了，我今天看的屁股夠多的了。但仍忍不住一次次抬頭，像是得了強迫症，連自己也感到沮喪和厭惡。

陳南燕從他眼前跑過去，這是他有所期待的一個目標。那只屁股瘦小結實，有兩個凹陷像一對酒窩，在跑動時也紋絲不顫，分得很開，像兩條大腿更渾圓粗壯的頂軸。

我沒發現他當時有什麼思想活動，滿地熱水已經把他的身體泡得十分麻痺，腦子也昏昏沈沈，即便有所感觸大概也被瘴氣般捂臉斥鼻的熱浪沖淡了。我想他覺得這是個相當好看的屁股，非同一般，因爲他記住了，像攝影機把這一畫面記錄在磁帶上，只要他願意就能將其一遍遍重放如同陳南燕剛跑過去。這是一個冷冷的印象，或者說是一個純潔的烙印。假使說日後這一印象在他心目中有了一些淫穢的味道，並引發了什麼，在當時至多也只算是被狂犬病狗咬了一口，猛看上去並沒有什麼癥狀。

一柱熱水滋到他臉上，方槍槍扭頭一看，張寧生高晉一干人擠在一齊看著他嗤嗤笑。

眞無聊。他懶懶地想。

方槍槍會寫自己名字了。一筆一畫歪歪扭扭，但寫出來心裡總是痛快，知道這三個字就是自己，一想起自己，不是那張圓臉而是這三個字。這種簡化有時還會產生錯覺，以爲又出現了第三個人——在自己筆下。

大一班的孩子明年就要上學了，阿姨提前給他們上一些小學一年級的課，教他們認漢字掌握1+1=2這種複雜的計算方式。有時下雨，不能出去玩，我們大二班的孩子也跟著蹭聽幾節大一班的課，趕上什麼是什麼，這就全憑各人造化了，有心的孩子可以由此早熟。

我照貓畫虎學會了很多平時常說的話怎麼寫：桌子、椅子、吃飯、勞動什麼的。還有一些蠻抽象的字眼：社會主義、共產黨、國家、革命，因爲總聽，習以爲常，也當作有實物形狀的名詞不假思索地認識了。寫的時候腦中一概浮現出一尊高大魁梧的男人身影，以爲這都是關於這男人的不同稱呼。

知識的大門這就等於向我們開了條縫，新詞彙瀑布般傾瀉在我們這些孩子頭上，從黑板、書、歌、阿姨和大孩子的嘴裡一迸而出。那是一個神奇的過程，紛紛揚揚的世界被筆劃繁複的文字重組，每一件形象分明的物體都有一個單線條的縮寫，每一個動作、每一個念頭都有命名，一提便知。那時我才知自己有多渺小，在人類活動中所占的份額之少，一些詞完全與我無關，寫出來望而生畏，每個字都認識，聯在一齊不明就裡。有這個詞存在，必是有那麼一種行爲，特別是一些動詞，所指一定在每個人的能力內，爲什麼對我們來說那麼陌生，我們到底還能幹什麼？這激起了我們極大的好奇心。

我們會唱的第一首長歌是《三大紀律八項注意》。那首歌，從第一句到最後一句通篇宣讀十一條軍紀，一句廢話沒有，完了就完了。據說這是毛主席當年爲改造紅軍戰士煞費苦心想出的高招：譜成流行歌曲。

李阿姨最愛聽我們唱這首歌，一旦有人違反了紀律，她就讓我們全體唱這首歌，違者錐心，聞者足戒，一副藥治百家病。

這首歌很好聽，曲調簡單，歌詞易懂，這不許那不許跟不讓我們小孩幹的事區別不大。只有一條，我們都沒幹過，也不知道那是個什麼意思，所用動詞十分抽象，第七條。

每當我們唱到「第七不許調戲婦女們」時，都把重音落在「調戲」這詞上，邊唱邊用眼睛互相詢問，意味深長地點頭，微笑，都有點不好意思。很多女孩紅了臉低下頭，男孩也像自己眞幹了什麼壞事似的，一種內疚油然而起。

唱完這歌，我們就懷著強烈的求知慾，坐在一齊對這「第七條」東猜西猜。

我認定這是個單一的明確行爲，像摔一跤、打一嘴巴那麼只能用一個動作完成。這就很難猜了。打一下不對，罵一下也不對，這都有其他條規定了。抱一下呢——我問大家。

也不像。高洋說，必須婦女還得不高興。你媽媽是婦女，你抱她一下，她挺高興。

那撞一下呢？張燕生問，不打光撞。

大概吧。高洋是我們大二班裡學問最大的。已經認了七百多字了，都能看報了，什麼都懂，我們有問題問他，全有答案。我們也都信他，既然他說是，那八九不離十就是了。

走走，調戲婦女去。我們很興奮地去找正在扔沙包的女孩，一個推一個往她們身上撞。

女孩們齊聲罵我們討厭，我們很得意，果然她們不高興。對她們說：我們調戲你們呢。楊丹號召女孩們：他們調戲咱們，咱們也調戲他們。於是女孩們也成群結夥地衝過來撞我們。我們男一行女一行靠在牆上互相撞，彼此調戲，十分帶勁，樂成一團。

大一班的張寧生高晉看著我們冷笑，相當不屑地教訓我們：別無知了，你們那不叫調戲，還美吶。

怎麼才叫調戲呢？我們這幫小孩走過去虛心向大一班的學長請教。

那是看——懂嗎？張寧生倨傲地說。

光看看就調戲了？我們嘻嘻笑起來，互相看：我調戲你了。

要不說你們這些小屁孩什麼也不懂呢。張寧生對我們嗤之以鼻，我讓你們瞎看了？得挑地方，看不讓看的地方。看見那邊馬路牙子上坐著的那個小班阿姨了嗎？她裡邊什麼也沒穿，我們剛才已經去調戲過她了，現在你們可以去。

我們假裝打打鬧鬧經過那個阿姨身邊，在她面前接二連三跌倒，往她白大褂底下迅速瞄了一眼，飛快爬起來跑了。除了她的兩條大腿誰也沒看見更多的東西，但都欣喜若狂。那種緊張、略有些羞恥，極怕被人逮住的滋味的確十分刺激，是違反軍紀應該產生的感覺。還要強一些，更令人惶恐，欲罷不能，像明知道饅頭燙手還要伸手拿，現在我知道那叫犯罪感。

犯罪感大概和冒險感差不多，都是一種能使人亢奮、有所創造的情緒，都有置常規公理於不顧，捨本逐末的特徵。成年人也許能區別這兩種東西的界限，而在兒童那裡這兩樣往往是一回事，都給他們循規蹈矩的日常生活帶來意外的快樂。

學會了如何調戲婦女，男孩們樂此不疲，經常像離了拐的斷腿人猛地摔倒在女孩子的裙下。女孩子們很快知道了男孩子在玩什麼把戲，也變得扭捏，躲躲閃閃。那時這還不太令她們反感，畢竟不疼不癢，沒什麼損失，誰也不認爲目光是一種侵犯，只是男孩們一副鬼鬼祟祟的樣子，非得她們也顯出一副受襲擾的樣子。大家都認爲這是一種新遊戲，誰多想誰才心理不健康，下次就不帶她玩了。當男孩像鬣狗一樣從四面八方向她們悄悄靠近，她們背貼背站成一圈，很多人臉上帶著微笑期待著，只要某個男孩一彎腰，她們立刻尖叫著大笑著像一群驚飛的麻雀一哄而散。

有的女孩向阿姨告狀：阿姨，男孩調戲我。

阿姨也說：胡說，這個詞怎麼能瞎用。

我們都在「調戲」中找到了樂趣。男孩眼中，女孩子突然變得神祕、富於吸引力，像身藏寶物的小精靈，逮到一個就發大財了。女孩子也在男孩子的追逐下感到自己金貴，像桃酥那麼嬌脆，削了皮的鴨梨那麼水靈。很多女孩都變得自信，自以爲是，差不多的都端起架子，嗓門練得倍兒高，倍兒嗲，怎麼也沒怎麼就朝你翻白眼，來一句：討厭。見到玻璃、白鋁、哪怕是一泡尿，凡能照出影兒的都要瞟上一眼，就像誰沒瞧見似的。這都是我們捧起來接著給慣壞的。

最可憐的是誰也不去調戲白給都不要的。

陳北燕還屁顚屁顚往我跟前湊，跟我說誰長尾巴的事兒。我毫不客氣地對她說：一邊待著去，以後少理我。

陳北燕就拿哀怨的目光瞅我，走到哪兒一回頭，準有她一個照面。眞讓人受不了。我很想去問問張寧生高洋這些專家，她這算不算調戲。

高洋宣布他要當衆畫一幅畫，主題是陳南燕坐便盆。我們嚷給陳南燕聽，她朝地上啐了一口咒道：畫不像。

像怎麼辦？我們問她。

像就是流氓。陳南燕說。

於是高洋開始畫，我們都圍在旁邊看。他先畫陳南燕側臉：鼻子、眼睛、嘴巴。幾筆下去我們就很驚嘆，因爲他畫得的確很傳神，一眼就能認出那正是陳南燕而不是別的什麼人。接著他畫她的頭髮，那一對抓鬏，正是陳南燕平時梳的樣子，我們都很佩服高洋，這傢伙眞是樣樣精通。他往下畫陳南燕的肩膀、胳膊、腰，這都是穿著衣服的，一筆帶過。最後，當他畫出那道生動的圓弧時，我們都歇斯底里地笑了。

那個便盆也同樣惟妙惟肖，被我們認出來了，是保育院小班用過的，這使畫面更加可信、有說服力並引人回味。張寧生舉起這張畫給陳南燕看，穿戴嚴實的陳南燕立刻哭了。

這一哭超出我們的經驗，使我們覺得調戲這件事果然不簡單，並非一個無傷大雅的遊戲，可以使一個驕傲的女孩子當衆哭泣。我很激動，曾經出現過的那種犯罪感再次襲上心頭。這才叫調戲呢。我隱隱感到觸到了一個巨大無名的物體的邊沿，它是什麼我不清楚，但它的味我已經聞見了。

雷鋒的故事本身很正經，但故事裡有一個詞令我大爲震驚，那是他媽的事，她被地主「強姦」後上了吊。

強姦——什麼意思？我被這詞嚇壞了。這顯然也是一個針對婦女的行爲，比「調戲」嚴重得多，有動手的意思，一動你就活不成，挨上了就只能上吊。這兩個字寫出來比聽上去還要邪惡，那些充滿暴力線條和無恥撇捺的筆劃，僅僅看一眼就會後脊梁冒涼氣，像挨了一拳那麼難受。不用問，光這兩個字擱在一齊就有「狠狠對待」和「又損又缺德」的印象，想必是一種酷刑，但又不許用傢伙，像釘竹籤、灌辣椒水、坐電椅都是犯規。

我看著身邊這些嬌滴滴的女孩，兩手攥拳牙咬得咯咯響想著怎麼殘酷對待她們：掐她們？

咬？使勁掰手指？

我實在想像不出一個男的怎麼能赤手空拳活活逼死一個女的。

高洋對我們說：那就是調戲完再打她或者打完她又調戲。

那也不至於吧，我表示懷疑，我在廁所裡打過于倩倩，她也就是哭一場。

我們去問張寧生：你知道嗎——怎麼強姦？

張寧生眼望遠方：嘴叼草棍兒，一字一頓地說：那—是—要—生—小—孩—的。

我們當場傻掉，大張著嘴呆在那裡，直到張寧生離去，才合攏嘴，立刻覺得嘴乾得不行，嚥吐沫都沒有。

毫無疑問，他是對的。我們都看過電影《白毛女》，那裡那個胖胖的窮人閨女喜兒也是給人強姦的，後來大著肚子推磨，在山裡電閃雷鳴的黑夜生下個死孩子。

那麼，高洋思索著轉過臉問我，唐阿姨是給誰強姦的？

是啊，久已沒來上班的唐阿姨也有個喜兒那樣的大肚子，我們都知道那裡裝著一個小孩。這孩子很深沈，不吃不喝像個神仙，唐阿姨有時和他說話，從沒聽見他答腔。唐阿姨也像喜兒一樣滿面愁容，懶於行走，經常一個人坐在窗下，眼中充滿憂傷。

我和高洋分析了半天，張寧生不像，高晉也沒哪個膽兒，只能是老院長了，全保育院就他一個大男人，也就他有勁強姦唐阿姨，唐阿姨還不敢說。

我們分析的結果是，唐阿姨不一定是上吊自殺，而是像喜兒那樣跑進西山當白毛女去了。因爲解放已經好些年了，唐阿姨的覺悟肯定比雷鋒他媽高，有反抗鬥爭的決心，她不能白在軍訓部保育院工作這麼長時間。

我和高洋遙望西山那一脈在夕陽下格外陰沈的起伏廓際線，眼前彷彿出現白髮披肩的唐阿姨奔走跳躍在山澗溝壑打獵摘果的身影。儘管我們都不太喜歡她，但看到她落到這步田地，心中還是很同情的，都盼她早點下山。

老院長經過我們身邊，親切地向我們問好。我和高洋仇恨地看著他，情不自禁做出手裡有槍平端橫掃的架勢，弄得老院長莫名其妙。

他哪裡知道這一刻我倆正心潮澎湃。

我想的比高洋還多一點，唐阿姨、包括喜兒，肚子裡的孩子從哪兒生出來，如果不在肚子上拉一刀，顯見的出處就是屁眼了。這可太噁心了，這使我對強姦這一穢行進一步感到醜惡和極其骯髒。

那麼，我是不是從屁眼裡拉出來的？這一想使我頓覺渾身上下不乾淨。一定不是的，因爲方槍槍他爸媽結了婚。

結婚——結婚這就是說組織批准了，就是說你可以不自己生孩子，你可以到上級那兒去領個孩子。因爲螞蟻也是這樣的，誰也不自己生，有個蟻后管生所有的小螞蟻。沿著螞蟻洞一直挖下去，就能找著她，她的個比誰都大，白裡透黃，半透明。

他們無意發現了一些人生眞相，都覺得受了惡性刺激。

現在所有小朋友都知道強姦是怎麼回事了，電影裡有演過，一個鏡頭：陳強老地主恬著臉揚著下巴嘿嘿笑著伸手去摸……。

摸什麼——不知道。下一個鏡頭喜兒肚子已經大了，飄了雪花。

張寧生也不知從哪本書或哪部電影蹇來一句台詞：摸摸你是粗布細布的。

我們在打鬧時也互相模仿一下，揚起臉呆笑，邊伸手扯人家褲子念念叨叨說：摸摸你是粗布細布的。這只是在男孩之間，沒人眞敢去強姦女孩。大家都小，不想要孩子。班裡這些女孩都挺嬌的，進深山老林也活不到頭髮變白。我們是願意和她們玩，有幾個女孩也是大家都喜歡的，並不想把她們逼上絕路。

另外，這是犯罪啊。

「強姦」這個詞在我們班流行開了。男女生的關係陡然變得緊張、對立。女孩似乎也很怕這個詞，說也不能說，一聽「強姦」就像已經被強姦了似的，又哭又鬧，拳打腳踢，光是這個詞，就感覺她受損失了。

一天午睡起來，十幾個女孩的褲衩都被人用剪子絞斷了。沒人知道是誰幹的，只知道她們被集體強姦加調戲了，那場面眞是令人髮指。那些女孩抱頭痛哭，大家也都唉聲嘆氣，覺得她們受到玷污，不純潔了。

大家想這回她們死定了，誰也救不了她們，逃到月亮上也洗不清這一奇恥大辱，看她們的樣子，也確實是不打算活了。這使大家萬分難過，不好勸，也不好攔，這有點不成全人家的意思。作爲一個班的小朋友，在書上電影上，此時似乎也只剩下日後徐圖替死者報仇的這一手了。

我不再羨慕、想當一個女孩。她們太容易死了，有很多理由阻止她們活下去。還是當一個男的好。一般來說，誰也別想用一個詞傷害你。要整死你，必須用一些實在的方法：槍崩、炮轟、刀砍什麼的。

當然這十幾個女孩一個沒死，不是不該死，而是臉毛厚——方槍槍這麼認爲。

第十二章

死，對我們來說司空見慣，每天我們都能聽到、看到很多人在我們身邊死去——在故事和電影上。所有的故事無論開頭多麼平淡，結尾一定是以殺人和被殺告終。這些故事講的就是一個好孩子到了怎麼變成一條好漢。董存瑞[10]呀、黃繼光[11]啊、邱少雲[12]什麼的。這些人從小在家放牛、打柴、種地，就愛幫助人，遇事豁得出去，那麼丁點大就看出日後天不怕地不怕的性格。沒過幾年他就哭著喊著上了戰場，一去就大顯身手，好幾次眼瞅著咱們都不行了，打不過人家，這哥兒幾個衝上去了，炸碉堡的炸碉堡，堵槍眼的堵槍眼，邱少雲稍差，光爬著不動來著——一舉翻過手來，咱們又贏了。

他們死得慘，可說是粉身碎骨，但值，值瘋了，咱們多打死多少敵人啊——戰友們這一衝。我們很算得過這筆帳：拚一個夠本，拚倆賺一個。

要看多殺人，電影可比故事帶勁得多。一仗打下來，漫山遍野都是死屍。隨著衝鋒號一吹，激昂的音樂就會響起，槍炮聲都成了這部樂曲的音符，一點都不恐怖，只讓人從心裡往外痛快、過癮。

儘管很多好人，讓我們多少有點捨不得的漂亮小伙兒狂喊一聲「爲了新中國」就此消失，無影無踪，之後的慶功會再也見不著這人，一提他劇中人都有些難過，我也不認爲他這就是死了。這離去另外有個叫法：犧牲。

有學問的孩子都知道「死」和「犧牲」完全是兩回事。死，那是什麼也不知道了，哪也去不了，就在倒下的地方腐爛，變成一攤泥，簡稱：嗝兒屁。全稱：嗝兒屁著涼大海棠。

犧牲——意味著你被打中了，留下是不可能了，但你有個好去處，很遠很遠，具體在哪兒我也說不清，也許是天上，也許是空氣中。但你別不愛去，那地方據說不錯，死去的好人都奔那兒了。誰傻呀？都是爲共產主義奮鬥終身的。共產主義是什麼？就是大家夥都吃穿不完，享用不盡。「土豆燒牛肉」——這也忒小瞧、埋汰共產主義和共產主義……者了。

而且，甭管你是否再不能回來，你這名算是出了，我們大夥都會懷念你。如果你還有其他一些東西帶不走，那也不要緊，帽子、鞋、槍我們都會替你保管，給你擱玻璃櫃裡，加上你的照片、字跡，都貼牆上。把你編進故事，拍成電影，譜一支小曲兒，唱你，想你，一天八遍念叨你，男女老少淚汪汪，如此，你自己說，你算「一去永不回」麼？

最合算的是你再也不會死了，犧牲的時候是多大永遠是多大，永垂不朽。

我也想去那兒，永遠耷拉著哪兒都不壞。

大人把他們的希望編進我們唱的歌中，那心情殷切、迫不及待：

「吹起小喇叭，嗒嘀嗒嘀嗒，打起小銅鼓，咚隆咚隆咚……勇敢殺敵人。」

「不怕敵人，不怕犧牲，頑強學習，堅持鬥爭，向著向著……未來勇敢前進。」

其實不用他們給我們打預防針，誰都知道這是好事，又露臉又沒虧吃，我們何止是不怕犧牲，都有點盼著吶。

當好孩子—參軍—殺敵—犧牲—永垂不朽。

我很明白大人急切想要我們走的路——沒問題。

有問題的是敵人，他們還夠不夠我們這麼殺的。

李阿姨告訴我們，敵人很多，普天下還有三分之二的勞動人民沒解放，只怕殺不完呢。

她掛起一幅世界地圖給我們看，除了我們自己那一塊，周圍都是敵人，李阿姨手那麼一劃，全世界都包括在內了。

好好，下一輩子也不用發愁失業了。

爸爸媽媽到底殺過多少壞人，這是每個小朋友都關心的。儘管犧牲這事聽上去不錯，我們還是更欽佩光殺別人自己沒事的人，那說明這些人武藝高強。

如果這些人恰巧是你的爸爸媽媽，你會感到無上榮光，在小朋友中也有面子。

張寧生之所以在小朋友中威信高，成了男孩的頭兒，除了他打人最疼、罵人最狠這些以外，跟他爸爸殺壞人最多也有很大關係。他爸個子有門那麼高，一進保育院頭就撞燈泡。兩隻大手一手能抓五個饅頭，兩個手指就能掐住小孩腰把小孩舉到半空，一看就是扛重機槍的叔叔。

他是全國著名的戰鬥英雄，打過平型關、塔山和海南島。天津就是他第一個衝進去的，別人跟上來時已經叫他占領一多半了。這英雄光用刺刀就挑死一百多鬼子，二百多偽軍，其他用槍打死的數也數不清。《上甘嶺》那電影裡的連長拍的其實就是他，這我們都知道，張寧生他媽就是那唱歌的衛生員，打完仗他們就結婚了。他還打下過一架鬼怪式美國飛機，用三八大蓋瞇眼那麼一瞄，啪勾一聲，就掉下來了，跟打鳥似的，活捉了美國飛行員，一個參加過第二次世界大戰的老油子。

李作鵬遇見他也很客氣。都是戰友——張燕生老愛這麼說。

殺人第二多是汪若海他爸。《打擊侵略者》裡奇襲白虎團那事就是他帶人幹的，在場的那些美國坦克、卡車都讓他一把火燒了，不知多少大鼻子沒跑出來，烤了羊肉串。當年抗日的時候，李向陽都是他手下，讓幹什麼就幹什麼，一聲不敢吱，都服他。

這人毛病就是脾氣暴，跟小孩也瞪眼，誰進他家門都得喊報告，不喊掏槍就打。汪若海說，好幾次子彈都擦著他腦瓜頂飛過去，差點削著他。給這麼塊料當兒子，等於玩命，一家人都不容易。

大夥說得這麼熱鬧，每人的爹都跟趙雲似的，方槍槍一想：我爸也別落後啊，也得動過真格的，要報個數，要不保育院的小朋友的爹排座次，他算老幾呀。

方槍槍周末回家，和方超一齊纏著他爸追問：你殺過人嗎？殺過幾個，夠一百嗎？

方際成同志支支吾吾，閃爍其詞：怎麼想起問這個？

小朋友的爸爸都殺過好幾百，張寧生張燕生他爸都上了千。

他親口說的——老張？

告訴我們吧，小哥兒倆一齊央求，給我們講一個你的戰鬥故事吧，要不我們在小朋友中都沒得說了。

講一個就講一個。方際成被纏得沒法，只好答應。他看上去一點不振奮，還有些需要費勁想的樣子：講哪齣呢？

最打的。方槍槍方超搬了小板凳圍繞方際成膝前，仰著無邪的臉蛋。

方際成娓娓敍來：最打的就得說四七年了。我們前腳進了大別山，敵人後腳就跟了上來，每天都得跑路，一歇下來槍就響了，隊伍越走越短，跑不動的，生了病的就給敵人抓去，肉都打光了，就剩骨頭了。

這是什麼意思？方槍槍看了眼方超，方超也很納悶，到底誰打誰，怎麼淨給人家追了，還打得只剩骨頭。

方際成沒發現小哥兒倆的困惑，沉浸在自己的回憶中：吃得也不好，沒得吃，老百姓都跑光了。大別山窮啊，一下來那麼多部隊，老百姓說，我不跑就要餓死。

方際成說著說著精神煥發：國民黨很蠢，人又多裝備又好，就是攆不上我們。你們猜爲什麼？

誰要猜你們爲什麼跑得快，我們等著你轉身打呢。方槍槍內心不滿，一聲不響。

方際成十分得意：因爲我們掌握了他們的密碼。他那裡給部隊下命令，我們這裡同時就知道了，他下完命令，我們再下，就在他前一個村子宿營。我生病了，打擺子，有人提議把我留給老鄉，什麼留給老鄉，就是留給國民黨嘛。郭天民⑬講：抬著，部隊到哪人抬到哪。四個連的警衛保護著我一個人在山裡轉。我是寶貝疙瘩，譯密電碼都靠我，全部隊就我這麼個初中生，哪裡捨得——這麼著揀了條命。所以你們要好好學習……

你胡說！方槍槍忍無可忍，站起來指著他爸：你造謠、污、污、污蔑。他氣得口不擇詞，人也結巴了。

我怎麼污污—蔑了？方際成笑著學他。

哪有光讓敵人追的，你們一打他們不就消滅了，還用那麼跑，也好意思。

誰讓你一打就消滅了？敵人沒手，沒槍啊？槍比你還好，還多，不跑，只有死路一條；不跑，哪裡出得來一個新中國，讓你天天有飯吃我的乖兒子我很好意思……

方際成伸手去抱方槍槍，撅著嘴想親他一口。

方槍槍一把甩開爸爸的手。這個人是越說越不像話了，合著堂堂新中國是馬拉松比賽跑出來的，那麼多敵人都是跑沒的，誰腿長誰得勝利，這要不是胡說八道，那就沒有什麼可叫胡說八道的了。

那麼你呢——方槍槍轉身問在一邊看書聽著他們對話笑的媽媽：你參加革命這麼些年也淨跑了？

我哪有你爸爸他們那麼走運，他媽媽放下書笑著說，我是想跑也跑不了。腿再快你能跑得過美國飛機嗎？我們那是現代化戰爭，不像你爸爸他們還能看見人，飛機一來，方圓幾公里就炸平了。我去朝鮮三年，只見過一個美國人，在天上，開著架F—86，對著我就俯衝下來。我躺在小間茅草房裡，也生著病，肺炎，心裡說，你千萬別掃射呀，藍眼睛我都看見了，碧藍碧藍的，嘴還在動，大概嚼著口香糖。這小子手摁在按鈕上沒發射，衝下來看我一眼就飛走了——差點你就沒媽了。

你們，方槍槍指著父母氣急敗壞地說，你們都幹嘛了，不是跑就是生病。

這對父母可是讓方槍槍失了望。萬沒想到兩人身體都那麼不好，一到節骨眼就生病。敵人一來，跑的跑，裝死的裝死，這和電影上演的實在太不一樣了。我怎麼那麼倒楣，爸爸媽媽都是膽小鬼，一個敵人都沒打死過，星期一怎麼去見其他小朋友。

方槍槍在被窩裡唔唔咽咽哭出聲，被子都濕了。

躺在旁邊被窩裡的方超安慰他：別信他們的，他們是故意這麼說的。可他們自己都承認了。

那是他們殺得少，不好意思跟你說。方超開導弟弟，你想啊，八百萬國民黨，五十多萬日本人，二百來萬僞軍，加三十幾萬美軍，七十萬南朝鮮人，這有多少了？

方槍槍掰著手指數來數去數不清。

一千一百多萬。這還沒算紅軍打死的。這麼多打死的，解放軍才有多少人？不知道。方槍槍完全被這些天文數字弄暈了。

三百萬——這是書上說的。三百萬殺一千一百萬，平均一人殺幾個——你算吧。算不出來。

知道你也算不出來，告你吧：一人七個，三七二千一。所以，我早知道他們殺過多少人了，一人七個，加起來十四。

少是少點，總比沒有強。方槍槍好受了點，翻了個身望著窗外夜空中的月亮靜靜地想：等我將來遇見敵人，一步也不跑，把他們都打死。一千一百萬都是我打死的，我是大英雄，元帥，騎著馬回29號，都給我鼓掌，羨慕我……他就那麼手托著腮睡著了。

第二天，死了一個元帥。從城裡源源不斷開來黑色的小臥車，一輛接一輛緩緩駛過29號門前的馬路。有人說，毛主席周總理坐在那些拉著簾的小臥車裡，剩下的九大元帥、十大將什麼的也都坐在其中的車裡，死去的元帥躺在一輛車中。

方槍槍擠在大人腿下露出個頭，看著從天邊排到天邊的黑色長龍，羨慕地想：趕明兒我也躺在小臥車裡回來，讓路邊擠滿人看我。

第三天，他想當老佚，舉著手榴彈騙一炮樓僞軍：我就是李向陽。

第四天他想當王成，被敵人包圍在山頭上，身背步話機，又掃機槍又扔爆破筒，一邊拉弦一邊咬牙切齒地說：我讓你們上，讓你們上。

第五天高洋剛睡著就被他捅醒了。他伏在床欄上苦悶地對高洋說：我怎麼想怎麼覺得李阿姨是特務。

誰？高洋一下沒醒過夢來，迷迷怔怔地問。

李四眼。方槍槍又扒拉了幾下高洋，把他徹底搞醒。

他沒覺得她像嗎？特務都長她那麼難看，又凶。《鐵道衛士》裡那個女特務王曼麗小姐，說話、動作和李阿姨多像啊，賊頭賊腦那勁兒也一樣，就是個兒矮點。

高洋睡眼惺忪想了一會兒，說：可能，馬小飛被捉的時候她跑了，這幾年又長高了。

特務要化裝那可太容易了。方槍槍沉思道：她要是呢，就一定會有手槍，也許是左輪。

我知道了。高洋一骨碌爬起來，嘴貼著方槍槍耳朵小聲說：我在中班就聽人說咱們保育院有個女特務，假裝當阿姨，有一次午睡她擦槍，被一個小朋友看見，就被她弄進鍋爐房掐死了，這案一直沒破。

你一說我也想起來了。方槍槍也捏著嗓子不發亮音兒大開大合著嘴說：肯定是李阿姨幹的。那時候咱們小，都沒發現她，所以她才一直帶咱們班。

現在你打算怎麼辦，報告去？

我想自己逮她——你敢嗎？

敢倒是敢，就怕她掏槍。

不怕，想辦法，一下按住她，讓她來不及摸槍。

兩個小孩正互相咬耳朵，算計李阿姨，只聽寢室門一響，李阿姨打著手電進來了，明晃晃的光柱四下一搖，直朝這邊射來：那是誰還不睡覺，快回自己床去。

方槍槍呲溜鑽床底下，蹬腿扭臀往自己床那兒爬。高洋也連忙躺下閉眼不動，他感到手電的光柱照到他臉上，眼前一片光明。李阿姨照了一會兒他，又去照別處。

她把光柱照進方槍槍的床，這孩子睡得正香。

李阿姨關了手電，帶上門轉身出去。

高洋在一張張床下爬行，半道上碰見向他爬來的方槍槍：是你嗎？他小聲問。是我。方槍槍爬過來亮出手中一條塑料跳繩：我找了條繩子，試了，挺結實，勒死人沒問題。

高洋拿過跳繩比劃著，想像著：咱們拴個活扣，等李阿姨睡了，套她頭上，一勒，再一齊騎她脖子上，估計她就痰了。

最好先來一拳封了她的眼。

你提醒得很對。這樣吧。我套她你封眼。

張燕生爬過來：你們說的我都聽見，帶我一個吧。

行。方槍槍掉頭往外爬，讓我偵察一下李阿姨睡了沒。

爬過門邊最後一張床，兩隻手揪著他背心肩帶把他拖了出來。

張寧生高晉光著膀子站在方槍槍面前。張寧生搖著頭對他說：別露怯了，特務不是這樣捉法的。

方槍槍一回頭，所有小朋友都從自己床上坐了起來，黑鴉鴉一片人頭，每顆頭上都有兩個閃閃發亮的磷點，宛若繁星突然落入室內。

寢室門吱呀開了，這一響如同胡琴調弦也撥動了方槍槍心，幾乎使他呻吟出聲。

敢死隊出發了。男孩子貓躍般一個接一個從門裡撲出來，一接地便立即匍匐前進，呈扇面向李阿姨床鋪摸去。張寧生爬在第一個，緊跟著他的是高晉，接下來是方超，再後面是高洋、張燕生、汪若海，然後才是方槍槍。

保育院大班的精銳都出動了。

方槍槍很激動，第一次戰役終於打響了。可惡的、一貫僞裝進步的李阿姨就要束手就擒被他們這些小孩就地正法了。他們將是全國小朋友學習的榜樣，還沒到上學年齡就破紀錄捉了個特務，今後的小人書將記載他們這一壯舉。小人書封皮會寫上故事的名字：智擒女特務。第一頁畫著一個圓圓臉的小朋友摸頭思索，下面寫道：可愛的保育院大二班小朋友方槍槍有一天忽然產生了懷疑……

噗——

爬在他前面的汪若海放了一個極爲細長高低拐彎的屁，打斷了方槍槍的遐思，準確地說，打斷了他的血管、神經、呼吸和爬行能力。全體小朋友也都短暫地被嚇昏了，行爲，意識統統中斷，一秒鐘之後才活過來。每個人無比痛恨汪若海，邊爬邊發狠，等弄死完李阿姨第二個就弄死你。

可恥——李阿姨突然大聲說了句夢話。

可憐的孩子們一下繃斷了最後一根神經，眨眼之間人都不見了。

驚魂甫定，敢死隊員們才發現自己……們此刻水泄不通地擠在門後——寢室門後，用盡力氣頂著門，誰也想不起從敵前匍匐到這一姿勢的中間過程。

幾個女孩子已經跳出窗外，這時在外面小聲焦急地問：怎麼啦怎麼啦。

窗台上也站滿了警覺的女孩子，隨便一聲響動都可能引發更大規模的跳躍運動。

爬在第一的張寧生被關在門外，既推不開又不敢喊，只好撓門，一下下刺耳的刮指甲聲，更加重了寢室內的恐怖氣氛。

是我，我，張寧生。他對著門縫吹氣般地呢喃。

高晉用力拉開一道門縫，放他溜進來。

張寧生無聲大罵：膽小鬼！逃兵！

高晉一把捂住他嘴：小聲點。

張寧生餘怒未消，從高晉指縫間斷斷續續地說：我都撲……去了，你們沒了。

李阿姨醒了嗎？

正在喝水。

一聽這話，剛還了魂的孩子們又都趴下了。

孩子們從地上門縫看見李阿姨開了盞檯燈站在床頭端著大茶缸子仰頭喝水，龐大的身影映在牆上，如同老魔鬼現了原形。

方槍槍又昏了過去。

淸白的、無辜的、睡得暈頭轉向的李阿姨晃蕩著兩只罩在背心裡的大奶子，閉著眼睛走進廁所撒尿。

這一泡尿撒得很長——孩子們趴在地上默數：一、二……十七。

李阿姨閉著眼睛從廁所出來，撞了一把小椅子也沒睜眼。離床還有一步之遙，她縱身把自己扔了上去，一頭栽在床上，吧唧著嘴發出一些近乎呑嚥的含混音，很快打起呼嚕。

沒有一個孩子再充好漢了，他們的力氣都在對付這些恐懼的聲音中用光了。

現在，只有去去去報告了。張寧生搖搖晃晃爬起來，帶頭走向窗戶。

二班長背著五六式半自動步槍在東馬路上慢呑呑地走，夜裡的空氣淸涼，路旁的果樹花叢散發出一陣陣濃郁的香氣，二班長口乾舌燥很想趁黑摸進果園摘個桃吃。還是在家裡看青好，全村的莊稼隨便摘，運氣好還能套條狗吃。這時他聽到撲通撲通連續重物砸地聲，頭皮一緊，槍已下肩，循聲望去，只見月下一所大房子的窗上一片片黑影往下跳，地上無數黑影向楊樹林狂奔。

哪一個？二班長聲音很低，但在寂靜的夜裡傳出很遠，聽上去十分威嚴。

那些黑影突然不見了，眼前又是空曠建築，婆娑樹影。

二班長咔地打開刺刀嘩啦推彈上膛，這兩響在靜夜裡驚天動地。他荷槍實彈深一腳淺一腳向楊樹林挺進，心裡想著各種可能出現的突發事作，緊張複習近身肉搏的一些招數。

二班長光顧搜索樹前樹後，一腳踩空，只聽一聲慘叫，心中一激靈，低手回槍，但見刺刀尖前出現一張圓圓的孩子臉，這小臉在黑暗中五官透明，盯著槍尖快速眨眼像是不停翻白眼。再一看周圍，滿地孩子仰著雪白的臉朝他眨眼，二班長渾身一陣肉麻。

都起來！二班長一聲怒喝。孩子一弓腰，二班長腿抬過膝——他這才發現自己右腳還蹬在這該死的孩子後背上。

李阿姨渴、熱、肌肉酸楚，施展不開，而此刻正需要她大顯身手——她被洶湧的大河波濤裹脅夾帶順流而下。她喊、叫，竭力把頭露出水面呼吸氧氣。剛才她和她那班孩子在過河擺渡時翻船落水，湍急的河水把孩子們一下沖散，一顆顆小小的人頭在波浪之中若隱若現。李阿姨急得跺腳：這要淹死幾個，怎麼得了，必須營救，我死也不能死一個孩子。高尚的情感充滿著李阿姨全身。有人在岸上喊：哪一個？李阿姨小聲喊：我、我、是我。那人轉身走了，李阿姨流下絕望的眼淚。方槍槍從她身邊漂過，她伸手去抓，一把抓空，汪若海又從她身邊漂過，她又沒抓住。她大哭起來，游了幾步，忽然看見方槍槍沒沖走，正躺在一個漩渦上打轉，喜出望外，撲過去一把撈住他……

這時，她醒了，看見滿屋華燈齊放，自己緊握老院長的雙手半仰著身子以一種非常彆扭、非常荒唐的姿態懇切地面對著他，好像她在臨終託付，又好像對人家感激不盡——這都是哪兒和哪兒啊？

李阿姨羞得滿臉潮紅，摔掉老院長的手，鑽回被窩。她發現警衛排的二班長也背著槍站在老院長身邊，饒有興趣地瞅著她。

這是怎麼回事！老娘睡得好好的，一老一少兩個大男人前來開燈參觀。李阿姨正要發作，老院長先開了口：

小李不要怕，小李不要慌，我們是有事前來，很急，很突然，否則我們也不會這麼晚闖進來——你是起來聽啊還是躺著聽？

躺著。李阿姨把被角拉到下巴處遮嚴自己。

那你就躺著，我們坐下。老院長拉著二班長坐。二班長：我還是站著吧。

老院長自己坐在小李床上，側著身子，以其一貫的和藹慈祥望著小李，如果不是在深夜，小李會以爲這是領導眞誠的關心。

怎麼說呢？你的工作我一向是滿意的，敢於負責，敢於管理，小孩子嘛，就要嚴格要求，點滴培養，原則對的……

老院長語無倫次，撓著花白的頭髮看著二班長：還是你說吧。

我剛才巡邏經過你們門前，遇到一群孩子向我報案，說是發現了一個特務，讓我去抓……二班長也說不下去了，望著老院長直嚥唾沫，喘息。

後來呢？小李倒是聽出些興趣，催著問。

後來他就來找我。老院長困難地吐字，帶著孩子。

再後來呢？

再後來，再後來我們就到了這裡。老院長不住地看二班長，二班長看自己的鞋，兩人誰也不敢看小李。

那些孩子是哪個班的？小李倒很平靜。

你們班的。

特務呢？特務是誰？

老院長看著小李，眼裡露出由衷的歉意。不對，他是在忍著什麼，李阿姨又去看二班長，他背對著她兩個肩膀微微抽動。

接著，李阿姨毫無精神準備，老院長和二班長同時爆發大笑。這笑聲來得如此突兀、持久，這二人也覺得不合時宜，不好意思，又停不下來，於是付出極大毅力像好幹部焦峪祿那樣捂著肝區，臉上流露出痛苦表情。

李阿姨先是受到他們感染，也莫名愉快跟著笑，笑了一回明白了，羞憤交加，披上白大褂，一撩被子站到地上，手指哆嗦著從上到下繫著扣子。

老院長忙上前攔她：小李，你要冷靜，務必冷靜。孩子們也是警惕性高，沒惡意……說著又哈哈笑起來。

李阿姨繞著老院長走，一個勁兒說：我找他們去，問他們，誰，憑什麼，從哪點，怎麼就看出我是特務。

二班長也幫著攔、堵、勸：我們都沒信，都知道你是好人。

誰向你報的案誰給我栽的贓？今天你一定要告訴我，這可事關我的政治生命你要對我負責

二班長——躲開。李阿姨撞開老院長，箭步衝向寢室。

她一腳踢開寢室門，拉亮燈沒頭沒腦地狂喊：全體起床。

再回臉睚呲俱裂：人呢？

同志！老院長一指她：你這副吃人的樣子我是小朋友也要怕。

李阿姨鼻涕眼淚頓時一齊下來：這不是埋汰人嘛，這不是埋汰人嘛。

第二天清晨，第一道陽光照進院長辦室時，李阿姨思想通了。經過老院的徹夜長談，她明白做革命工作總要受些委屈這道理。孩子嘛，就是會幹出些匪夷所思的事說些不著四六的話，他們要都有組織部公安部那水平才叫怪呢，神經正常的人誰會跟他們認眞。

老院長讓李阿姨攏攏頭，洗把臉，把哭紅的眼睛用涼毛巾冷敷一下，鼓勵了她一番，許了一些願，親自陪她回到班上。

孩子們迎著霞光戰戰兢兢望著本以爲除掉的特務又回到他們中間。聽老院長興沖沖地訓話：

你們的李阿姨不是特務。這個我調查了，她的檔案我看過，出身很苦，解放前揀煤核，解放後當工人，對黨感情很深。特務組織不會要她的。你們不要以爲長得難看就是壞蛋，那是在電影裡，窮人挨餓受凍怎麼會長得好看？你們的爸爸媽媽就都長得好看嗎？我長得也不好看，要說當壞蛋我比李阿姨還有資格，你們應該先懷疑我才對。

老院長講到這兒，孩子們都笑了，氣氛變得輕鬆。

老院長扭頭對李阿姨說：我不是說你不好看，是說這事，打比方。

李阿姨小聲說：懂，我懂。

李阿姨只對大家說了一句：沒想到小朋友們覺悟都這麼高……就紅了眼圈，再也說不下去，捂著鼻嘴，朝大家再三擺手，也不知什麼意思，是算啦還是解散，也許兩個意思都有。那份委屈，羞羞答答，滿腹心事欲言又止，小朋友們瞧著也不忍，人人自愧，深感對不起李阿姨。

那天上午，一切很好，很祥和，師慈生孝，李阿姨溫言軟語，小朋友乖順聽馴。

中午師生都睡了一個很長的午覺，寢室內外一片靜謐，知了在窗外聲聲入夢。

下午，大家玩得友愛、規矩——團結、緊張、嚴肅、活潑。李阿姨想起昨晚自己也暗暗好笑，這些孩子其實可愛，講給愛人聽老頭一定笑得人仰馬翻。也怪自己缺乏幽默感，當場哭了不好意思，應該索性裝幾天特務，嚇嚇他們，也玩了也樹立了國防觀念。

一聲令下，孩子們都到外面排隊，準備散步。李阿姨在屋裡轉來轉去，幫助動作慢的小朋友收拾玩具。走到方槍槍跟前，一眼看到他背後清晰的鞋印子，還琢磨了片刻，等想到這是二班長的軍用膠鞋踩的花紋，頓時失去控制，感到自己像個點著捻兒的「二踢腳」第一響在腦門內爆炸了，第二響，之後就什麼也不知道了。

方槍槍記得的也不多，只見李阿姨大步流星奔向自己，說時遲那時快，飛起一腳正中自己胸膛。也看見天也看見地看見四周每一堵牆和一扇扇窗戶。

沒有疼痛的感覺，也不害怕，只有那迫在眉睫驟然巨大的皮鞋底子上彎彎深刻的紋路和李阿姨眼中野蠻的眼神使他終生難忘。

第十三章

翠微小學因路得名。和它同名的還有一所中學，一片商場。毛澤東有一句優美的詩：帝子乘風下翠微。常給方槍槍幻想：兩個悲傷的皇帝女兒來到我們這一帶，躑躅彷徨，像小學生一樣不敢過馬路，最後哭死在路邊，埋葬她們的那片樹林就叫公主墳。經毛主席這麼一番感嘆，翠微小學也像是有來歷的，不是隨便什麼人胡亂起的名字。

方槍槍舔著冰棍隨父母在翠微路商場閑逛時，屢屢不經意地走過那小學的門口。小學門前有新華書店、黑白鐵門市部、土產日用雜貨商店和一間巨大無比的公共廁所。星期天這兒是熙攘喧鬧的商店街僻靜的一角，只有廁所靜靜散發的臭味和校門口那幾株高大楊樹的嘩嘩葉響。站在新華書店台階上能看見校門內那塊寫著字的白粉影壁，字是繁體、豎行、紅油漆塗得龍飛鳳舞，方槍槍認不全，只讀得出頭尾：好好……向上。

有時，方槍槍溜進無人看管的大門，走到影壁前端詳那幾個字。他繞著影壁走，發現影壁背後也寫滿字，同樣是繁體、豎行，字體瘦硬，顯見不是一個人的筆墨。方槍槍仰著頭使勁辨認，窮腸搜肚也只認出並列的四個「……毛主席的……」，這已使他滿足。

當他轉身，便看到一部分校園，那是一所很大的紅磚堆砌的院落：一排排一模一樣的紅磚平房；很長的紅磚牆；微微拱起的紅磚甬道鋪在地上拐向四面八方。無人的中午，這院子也像是在沸騰，很多窗戶在閃爍，陽光密集墜落都能看到那針尖大小的形狀，掉在地上像砸進一行行金光閃閃的銅釘。這毫無內容然而熱烈的景象使人莫名地感到振奮，油然而起一些想往，像無聊的人路過一所熱鬧的醫院，很想住進去當幾天病號。

翠微小學是方槍槍將要上的學校。29號的孩子到學齡大都要進這所小學念書。有一種說法，這小學最早是29號、通信兵和警衛一師三個院聯合建的子弟小學。歷屆學生除了這三個院的孩子，只有一個牛奶公司經理的兒子和一個翠微路商場書記的女兒。這使方槍槍對這小學很覺親暱，似乎它是29號的一個分號，一塊海外領地，而他自己則如早許了人的黃花閨女，一想起「翠微」二字就像聽見了愛人的名字，砰砰心跳，紅著臉幻想未來的日子。

上學——這對方槍槍意味著一身制服，一個身分，農民有了城市戶口，從此是個正經人：學生。再不是什麼「小朋友」。

這很不一樣。去年，大一班的小朋友都成了「學生」。他們穿上了白襯衫藍褲子的制服，每人都有一個帆布書包。本來都是玩得很好的朋友，突然之間就有了差別。他們無一不顯得傲慢，忙忙碌碌，跟「小朋友」說話也是一副屈尊降駕的樣子。有的乾脆就不理人了，好像「小朋友」都不配和他站在一齊似的。方槍槍很傷心但也服氣，因爲「學生」就是顯得高「小朋友」一等。

有一次，唐阿姨領著方槍槍他們去北門外馬路上看大汽車，正碰上翠微小學的學生從商場裡出來。那是一個平常的日子，不知爲什麼這些學生那麼鄭重其事，擺著全副儀仗招搖過市。

最先看到的是一面從百貨商場和蔬菜大棚之間飄出的鮮艷校旗，接著看到旗下一個胖小子一手叉腰一手裡揮舞著閃亮的儀仗桿神氣活現走出來，他後面是一排排挎著小隊鼓的漂亮女孩子，一排排孕婦一般挺著大隊鼓的高大男孩，一排排手持銅號的少年號手。他們隊形整齊，服飾統一，手裡的鼓號光彩奪目，像宣傳畫上走下的人物，行進在雜亂的街上十分好看。每走出一段路，他們便一齊發作，鼓號齊鳴，造成整個地界兒沸反盈天的氣氛，行人過客紛紛駐足。

剛一聽到那陣高亢、明澈、有如嬰兒嚮亮啼哭的銅號音，方槍槍的心就被他們奪去了。

接著，在小隊鼓一陣陣晴天驟雨般的鼓點聲中，學生的大隊人馬源源不斷走出來。他們打著一面面火炬金星紅旗，人人上白下藍脖子紮著紅領巾，徒手，很純良，有紀律，相當尊嚴。一定要比喻的話，就像一支簡裝的拿破崙時代的法國軍隊。

在這麼一支有著古老儀仗、旌旗、鼓樂、清一色著裝的大軍面前，歪帶大殼帽、腰紮皮帶、斜插玩具手槍，自以爲武裝到牙齒的方槍槍活像個小丑。自己也覺得很業餘，沒品味，差著不止一個檔次。很多29號的大小孩子煥然不同地在隊伍裡走過。他看到張寧生高晉方超陳南燕時尤爲眼熱、不忿、神馳意迷。

帶我玩吧，他站在馬路邊無聲地懇求，讓我也能這麼紅裝素裹，嚴肅、認眞、凡人不理，一齊擺臂、抬腳、昂首闊步——咱們都很牛逼。

他想要那身白藍制服，要那根紅帶子。像所有心智未開的人，他產生了一種數量崇拜，慕大狂情，只要是多的、大的，就是好的。這麼想的同時伴生一股自甘輕賤的衝動：急於抹煞自己，委地雌伏，套上脖圈，忠心耿耿，屁顛顛跟在後面，讓撲誰撲誰讓咬誰咬誰。

那類特別想歸類，特別想表現表現，露一手，讓人一眼相中的念頭特別強烈，強烈得接近痛苦，如果他有足夠的表達能力，他會把這蛋砍成一個偉大的召喚。

所以，讀書識字，十分次要，要緊的是趕快跟大夥搞在一齊，當個有組織的人，有自外於人的裝束、鐵的紀律、無數同志和一面可以全心全意向其敬禮的華麗旗幟。

那天，他在小學生隊伍裡還看到一些奇怪的女人，她們也穿著少先隊的隊服，繫著紅領巾，腰身很粗，燙著短髮，混在純潔的孩子們中間，顯得老謀深算。他猜到這些女人大概是傳說中的那種叫「老師」的人物。有關她們，人們的議論很多，常常是一面倒地說好話，除了黨和人民就屬他們高尚。一說像乾媽：絮絮叨叨，愛管閑事，時不時給孩子一些好處；一說是魔術師：

小孩子被她們黑布一蒙，再變出來性情大異，再也不會淘氣，有的變成一塊磚有的變成螺絲釘有的變成房樑柱，社會主義建設都用得上；一說手很巧，尤其會種菜，又當陽光又當雨露又當肥料又當蜜蜂，也叫「辛勤園丁」。這諸多說法引得方槍槍天眞幻想：她們是活神仙。

方槍槍畢恭畢敬地仰望著經過他身邊的老師，不知哪一個將是自己的日後恩人。這些相貌平平的婦女看上去並不那麼神奇，也毫無熱愛農業生產的跡象。老實講，她們臉上有一種方槍槍十分熟悉的神態：敝帚自珍、假客氣、眼睛朝天——和保育院那些比較生猛的阿姨常見的表情並無什麼不同。方槍槍一下反應過來，明白一個大家從來不提卻始終明擺著的事實：說一千道一萬，老師是學生的上級，長官，管你的人。

這就對了。這就是爲什麼凡經過老師手的人一提她們就激動，就結巴，只好唱，或者押韻，好好說都不適合表達對她們的看法。

這沒什麼不好，其實倒簡單了，更符合方槍槍那個年齡的孩子的理解力。你說老師他不知道是什麼，你說這是排長！他立刻知道她是誰了。

有一種觀念在方槍槍頭腦中很頑固，也不知是從何而來，想不起受過何人故意灌輸，人之初就盲目堅信：人是不可以獨立存在的。都要仰仗、依賴更強大的一個人。人被人管，層層聽命乃是天經地義，小孩也不該置身事外。尤其是小孩，父母所生只是一種植物，花啊草啊什麼的，必須經過很多很多年，很多很多人管，才能「長大成人」。

有人管是一種福氣，說明你在社會之中。

社會——那是家之外衆人行走的大街，很熱鬧。被閃在外面，一想就痛不欲生。

原來是排長啊，方槍槍心裡一塊石頭落地：那就好辦了，沒什麼新鮮的，你下令我執行，聽你話就是了——很好相處。

千萬，千萬你對我要嚴厲，別給我好臉，免得我錯會了意，錯表了情。我這人賤，不勒著點，容易蹬鼻子上臉。最怕當頭兒的兩副面孔，平時慈眉善目，平易近人，說翻臉就翻臉，一點過渡沒有。什麼愛呀，關懷呀，誰要你來獻媚？咱們也不眞是一家子，該怎麼樣就怎麼樣。我願意老師都像日本小隊長，沈著臉挎著刀，一說話就瞪眼，張嘴就是八格牙路——和同學永遠立正，俯首帖耳，挨著耳光也姿勢不變，一口一個嗨依。那才省事，誰跟誰也別來假招子，你總是那麼酷，我也知道怎麼進步。

方槍槍心中對老師暗暗提著殷切期望，一路走回保育院，端著，神情步履都很莊嚴。到了晚上，生完孩子心情一直不錯的唐阿姨受逼不過，悄悄走到方槍槍身邊，問他：

你哪兒不舒服？

方槍槍一下變成駝背，最後一點力氣也用光了，張了張嘴，沒發出聲音。

九月的一個好天氣，方槍槍心緒不寧地隨隊走在上學的路上，沉重的新書包一下下拍打著他的右胯像是一隻滿含囑託的大手。朝陽把楓樹成行的翠微路照得十分亮堂，一個樹影也沒有，好像那是一條前途遠大的金光大道。書包內的鉛筆盒發出輕微的嘩啦聲如同堅果開裂不斷分著他的神。

路西走著很多通信兵院的孩子，三五成群，沿著自家院牆行走。他們看上去很整潔，男孩子很溫和，女孩子不少楚楚動人。

29號這一側也有很多自行上學結伴而走的孩子。他們看到方槍槍這一班有保育院阿姨押送排隊上學的孩子，便露出很優越的樣子，一些男孩子齊聲音朝他們喊：俘虜班俘虜班。

方槍槍聞聲害臊地低下頭，很收斂地走，眞如做了俘虜一般。同隊孩子有不好意思的，也有無所謂假裝沒聽見的。無所謂的是方超陳南燕那些大孩子，老俘虜兵，一往無前走自己的路。

他們都是家裡沒大人和大兄姊的孩子，入學後仍要留在保育院，混編成一個附屬班，從一年級到四年級。這是丟臉的事，如同會自己撒尿了還裹尿布。喊他們「俘虜班」最起勁的也正是他們的老朋友，那些剛剛退園的孩子。高洋張燕生和汪若海幾乎是擡著方槍槍喊，方槍槍低著頭也能把他們臉上幸災樂禍的表情看得一淸二楚。

唐阿姨對這些孩子的起哄置若罔聞，給他們充分的言論自由，甚至還對這切中要害的諧音笑了一下。你可以發覺她其實也不那麼刻板，對孩子們無傷大雅的玩笑也能夠欣賞。

一進翠微路商場那條小街，就看到大批小學生從每一條巷口、拐角走來，校門口更是人山人海，彩旗飄揚，好像還有大喇叭放著歡快的童聲歌唱。很多老師站在校門口迎接孩子，她們沒穿那天那身冒領天眞的少先隊服，顯得樸實、更值得信賴一些。戴紅領巾的孩子進校門時紛紛揚起手臂向她們行禮，遠遠看去波浪滾滾。剛才還在人群中東張西望顯得有些茫然的唐阿姨不見了。緊緊抱團走在一齊的附屬班孩子也散了。周圍全是腦門晶亮五官模糊的陌生孩子，擠擠挨挨吵吵嚷嚷，一眼一眼橫七八豎瞅起來帶有小動物那種警覺和審視。

方槍槍走丟了。繞過那座白豆腐般寫著一片字的影壁，眼前是更大群川流不息的孩子。他隨著人走，每到一處都覺得是剛剛經過，穿過一排房子，那裡的孩子就大一截兒。後來他看見一個紅牆環繞的操場，有水泥砌的孤零零的主席台和一根飄著國旗的旗桿，那兒有兩排獨立的房子，進出的都是高大冷漠的少男少女。身邊的人不知什麼時候都沒了，他心裡發虛，趕緊掉頭往回走。走著走著跑起來，整個院子都空了，回去的路上一個人沒有，跑到影壁，校門口也空空落落，似乎剛才那番熱鬧喧囂的場面是個幻覺，並沒眞實出現過。

有一剎那，方槍槍眼睜睜經歷了他小時候常作的那個噩夢：光天化日之下，四周的景物和藍天向他很有質量地擠過來，離得很遠都能感到它們沉甸甸的分量。只是一剎那，這頗具壓迫感的空虛消逝了，他聽到人聲遠遠近近地傳來，看到房子上一扇扇敞開的窗戶內一張張眞實的人臉。紅甬路遠處走來一個人，那是個五大三粗的男老師，一臉青鬍子茬，穿著白球鞋，快樂地哼著歌兒，一雙明亮的眼睛一路友好地瞅著方槍槍，似乎還向他使了逗趣的眼神。方槍槍笑了，沒來由地感到滿心歡喜，心裡也像拭去灰塵的鏡子一下明白了。

他經過一排房子，看見陳南燕坐在一個窗口，方超坐在她身邊。另一個班裡，他看見張寧生和一個好看的女孩子坐在一齊。在一年級那排房子外，他看到高洋張燕生汪若海坐在不同的房間裡，每人身旁坐著一個陌生的女孩。

循著每間教室門上的木牌號碼，他走到那一排最後一個房間，那木牌上用毛筆寫著：一年級六班。

方槍槍一走進房間頓覺室內昏暗陰涼，一個年輕婦女迎上來輕聲問他的名字，讓他跟著她走到後排的一個座位。那是一張柚黃色的十分寬大的雙聯桌椅，另一半已經坐著一個梳齊肩雙辮的女孩。這女孩上身前傾，盯著斜下來的桌面一動不動，好像一個熱切迎上去的動作做了一半。她的鼻子很尖，像一個指示，你很容易陷入對這尖兒滴下東西的等待之中。她臉皮也薄，方槍槍坐下時無意碰了一下她光裸的胳膊，那上面的血飛快地流了過去。我認出她是通信兵那群好看的小姑娘中的一個。

房間裡還有很多人，男孩女孩，一對對坐著，他們那麼安靜，如果不是漸漸看見你根本料不到是在人群中。方槍槍看見陳北燕坐在右前方，她瘦如麵條，緊張不安地和一個頭髮蓬亂的男孩坐在一齊。在他入座之後還有孩子陸續進來，在門口耀眼地一晃，被領進人群，安插在我們中間。我看到于倩倩、許遜這些熟悉的面孔。

房門被關上了，也許是太陽移動了位置，朝南的那一排窗戶明顯亮了起來。年輕婦女在黑板上寫了個大大的「朱」字，告訴我們這是她的姓。然後她拿著一個寫著我們名字的本子點名，念到誰就要站起來。她靜靜仔細地看這個孩子，似乎要把這孩子永遠記住。

我們也仔細地看著她，似乎要在那張臉上找到什麼特別的東西。

朱老師的臉的確洋溢著與衆不同的氣質：黑皮膚，金魚眼，朝天鼻，厚嘴唇。很像六一兒童節台上那些滿臉塗鞋油彎著腰唱「西方來的老爺們騎在我們的脖上頭」的黑孩子長大以後。這倒算不得神奇，但也引人遐想，感覺她來自遙遠的地方。方槍槍知道我們國家很大，不知是否也和非洲接壤。

她的打扮也是我不熟悉的一種風格：一身薄薄的料子，熨得筆挺，暗暗透出一些顏色，走到轉體也無一絲皺摺波及，像書本裡夾得過久的蝴蝶。風吹來她的鬢髮也從不飄動，牢牢硬硬開放在腦後，你會以爲那不是眞正的頭髮，是裝飾在人頭像周圍的一堆烏木雕花。我注意過她的腳——方槍槍有毛病，看人總是先看腳——那是兩隻尖尖的露出大半個腳背的高跟鞋。很輕盈，有重點，走起路像無線電發報機嘀答作響。

她說話含混，似乎那兩片厚厚的粉色嘴唇妨礙了她發音。我不是說她有口音，是指有一些字詞遺漏了，被擋住了，聽那樣不完整的句子十分吃力，有一種使不上勁的感覺。漸漸地，你就跟不上她，感到被她推在一個距離之外，心情也隨之變得黯淡。

我沒料到眞正的老師是這樣的，那和方槍槍聽到、猜測的全然不同。我做好全部思想準備去面對一個上來就張牙舞爪、十分興奮、有話語強迫症的人，去受她一個襲擊，一頓棒喝，就是給方槍槍來個大背挎我也不稀奇。我眞的相信方槍槍有很大缺陷，不是他們說的那種好孩子，而且單憑自己努力毫無希望改變。這要靠老師，靠她們假以詞色，實行一些強制手段。我是很虔誠的，很有抱負，希望通過學校管教，使方槍槍達到一種境界：所有字都認識；一身好拳腳，誰都白打；覺悟特別高，心眼特別多，中華人民共和國交給他領導也出不了什麼亂子，屬他和毛主席關係最好。

她不可以這樣對待我們的，這樣雅致、這樣從容不迫、文質彬彬、這樣溫良恭儉讓——讓人熱臉貼了個冷屁股。

當時我眞是不知如何描述自己和方槍槍對這位朱老師的感覺，一年以後文化大革命爆發我才找到準確的詞，她是「不革命的」。沒有什麼過硬、可以起訴的證據，完全是一己印象。這女子教了方槍槍三四年，我對她只有第一天的印象。她的容貌、衣著、姿勢似乎從沒改變，手捧一冊書站在有時幽暗有時明亮的講台上，低著頭喃喃出聲，我們遠遠坐著像看一個影子似地目瞪口呆望著她。每天鈴響就現身，一遍一遍重複自己，要讓她消失，只有等下次鈴響。

她是教語文還是教算術，我也忘了，那麼多日子上她的課，她也一定傳授了一些基礎知識給方槍槍。但我沒感覺她有過什麼意味深長的影響，幾乎可以說兩不相干。有一個場面在我記憶中像昨天才發生一樣清晰，也許那很代表她對我們的態度：

剛下完雨的陰天，在29號院牆外的翠微路上，她走在被雨水沖刷得十分黑亮的柏油馬路上，方槍槍和許遜在滿地開了花似的紅膠泥土路面上一步一沾腳地走，她是剛送完放學的路隊回校，他們倆是犯錯被留校私逃回家。她和他們迎面相遇，對他們視而不見，毫無反應，以她那個人種特有的步態，前挺後撅，發著報一步一步跨著走過去。那條路上只有她們三個人，天光把她的臉部照得黑白分明，我看不出她那時有多少心理活動，依舊是平淡、自我和消極。方槍槍和許遜好像很得意，很不怕和她的相遇，有點公然流竄的意思。

方槍槍分析她是怕高跟鞋被膠泥黏掉而不敢前來追擊。

朱老師什麼時候離開方槍槍他們班的，我也沒在意。那個時候很多人都會突然失踪，班上的同學也經常大批轉學，空出很多座位，有的過兩年新開學又出現了，有的再也沒回來。

很長時間，一提到「資產階級派頭」「事不關己高高掛起」「明知不對少說爲佳」這些詞句，我就想到朱老師厚厚緊閉的嘴唇、紋絲不動的鬈髮、如同灑在窗外些許燈光的眼神。這老師給我留下的就是這些乾巴巴的概念。

那一天，我們還在那個紅牆環繞的操場舉行了一個開學典禮。我見到了台上的校長，他是一名前少校，穿著一身人字呢的老式黃軍裝，瘦瘦的個子，面前有擴音器仍聲嘶力竭的樣子。他的名字和我們部部長張宗遜只差一個字，叫張宗仁，依我糊塗之見，他幾乎、差不多、大有可能該是那上將的弟弟。哥哥管大人，弟弟管小孩，這安排很搭調。

作爲一個小孩，初出茅蘆便有一個眞正的少校當領導，方槍槍很知足。少校，那差不多是個團長。一個小學，趁個團長，大家出去笑傲江湖。

翠微小學在我們那一帶不是好學校。名氣遠在「育英」、「十一」之下，也比不了海軍的「七一」空軍的「育紅」總後的「六一」這些大院自己辦的子弟小學。其實我也沒去過那些學校做比較，只是執著認爲一所學校的好壞全在於它的學生是否都來自一個山頭，我當那是純潔，高人一等的標誌。

我們已經很將就了，三個院的孩子混在一齊上學。到方槍槍入學時，翠微小學已面向社會開放招生，同學一半周邊的地方人家，出身可疑‧什麼「黃樓」的，一座大樓孤零零立在路邊，也沒圍牆，無人站崗，底下一層還賣糧食‧還有「羊坊店」的，一聽就是紡羊毛的店，家家養羊也未可知。這些孩子的湧入，使「翠微」在整個地區愈發普通，眞是綠色很少，用兵痞的話說：一支雜牌。

多虧有少校，才撈回一點面子。

少校同志在紅旗飄飄畫像林立的台上像個大英雄對我們——他的部下慷慨陳詞。台下高年級少先隊組成的華麗陣容使這場面很像一次軍隊校閱。我說過方槍槍有慕大情結，崇拜軍隊或近似軍隊的人群，遇到就犯賤，抖擻精神，擺出一副數他最效忠的樣子，還替別人著急，比誰都瞧不上自己這排光禿禿、亂哄哄的一年級新生。

方槍槍賣弄自己的立正姿勢，高傲地瞟著身旁的同學，覺得自己很精銳，別人都是烏合之衆，特盼有憲兵前來糾正。

少校在台上說得很熱鬧，都不是他自己的話，而是一套公共用語，主要由林彪的話組成。林元帥是民間藝人，有編段子和順口溜的急智。龐駁深奧的毛澤東思想經他一歸納，也就剩三言兩語。「林老師」開一代風氣。沒有他，那個時代會少許多熱鬧。

方槍槍聽著少校滔滔不絕的發言，一句沒聽懂又似乎心中沒什麼疑問。那語言就是那麼奇妙，無知的人也能夠聽得津津有味。那種誇張，任意使用最高級別的形容詞，像口哨一樣簡單明亮的短句，聽上幾句人的情緒就變得飽滿、欣快，不再注意話的內容，被聲音鏗鏘有致的節奏迷住，只要對仗工整，在韻上，耳朵就很滿意，內心就是佩服。

這種語言剛從保育院出來的孩子都不生疏，大體和兒歌一個路子，都是沒什麼正經話要講，只圖嘴巴快活。我們的世界很單純，沒任何思想要交流，人與人關係也很明瞭，語言作為工具就廢了，只是當作一個身體習慣延續下來，如同我們都不在樹上住了，但看見樹仍情不自禁要抱抱它，爬兩下試試。

少校開學第一天站在台上就沒再下來，像朱一樣只給我留下單一印象。我只在台上見到他出現，一身屎黃，永遠在演憤怒且激烈的啞劇，一個不屬於他的洪亮聲音雷聲一般從我們頭頂滾滾而過。我在那個紅牆環繞的操場開過太多的大會，很多時候一想起方槍槍的小學時光就覺得淨開會了。也許那一天的會並沒有後來的那些會那麼花俏，校長也未必狐假虎威地穿軍裝。但對我都一樣，我分不清文革前和文革中大會的區別，都是聲勢浩大，場面鬧猛，學著大人物的口氣用兒童語言說話，對小孩來說很娛樂。

那天剩下的一件事就是：我知道了方槍槍同座女孩的名字：吳迪。

第十四章

第一天放學見到院裡高年級的女孩她們就問：你當了什麼幹部？

方槍槍說：語文課代表。

陳南燕說：那不算幹部，就管收收作業，第一批入隊不一定有你。

第二天放學見到院裡高年級男孩他們問：你是你們班幾王？

三王。方槍槍說。

才三王！張寧生告訴方槍槍，我弟和高洋都是他們班大王，汪若海也是二王。

開學之初，少先隊還沒在一年級建隊。老師臨時指定了幾個班幹部，負責上課喊起立，全班排隊時整隊。那完全是以貌取人，像選妃子一樣誰長得好看，討人喜歡，再有點伶俐勁兒就挑誰。朱老師的目光在方槍槍臉上停了一下，一剎那方槍槍臉熱心跳，逼眞地想到日後自己在全班面前發號施令的情景，告誡自己一定要果敢、沉穩、勇於負責、不留情面，誰不聽話就命令他出隊，再不聽令就拖他——都想到了——朱老師叫陳北燕站起來，宣布她當班長。

她不行！方槍槍在底下焦急地嘀咕。實在沒聽衆，就對吳迪說：她嗓子還沒蚊子聲大呢，在我們保育院號「蔫鬼」。

吳迪背著手一聲不響。片刻，怕怕地看他一眼。

反正我不聽她的，方槍槍悻悻地扭著身子，你也不許聽她的。

朱老師要挑副班長了。方槍槍又神采奕奕坐直坐好，笑微微死盯著朱老師。他眞的覺得自己長得不錯，像不太正經的女人想利用自己的姿色撈取一些好處。

可惜朱老師不識貨，看上去並不以爲他美，很喜歡地看著吳迪，想了想說：那就你當吧吳迪。

方槍槍賣淫不成，由媚生嗔，怨恨地望著朱老師，心裡念叨著：行，行，桌底下踢了吳迪一腳。

吳迪姿勢不變，慢慢哭喪著臉說：又不是我願意的。

方槍槍盯著老師，小聲唧唧喳喳地說：那你也得罪我了。

方槍槍，朱老師點他的名，你當語文課代表。

方槍槍彎腰站了一下又坐下，想不領情，不那麼容易被收買，但還是偷著樂了，面部豁然開朗，抿著嘴傲然四顧。

「三王」，這是男生裡的一種輩分，是靠身體條件和尚武精神決定的一種權力排名，相當於黑道上的三哥。這也是方槍槍因爲錯覺、歪打正著趕上的一趟末班車。他有幾分尚武，但那永遠是在假想中，沒人針對他動手的情況下。他比他自己願意承認的還要軟弱一些，不是有教養、文明程度高，而是眞正的膽怯、女孩子氣、怕疼。別人輕輕揮舞一下拳頭，內心就受到嚴重驚嚇，立刻想到無條件投降，只是由於嚇呆了，反應慢，或是還沒來及好意思說出討饒的話，被人認爲堅強、面不改色心不跳。

「大王」——是陳北燕同座的那個頭髮蓬亂的男孩，黃樓的，叫馬青。開學第二天上午頭一堂課課間，老師不在教室，這孩子就站起來對全體男生宣稱：我是大王。

然後挨個走到每個男生座位前，用手捅他們腦門問：承認麼？

說承認就放過去，後腦勺上搧一個腦瓢兒；不吭聲音的也算默認，也給一個腦瓢兒。

當他走到警衛師的一個叫楊重的孩子座位前，這粗壯的孩子挺身而出乒乒乓乓和他打成一團。這時你可以看出馬青是個打架老手，那都不像小孩的打法，一拳一拳照人打去的是半專業的直拳。他還會一點摔跤，掃堂腿德和勒什麼的。一個絆兒就把比他高半頭的楊重撂在水泥地上，死死壓上去，搗米搗蒜一般，很快就聽到楊重被悶住的嗚嗚哭聲。

馬青爬起來，宣布楊重是「二王」。

他走到方槍槍座位旁，方槍槍已經站起來，如臨大敵，思想激烈鬥爭究竟是勇敢留下來還是一竄跑出去。決定跑了，還沒動身，想最後看一眼，看看女孩子們是否都在看自己——臉上挨了劇疼的一拳。也許是他的姿勢擺得太模稜兩可，還缺那關鍵的一轉身才能理解爲跑；也許他太矜持，表情過於空洞因而像是無畏。總而言之，馬青誤會了，以爲他是反抗，徑直給了他一擊。這一拳打得他像撞了牆，方槍槍懵了，本能地掄起胳膊，想要推牆，看上去像是還手。第二拳是個酸鼻兒，鼻涕眼淚一齊下來，眼前一片朦朧，什麼也看不清，又是本能地扶住桌面，正好馬青上來使絆兒，於是沒倒。馬青抱著他後腰，左絆右絆，方槍槍兩手死抓著桌子，歪了又挺直，斜了又扶正，頻頻拉動沉重的四聯張座位。在桌椅擦地、翻斗桌蓋來回劈啪作響和坐在裡面驚恐萬狀的吳迪的尖叫聲中，方槍槍眼淚成行屹立不倒，像是寧死不屈很有骨氣的樣子。

這時上課鈴響了，馬青鬆開方槍槍跑回自己座位。方槍槍劫後餘生，只覺渾身酸痛，就手坐下，有心大哭一場，又拘著老師已經上了講台，只好強顏歡笑，背手認眞聽講。

下一堂課間，老師剛走出教室，方槍槍原地連身都沒起伸臂抱住桌子，歪頭盯著馬青，那意思是說任你千條計我只有老主意。

馬青很開面兒，對一副執拗相的方槍槍說：我不打你了，你去打楊重，你們倆爭二王。

楊重離開座位，站到講台前的空地看著方槍槍：你來。

方槍槍依舊扒著桌子，呆頭呆腦地說：我沒勁兒了。

從此，他在大夥心目中就是三王，那是他用一頓皮肉之苦換來的。他對同院孩子提起這事倒也有點苦盡甜來的沾沾自喜。

一年級的功課很簡單，對保育院出來的孩子更是容易掌握，一些基本的運算法則和常見字都學過，只要細心，考試時拿個雙百小菜一碟。方槍槍和一些女生經常並列第一，排名不分前後。他很喜歡語文課本上的課文，一個星期就把那本書看完了。那些課文通篇傳授一些小聰明小竅門：烏鴉如何喝到瓶子裡的水；司馬光怎麼救出淹在一口缸裡的小朋友。這很合方槍槍的秉性，他就是一個愛耍小聰明的人。這些堂而皇之印在書上的內容更使他覺得小聰明是一個受人賞識的品質。有一篇課文隱隱觸動了他的情感，一個叫孔融的小孩在全家吃梨時只吃了一個最小的。作爲一個小孩他很同情那個小孩，他知道小孩孔融想吃那個最大的，只是不敢，不管他樂意與否他只能吃那個最小的。這與其說是一種美德不如說是令人傷心的現實：沒有人讓比自己小的小孩。你要想吃到大一點的梨，只有自己先變大，不管哪部分大——都行。

他用老師用剩的粉筆頭在合二爲一的課桌上給自己劃出一多半，在椅子上也畫了一道足可容納兩個大胖子屁股的線。他正告吳迪在任何情況下都不許越界，誰也不許碰誰「人不犯我我不犯人」。在這塊寬綽的私人地盤上，他可以歪著、趴著、盤腿坐著，怎麼舒服怎麼來。吳迪只能挺著、收著、斜著身子以一種遮遮掩掩的姿勢寫作業，儘管這樣寫字時仍不免胳膊肘越過邊界。方槍槍的樂趣就是等到她正要下筆出其不意撞一下她的肘部，使那個字的筆劃突然轉折。

他經常檢查吳迪的鉛筆盒，把這視爲自己的特權，總覺得她的東西比自己的好。吳迪有過一塊暗綠色像果凍一樣半透明的香橡皮，被她視爲珍寶，總也捨不得擦，十分精心地讓這塊橡皮保持著完整和香氣四溢。這女孩上課時唯一的小動作就是低頭拿著這塊橡皮在自己鼻子下悄悄嗅來嗅去，臉上露出陶醉的神態。

趁她陶醉之際，方槍槍會劈手從她鼻前奪去那橡皮，放在自己鼻下使勁聞。橡皮散發的濃郁化學香氣使他飄飄欲仙而且不止一次想吃了它。有時他會撮起自己上唇托住那橡皮，表演給幽怨望著他的吳迪看。橡皮滑落下來，他就會和吳迪一齊搶那橡皮，兩隻手噼噼啪啪互相打對方的手背。吳迪搶到了，就把橡皮緊緊攥在手心裡，方槍槍拿過那隻骨節伶仃的小拳頭放在自己大腿上一根一根掰她手指。吳迪的手指像一群滑溜溜的小魚在他掌心歡蹦亂跳，總也抓不住人家，有時他就牢牢攥住一隻停下來聽一會課，這時吳迪也不動，和他一齊安靜地聽講，老師轉身寫黑板，他們又動起來。

方槍槍急了會掰疼吳迪，吳迪也不出聲，一臉嚴肅和堅忍，那模樣會讓方槍槍想起小時候的陳北燕，他們同床他掐她時她也是這麼一副面孔。吳迪的韌帶很長，食指和小指都能反著撅成九十度。方槍槍再往下撅，吳迪的嘴角就會顫抖，眉毛一跳一跳，眼睛變得水汪汪，方槍槍心也就一下軟了，放棄爭奪鬆開她。吳迪就會深深低下頭，一堂課都在撫摸那隻被方槍槍握過的手。

只有一次她當眞哭了。方槍槍搶到橡皮並且把它塞進鼻孔裡。她一下呆了，盯著那塊沾了鼻涕亮晶晶變成翠綠的橡皮眼淚流出眼眶。這時坐在前面的陳北燕忽然回頭大聲說：你們別鬧了。

全班視線都集中在他倆身上，朱老師也停止講課，望著他倆。過了一會兒，朱老師繼續講課，方槍槍和吳迪仍羞紅著臉，久久不能從同謀共犯的感受中解脫出來。

後來，那塊綠色的香橡皮不見了。方槍槍走到哪兒吳迪就跟到哪兒，放學回家也一路跟到29號西門，也不哭也不聲張，只說一句話：還我。

方槍槍再三跟她解釋：我沒拿，眞沒拿。你都讓我聞我還拿它幹嗎？

方槍槍掏出自己所有衣兜褲兜，把書包倒光高舉雙手：你搜我，你搜我行嗎？

吳迪不動，只是重複說：還我。

朱老師出面解決問題，兩個孩子都哭了，都堅持，一個說：拿了。一個說：沒拿。你一句，我一句，沒完沒了，顯得詞彙都很貧乏。方槍槍稍稍變化了一下陳述：你冤枉我了。那位跟著說：我沒冤枉。接著又是沒完沒了的重複。全班同學都逗樂了，一對一跟著學舌：拿了——沒拿。你冤枉我了——我沒冤枉。好幾天大家一見面就是這兩句話，幾乎成了一年級六班的典故。

有一次，朱老師上課前無意問了一句：板擦誰拿了？

全班立刻一齊回答：沒拿——你冤枉我了。

朱老師也不禁莞爾一笑。

你們也覺得我眞拿了吳迪的橡皮？下課時男生聚在一齊聊天，方槍槍湊過去試探地替自己辯解，想得到一些同情。

那你哭什麼？馬青輕蔑地望著他說，你爲什麼不打她？

我打她了，我推她、掐她、我……方槍槍茫然地凝視著遠方。

沒看見。馬青臉伸到方槍槍臉前輕輕搖動，笑道：那也不叫打。

你們等著吧，方槍槍擄胳膊挽袖子氣勢洶洶地說，我這就讓你們看。

一幫男生笑嘻嘻地嘴裡喊著：看打架嘍。眉飛色舞跟著他來到吳迪座位前。

吳迪正在和從前面位子回過頭的陳北燕對題，不知道一群男生爲什麼忽然來到自己面前，漠然地抬頭看了他們一眼。那視線並沒有落在方槍槍身上，只是一掃而過。方槍槍還是被這平靜的目光擋了一下，像夏天街頭老太太推的冰棍車掀開棉被那一剎，被一股涼意冰鎮了一下。這一猶豫使他的動作中斷了，意圖也暴露了，一種軟弱的情感占了上風，他實在不是這塊料：坦然地走到毫無防備的對手面前，冷丁出手，劈面一記重拳。儘管這對手只是個女生，一個常受他欺負，根本無還手之力的小姑娘，他還是感到一種畏懼，因蓄意侵犯他人引致自己發生的不安全感。

這時陳北燕叫起來：你要幹嘛方槍槍！

這一叫使方槍槍羞憤難當。強烈的差恥感使他差不多以爲自己是正義的，正義的事業不容耽擱，於是他大義凜然地伸出手，給那坐著的小姑娘光嫩的臉蛋上凶惡的一巴掌。吳迪哭著從座位的另一邊跑出去，方槍槍也一下變得敏捷，踩著桌子追上去。

這一手很老練，很像眞正的壞蛋的做法——他迅速伸腳在正交替奔跑的吳迪的兩隻腳間踢了一下。吳迪張開兩手向前撲倒，像一陣亂著的風突然停了，四周安靜。她的膝蓋手肘都擦破了，一臉土，哭得很不好看。

方槍槍走過去看，覺得自己終於淸白了。聽到旁邊有男生嘖嘖讚嘆「三王眞厲害」，心裡很受用，飄飄然，甚或覺得自己眞會武了，走回自己座位時架著膀子一副練過的樣子。

朱老師嚴厲批評了他。吳迪爸爸也到學校來了。那是個戴著眼鏡文質彬彬的知識分子模樣的軍人，可以看出女兒的鼻子、嘴和皮膚遺傳自他。

問題的解決是各打五十大板：打女同學不對；隨便懷疑同學拿了自己東西也不對。

這個爸爸一看也是個懦弱的好好先生。方槍槍向吳迪道歉後，他也要吳迪向方槍槍道歉。我想我應該用「迫使」這個詞。吳迪向方槍槍說「對不起」時委屈極了，我無法形容她那時臉上的神態。

數年以後，方槍槍搬離29號院，在挪動床時方槍槍看見一塊綠色橡皮。他忘了這東西的來歷，吳迪也已轉學到不知什麼地方去了。他以爲那是自己的遺物，揀起來聞聞，綠橡皮已經不香了，只有一股嗆鼻的塵土味兒。

一年級小學生方槍槍感受到了做一個學生和當保育院小朋友的不一樣。很多時候不能再依自己的心願不假思索地行事了。譬如你不能又喜歡一個女孩又用欺負她的方式跟她玩。那種複雜的情感表達方式是不被周圍人所接受的。要麼你就跟她好像哥們兒一樣，要麼你就對她壞像地主壓迫丫鬟，必須有個態度像大白天一樣清楚。你不能想一套，做一套，心理是連貫的而行爲是曖昧的。在這兒，沒人關注你的想法，只注重你的行爲也叫表現，不管你想什麼，只看你怎麼幹。大家只憑這點評價一個人。

朱老師經常對全班同學講：你們都不是小孩了。你們要學會對自己的一言一行負責，不能老拿「不是故意的」請求別人原諒。老師看一個同學的好壞就是看他的行爲，良好的行爲代表良好的動機，不好的行爲就是你有不好的動機——雷鋒同志能夠那麼滿腔熱情地爲人民服務就是因爲他有一顆火熱的心「對同志像春天般的溫暖」。

就我的印象，朱老師所言不是她個人發明，而是當時的官方觀點：動機效果一致論。

都不是小孩了——這提法令人激動，那等於是要求一個人一貫正確，如果做不到，就一貫要兩面派。我相信沒有哪個孩子心理能和行爲同步，除非你不老實，在某些時刻隱藏自我，那才有可能使自己像個大人——完美的人。那也不難，不與人的本性牴觸，或者說那本來就是人性中的一部分。

我叫它偽善，偽善的說法這叫「積極要求進步」。

方槍槍希望自己具有如下高貴的品質：聰明、勇敢、忠誠。比較可怕的是他假裝自己已經具備了這些品質，處處嚴格要求自己——更恰當地說是到處興風作浪。

聰明——就是顯配、咬尖、逞能。屬我學習第一好，老師提的問題全能答，而且只有我配答，別人都是笨蛋。

每次課堂上老師有提問，他就把手舉到天上，肩膀越過耳朵，直到欠起屁股全身趴在桌上，向前斜著身子如同一枚將要向老師發射過去的火箭嘴裡連聲懇求：老師，老師……

很多次老師讓他答了，也有很多次讓別人答了。沒讓他答時他就很不高興，撅著嘴坐下摔桌子打板凳。別人回答正確他就朝天翻白眼，稍有不對他便回嗔作喜，先老師一步大聲批駁：錯了！接著嘲笑人家，歡快得勝地向老師舉手：老師老師我會答。

連老師也不得不向他解釋：我知道你會答，咱們多讓一些沒你掌握得那麼快的同學回答。好像他和老師一樣懂，上課的目的只是教教別的那些不開壺的孩子。

久而久之，班裡有些同學回答課堂提問時面向的不是老師而是方同學，答一句在他臉上察言觀色一番。他也學會了皺眉和微笑這兩種很老道很裝孫子的否定和肯定的表達法。

語文課代表負責收發作業的權力使他有機會接觸到全班同學的作業本，這使他的嫉妒心和鄙薄心同時大發作，一方面他很難接受確實有很多孩子字跡比他工整頁面比他乾淨，一方面他瞧不起那些不如他的人。

開始，這只是一個情報工作，做到心中有數，該跟誰比該把誰不放在眼裡。漸漸，他習慣性地不安分起來。有一次朱老師生病，兩天沒來上課，那些作業本就堆在方槍槍的課桌抽屜裡。閑來無事他揀起翻閱，千篇一律，看得生悶，不由自主信筆批改，該給五分的給五分，該給二分的畫個鴨子。沒想到這工作給他帶來快樂，有一種創作感，輕而易舉就使現實迎合了自己。

批完作業，他還沉浸在快感中，忘了自己是誰，大模大樣把作業發了下去。發完溜回座位，才恍然大悟，感到緊張，意識到自己膽大包天，做了越軌的事。

那是該你幹的嗎?他在內心大聲責備自己——他還不習慣自己決定自己同時支配集體，這種當了「主子」的感覺使他忐忑而不是自得。

什麼也沒發表，同學們一如往常地看到自己的得分或大聲遺憾或喜出望外，他們甚至都沒注意到這是方槍槍的毛筆或者以爲順理成章:語文老師不在語文課代表代爲批改作業——還有比這更自然的麼?

一些認爲自己分低了的同學找方槍槍改分，方槍槍痛快地給他們都改了五分。同學們歡天喜地，方槍槍也躊躇滿志，這似乎意味著同學們認可了他的新權力。

幹得不壞老方——他在內心大聲表揚自己，想像那是老師的讚語：沒看出你還眞有兩下子。

朱老師回班上課看到方槍槍批改的作業，只是用鼻子哼了一聲，冷笑兩下，一句表態的話也沒說。

不說話就是默認了。方槍槍鼓舞自己：立功的時候到了。

於是，那成了一個慣例，只要朱老師生病或請假他就主動出馬給全班同學批改作業。只有陳北燕對他的行徑提出抗議：不要臉，眞拿自己當根蔥了。

全班被他用五分賄賂了的孩子都支持他，吵吵嚷嚷地說：就讓三王判吧。我這是臨時負責，朱老師回來我還讓給她。方槍槍又覥腆又自豪，對大家許願：我保證不瞎判，讓大家信得過。

有段時間，他眞的使全班同學都信得過，都高興，都覺得語文課不用好好學。老得五分都煩了。有輿論要求他判一些四分以示大家還是有區別的。

後來，情形大變。隨著擁戴面的擴大和權力的合法化，一種莊嚴感降臨到方槍槍身上，他像一切心靈純潔的人一旦屁股坐穩就渴望正義，雁過留聲，當淸官——那意味著嚴格要求別人、威重恩薄和有錯必糾。

他很苦惱，也很果決，對全班同學發表講話：我覺得咱們不能再這樣下去了，都得五分。那不反映咱們班有些同學的眞實水平，可不可以不那麼判了，多少嚴一點……同意。沒等他講完，全班同學就一齊用拍桌子跺地板表示支持。他留給同學們的印象是那麼沒原則，標準低下，就是稍稍提高一點又有什麼可怕的？只有大王二王這兩文盲不希望有任何改變，高叫道：我們倆必須老得五分。

好好好，你們倆老得五分。方槍槍一口答應，問大夥：其他同學還有什麼要求，沒要求我就改了，到時候你們可別怨我。

同意——同學們又是一陣喧囂，喝了蜜似的個個咧嘴大笑。

經過幾天惡毒想像，方槍槍煞有介事地公布了「翠小一年級六班語文作業判分新規定」。他提高了判分的標準，必須是打字機才有可能得五分。另一項主要改革在加大了懲罰的力度，增加了一些新條款——當他想出這些壞主意時禁不住自個先樂翻了。

寫錯一個字罰抄兩百遍（朱老師只要求一百，他漲了一百）。

字面擦髒了，罰抄整頁紙（朱老師對此沒要求，這是他的發明）。

得了三分的一律罰站，每分十分鐘，少一分加十分鐘（這更是聞所未聞）。

第一次按照這個新規定判完作業發下去後，全班大嘩。平時成績好一向得五分的同學這時大驚失色地發現自己再努力也只能得四分甚至三分，因爲沒人能像打字機一筆寫對所有中國字，更別說像它那麼工整了。那些平時學習成績就不怎麼樣，總是得三分二分的同學更慘了，就認識零了，從頭到尾看不見一個比它更大的數目。

這可是你們同意的，現在不許反對了。三分以下的同學都站起來。方槍槍神氣活現地發號施令，叫大王二王：誰不站起來，你們倆得五分的去拖他起來。

大王二王分頭行動，連打帶罵，班裡同學怨聲載道，一站就是一片。

從此，六班上語文自習課時總有一多半人是站著的。不知道的人路過六班，會以爲這班椅子不夠或者學生紀律不好。

一些同學如此習慣站著，一到語文課就自動站起來。有的坐著的人實在受不了周圍林立的站者形成的包圍圈——那像落在陷阱裡——也乾脆站著。

很多人學會站著寫作業，手練得很長，眼睛都成了下斜眼。

那天，他終於逮到陳北燕的一個錯，「家」字沒劃出那個提鉤，當即判了三分，撂下筆喝令陳北燕站起來。

陳北燕不肯從命，還說：你有什麼權力罰我——我是班長。

方槍槍拍了桌子，親自過去拖她。陳北燕巋然不動，他把兩手插入她的腋下，等於抱她起來。一鬆手她又坐下。如是再三，方槍槍只得抱著她站在那兒，膝蓋頂著她兩腿，陳北燕仍是坐著的姿勢，只不過是凌空坐在方槍槍腿上。全班同學都覺得有趣，一片笑聲。

陳北燕也笑了，堅持她那個象徵性的坐著姿態。

方槍槍也堅持不放下她——大半個身子懸空像是個熱心腸甘願給人當坐墊，一邊囂張地、困難地舉起一個手指氣喘吁吁宣稱：

上語文課就得全聽課代表的。

那手指放下來時他感到一陣欣慰，那是篡黨奪權分子成功後的感受。

這次他幹得太過火了，也不太走運，忘了年級已經給他們班派了一班李紫秋老師來代課，此時正逢李老師進門。李老師推門進屋發現全班的同學都站著，有兩個還摞在一齊，姿勢十分不雅。

幹嘛吶，你們幹嘛都站著——還有那二位，你們在幹什麼？

因為他們沒有完成作業。方槍槍慌忙從陳北燕身下閃出來，擦著滿頭大汗說。

全班都沒完成作業？李老師難以置信說，懷疑地望著方槍槍：你是幹嘛的，班幹部？

語文課代表。方槍槍謙遜地回答。

班幹部在哪？李老師問。

陳北燕舉手。

把全班作業拿上來。

方槍槍和陳北燕交手，像善於運掌的八卦高手幾個回合把她擋在一尺開外，轉身從自己課桌內拿出全班作業，雙手捧著，畢恭畢敬送到李老師的講台上。擱下還不走，美滋滋地站在李老師身邊歪著頭和她一齊看。

那些作業本都被一支髒鉛筆批得亂七八糟，胡亂寫著評語：差，很差。只有最上面那本大言不愧地通篇寫著：好，很好——優！

這是誰批的？李老師顫抖著嘴唇問。

我。方槍槍兩手趴在講台沿，一腳在後敲著地，還不知趣，丑表功：朱老師不在，我代她批的。

全班同學都看清了，李老師是想把那疊作業本摔在方槍槍臉上，那動作只做了一半在方槍槍鼻子尖前近在咫尺停住了，沒碰著方槍槍。

方槍槍還是踉蹌了一下，後退了半步，一臉吃驚。

回你座位去！李老師像演說中的女革命家一揮手臂，直指下方，頭激昂地那麼一甩。

你批的？李老師一邊擺手讓大家坐下，一邊顯然在尋找措辭以表達自己的感想，她實在是難以擇言，豐富的中文一下都失蹤了，腦子被第一感想牢牢占據，停了幾秒鐘後，脫口而出的還是那一句最先想到的大白話：你算幹嗎地的！

勇敢——那就是在全班同學幸災樂禍的目光下，一步一步正常地走回自己座位，臉上沒有淚水，嘴角掛著微笑。不管多沒心情，這笑容是必須的。那是一劑良藥，可以在五步之內治癒你的心頭創傷，這樣當你坐下時會眞覺得好受多了，眞覺得自己在笑。有時自己的笑容也會感染自己，儘管那在通常、在旁觀者看來應該叫無恥。

第十五章

方槍槍戀愛了。他愛上全校少先隊的大頭目，年輕的輔導員胡老師。這位胡老師她有一副少兒節目主持人般的標致的娃娃臉，短小玲瓏的身材，總是穿著束腰的隊服繫著紅領巾腳下一雙白球鞋在校園裡朝氣蓬勃地走動，說起話來尖著嗓子，拿腔拿調，既嘹亮又童聲童氣。這是一個幼稚化的大姑娘。那種天眞無邪的成熟、老練刻意的活潑對孩子發散出一股近乎催眠的魔力，好像這是上天送給孩子的一件禮物：一個模仿他們、學他們說話、卻有著比他們更聰明頭腦的玩具娃娃。

人人都想網羅好看的女人進自己家，與她們產生親密的關係。方槍槍也不例外，他想當胡老師的孩子，那樣他就有把握得到美女永不改變的青睞，人人羡慕，那他就與美同在了。想想也是喜人的，全校最好看的老師和我有那麼一層特殊的關係，別人都想獲得她的好感，我在一旁默默地不爲衆人察覺地坐享其成。我們娘兒倆守口如瓶，誰都不知道我是她的祕密的孩子。我媽對我也不特別好，跳著班地專門跑到一年級六班批評我，對我要求格外嚴，別人都看不下去了，但我知道那沒事兒。直到有一天，這事被不知哪個快嘴傳了出去（必須傳給大家知道，否則也沒意思）。我再到學校，發現大家看我的眼神變了，我成了全校名人。這思想與其說是愛美，不如說是不勞而獲。這麼想時他完全把自個親爹娘拋到九霄雲外只顧自己。父母在他心目中不是一種不可更動的關係，更像一筆銀行存款，是錢就需要增值，他常拿這筆存款去交換他認爲更寶貴的東西。

那眞是與往不同的感受。大的，成年女人的好看和小的、女孩子的好看給人截然相反的刺激。好看的女孩使人親近，總要想方設法去欺負一下人家，惹得人家尖叫、大哭，才表達得出自己的喜愛。好看的女人，一見之下便感到畏縮、懾服，人家還沒看你一低頭先躲開了，遠遠站在人群之外才敢放膽無比深情地望著人家。心中立誓：從此發奮，完成偉業，不單槍匹馬解放了台灣不叫她知道自己的存在。那時候，多年以後，偉大的將軍方槍槍前來視察「翠小」，校長老師們都立正站成一排迎接他，將軍只向胡老師伸出手，握著她的手問：是小胡吧。她會多麼受寵若驚啊。

上隊課的日子，是方槍槍的幸福時光。上課鈴一響，他的臉就紅了，不得不低著頭，假裝漫不經心地玩什麼或者乾脆趴在桌上裝睡以示他對胡老師根本不在乎。胡老師進來後，陳北燕喊起立，全班同學刷地站起來，只有他，慢慢騰騰，搖搖晃晃，站起來也是三道彎，扭臉看著窗外一副心不在焉的樣子——他以爲這才像嬌子見了媽。

那是他的特權，別人這樣他可不依。

胡老師來上隊課是要讓孩子們了解少先隊怎麼來的。那不光是爲了好看、好玩心血來潮給孩子搞的化裝舞會。早年間，誰也說不清哪位起的頭，一幫孩子自個或經過教唆就組織起來了。他們大都是些農村的窮孩子，配備有古老的紅纓槍，想著自己是個正經八百的軍事團體，給自己起了個名：兒童團。戰爭年代這個團體封鎖了各村的路口，檢查過往旅客，將可疑人士扭送駐軍和民兵隊，有點像咱們今天那些見義勇爲的好漢子。很多壞人被他們抓住，個別過分熱心鬧得歡的團員也出過事，被攜帶手槍的流竄犯擊斃。不管怎麼說，他們給軍隊省了心，少站不少崗，也成就了「人民戰爭」這一說法。男女老少齊參戰使我們並不總是兵強馬壯的軍隊托了底。你可以說我們的軍隊對人民戰爭抱有一種信念，再添多少坦克大炮，開起戰來沒有婦女兒童助陣也有點含糊。所以，到今天也不想小孩解散，還叫自己的孩子按軍隊進行編制，另起了一個名，明點他們一有事時的位置：少年先鋒隊。

組織上太重視咱們了——方槍槍一幫小孩聽到此處，百目交流，心中豪邁：請祖國放心，一旦天下有難，全瞧我們這幫孩子啦。

胡老師講課很煽情，很有年輕姑娘那種善於營造情調，神祕兮兮，幾句話後就扯得很遠的特點。

她舉著一條紅領巾問大家：它爲什麼是紅的。那當然是染坊工人用紅顏色染的。不對。她說，那是烈士鮮血染紅的。

爲什麼它是三角形？其實誰也沒見過有人拿一塊大方巾或大圓巾紮脖子上。

她有學問，說這是紅旗的一角。

這可明白了。紅領巾是無數革命先烈血濺上去的，也是個紀念，記著我們今天這日子得來不易。

我們跟著胡老師懂了什麼叫象徵。那意思就是挨著點邊兒就拉到一塊堆兒，把可能發生的事說成就這麼幹的。

聽胡老師的意思，我們有點孤立，外國人都不喜歡我們。咱們國家有些事還沒幹利索，好些地主資本家都沒消滅光，給人家跑了，在一個叫台灣的海島上天天磨刀，準備有一天殺回來。世界各地我們有一些哥們兒，都還不太成勢，幫不上我們還淨盼著我們拉他們一把。

按胡老師所言，我們這兒是個好地方，人間天堂也叫大肥肉。帝國主義、修正主義、反動派這仨人都想吃。過去是人家叼在嘴裡的東西，現在自個掉下來了人家不樂意。

胡老師另一番話我聽著有點不高興。她說我們其實並不想惹事，想跟人家搞好關係，和平共處。人家不答應，非要我們好看。用胡老師文謅謅的話講叫：在中國復辟資本主義。

首先，誰不想惹事了這點要說清楚。好像我們怕誰似的。我們——和毛主席怕過誰呀？

再說復辟資本主義：

資本主義——那就是小孩子不許上學，不許吃飯，都去放牛、擦皮鞋、賣火柴。

復辟——那就是地主資本家這些大胖子都回來，從黨中央到革命人民「千萬顆人頭落地」誰也甭得好兒。

這我們就更不幹了。合著我們沒招你沒惹你老實巴交待在自己國家裡，你們還要進來收拾我們，這也忒拿豆包不當乾糧了。

胡老師的講述叫我們很生氣。我們容易麼？毛主席容易麼？領導大夥打了那麼久，全國人民才當了自個家的主人，除了毛主席的話誰的也可以不聽。

接著，我明白胡老師的意思了，左不過是一死，小孩也要準備豁出去，有需要的話，一齊上，打丫挺的。

紅旗需要不斷有鮮血漂染才會老那麼紅的，早晚輪到我們，說穿了就是排隊去死。這很光榮，程序也有點複雜，要從小從現在起就開始排，一步步挨上去：少先隊，共青團，最後是共產黨。入了黨，那就算進了敢死隊。資本主義復辟，老百姓還能投降，有一線生機，黨員——萬難倖免。

我是肯定想死的，這也是方槍槍的想法。我們倆都不願被人從42樓那套兩居室的住宅趕出來，流落街頭，放牛——我只見過切成小塊的牛。爸爸媽媽都是黨員，打敗了最輕也是無期徒刑，關在監牢裡也見不著。敵人來了，還不得先平復興路這一帶的解放軍大院。29號的大人都得抓起來，國民黨兵站崗，我們也不讓進了。翠微小學估計也得清洗，校長抓起來，老師隔一個槍斃一個，我們都開除，全校就剩黃樓和羊坊店的。

這麼一想，方槍槍差點哭出來。絕不能讓資本主義復辟！解放軍打光了，少先隊上，戰到最後一人一槍。防線就設在公主墳，敵人從城裡方向進攻，大人孩子一齊抵抗，各院的機槍都搬出來，碼成一片，上來一個連，掃倒一個連，上來一個營，掃倒一個營。那麼多當過兵的肯定不少神槍手。後來敵人增兵了。坦克裝甲車開過來了。我爸張寧生陳南燕他爸張宗遜什麼的都犧牲了。我也急了，一掀帽檐，抱起炸藥包塞到大王馬青懷裡，對他說：黨考驗你的時候到了。二王楊重也打紅眼了，爬過來說：讓我也去吧。我和胡老師交換了一下眼神：那你也去吧。

轟！轟！敵人的坦克被炸毀了，馬青楊重也和我們永別了。胡老師眼中含滿熱淚，我的眼中也同樣含著熱淚，但是我說：現在不是哭的時候。

你嘟嘟囔囔自己說什麼呢，別人都在寫入隊申請你為什麼不動筆？胡老師走到方槍槍桌前敲他的桌子。

方槍槍抬頭凶狠地看了眼胡老師，還沉浸在自己的想像之中，信口說：反正我是不會投降的。

投降誰呀？胡老師問。

投降敵人。旁邊的吳迪說，他在想打仗呢。

胡老師笑：我們都不會投降的。現在敵人還沒打過來，快寫申請吧，下課要收，別胡思亂想了。

胡老師摸摸方槍槍腦袋，向前走去。方槍槍看著她裙子下襬露出的兩截兒晃來晃去的鼓溜溜的小腿肚子，一股忠義之情湧上心頭：我是不會讓你落到敵人手裡的。趕明兒咱倆被包圍了——你負傷跑不動，我本來能跑但不跑——只剩兩顆子彈，一顆給你，一顆我用，先打死你，最後一槍最後一槍再打死我自己。

方槍槍想完了。本來最後一槍還應該斟酌斟酌，但沒時間了，該幹正事了，他捅捅吳迪：看看你的申請怎麼寫的？

吳迪把從方格本上撕下的一頁紙遞給方槍槍：我也不會寫，只寫了兩句：紅領巾是紅旗的一角，是用烈士鮮血染紅的。

我也是，只想到這兩句。陳北燕回頭。

上課不許回頭。方槍槍嚴肅地說。

德行。陳北燕白他一眼。

吳迪探過頭：看看你寫的。

不讓看。方槍槍用手蓋住紙，埋頭一筆一劃地寫，都是心裡話：紅領巾是紅旗的一角，是用烈士鮮血染紅的。為了防止資本主義復辟，不受二遍苦，不遭二茬罪，紅色江山永不變色，鐵打江山萬年牢，我決心為共產主義事業奮鬥終身。因此，我志願加入中國共產主義少年先鋒隊。

從寫完到交上去，方槍槍都被一種陌生的情緒所控制，有點像驕傲，但沒有看不起人；有點想死，但又不害怕；覺得自己很大，又像是全賣給了誰。這感覺我管它叫找不著北。

那天晚上，方槍槍眞的作了個29號被占領的夢。來到不知是哪國的部隊，戴著鋼盔蹬著短靴手裡端著卡賓槍。全院槍聲響成一片，辦公區、保育院大樓都著了大火。李阿姨老院長和大部分小朋友都被俘了，用繩子拴成一大溜糖葫蘆似的低著頭一個挨一個走。敵人很多，也很凶，他沒敢想像白日夢中那麼英勇地戰鬥，而是像一隻老鼠在燒成廢墟的保育院一堵堵斷牆下東躲西藏。他手裡拿著一只駁殼槍，射程有限，子彈像水一樣澆在敵兵身上彎彎曲曲，效果也不理想，被澆了半天的敵兵也不痛痛快快死去，只好以為他們死了，反正我打中你了。後來他被一個大黑個子敵兵用卡賓槍指住了。他嚇哭了，眞的怕了，打心眼裡不想死，跟人家商量：這次你放了我下次我也放你。看這人不好商量，心一橫，舉起雙手：我投降，投降還不成嗎。我眞不是共產黨，只是個少先隊，也是他們逼我入的。敵人眞不是東西，要不說他們壞呢，我這麼求他們，他們還是給我當胸一梭子，打得方槍槍滿身穿孔。他是既丟了人也沒保住命，滿腔怨恨躺在地上。被子彈打中的感覺眞是火辣辣的疼。方槍槍這份後悔呀，好好的我打什麼仗啊！我小孩敵人來了最多抓去受受教育，哪就都給殺光了，總得留幾個人給他們幹活。早知今日，放牛也是好的。這下瞎了，徹底玩完。正在極度痛苦極不甘心之際，他發現自己沒死，還能喘氣，不由大喜過望：原來子彈打不死我，太好了太好了。方槍槍臥在自己的夢境中竊竊私美：我怎麼這麼神啊，有這麼一特異功能我也就沒什麼好怕的了。這時他已經醒了，仍謹愼地合眼裝死，心情還在殺場上，生怕搞錯了被敵人發現補一槍得不償失。他深謀遠慮地想到保密，到學校也不能洩露出去，免得大家覺得他怪，敵人跟他打時也會格外較眞兒，千方百計弄死他。

當他徹底醒過來，十分感謝生活，那股劫後餘生死而復活的慶幸勁兒久久難以消失。

接著，他想起自己曾經投降過那事兒，懊悔不已，恨得只想抽自己一頓嘴巴子，那麼張狂在班裡欺男霸女的一個三王，關鍵時刻掉了鏈子，不管怎麼說都是挺現的。他想再有槍口指著我，我還會不會求饒。想了半天，答案是：還會。

一個夢使我看到了自己的本來面目，挺怕死的一個人。

第一批入隊名單公布下來，沒有方槍槍。陳北燕吳迪等一干班幹部榜上有名。入隊儀式很隆重，升了國旗，有鼓號隊捧場。被批准入隊的孩子站在前排，輔導班的高年級同學跑上來一對一地給小同學繫上紅領巾。我們班的輔導班是五年級六班，在一齊過過兩次隊日，大孩子帶小孩子玩，神哨一些大道理和扯蛋的事，算是革命領路人。

張寧生張燕生的二哥張明是這個班的少先隊中隊長，很高大很敦厚的一個少年，一見方槍槍就問：你是29號的吧，跟我小弟弟是保育院一個班的。

方槍槍點頭。

他又說：我跟你爸爸打過乒乓球，他老贏我。

說完他笑了，笑容極其燦爛，方槍槍也笑了。一是聽到了父親的消息，覺得那個人生動了一些，活在自己周圍；二是覺得在少先隊裡有了人，一個高年級的中隊長認識自己，那說明我跟少先隊也不是素無瓜葛，也跟其中一些幹部走得近。捨此，僅僅一個大男孩這麼老朋友似地和自己講話也使他感到臉上有光。

現在，這個少年在給吳迪繫紅領巾，之後，二人笑眼相望，互致隊禮。方槍槍再不能說自己跟他最好了，人家兩人都繫著紅領巾，更像是一夥的。

方槍槍偏臉踮腳往別的班看，高洋張燕生也戴上紅領巾，正在向兩個高年級輔導班的女生行禮。那兩個女生中有一個也是29號的，保育院李阿姨的女兒，也姓李，叫李白玲，像她媽一樣是個大高個。方槍槍在學校操場看見過她打籃球，胸脯已經發育了，在場上跑起來一顛一顛的，外號叫「拍子」。

授完紅領巾，這些新入隊的孩子又集體宣了誓，另外站了個隊，被胡老師領著單獨去過隊日。其他沒入隊的孩子就解散了。方槍槍以爲胡老師會對他們講講話，鼓勵鼓勵他們。根本沒那回事，她頭也不回地帶著新隊員走了，撇下方槍槍他們像菜店挑剩下的堆兒菜。班級老師走過來告訴他們沒事了，可以提前放學。

方槍槍回到保育院附屬班。一溜房間空空蕩蕩，窗影一個個照在地上，方槍槍他們幾個提前回來的孩子散到各個房間也都不出聲像整棟房子依舊沒有人。

那是職工平房區挨著院牆最後的一排，兩頭砌牆，圍成一個單獨的小院。十幾間房子都打通了門，形成一條長長的走廊，從這一頭可看到另一頭。每個小房間或者叫小隔扇裡沿牆架著凹字形通鋪，裡邊幾間女孩住，外面幾間住男孩。很難說住在這種格局的房子裡是什麼滋味，有點像住在過道裡，經常有人來來往往，躺在鋪上就可以跟過路的男孩或女孩聊天。平時一天到晚都迴蕩著遠處傳來的腳步聲和很多說話聲的回音，這些聲音會一直跟進你的夢裡，使你經常處於分不清楚夢境和現實的邊緣狀態。

孩子們上下午都在學校，唐阿姨就靠著窗戶打毛衣，一邊走針一邊打哈欠，打著打著就歪在那兒睡一會兒。有時她去飛機樓串門，有時回家轉一圈，有時乾脆爬上隨便哪個孩子的鋪蒙頭睡一整覺。方槍槍有一次放學第一個回來，都快下午四點了，唐阿姨還在睡，蓋著方槍槍的被子，鞋也沒脫，蹬在床沿兒上。方槍槍在她腳邊悶坐半天，她才如夢初醒，張著嘴流著哈喇子，受了驚似地問：啊，你們都回來了。幾點了？

都快五點了。方槍槍跪上床疊著自己被子，聞聞被裡。

我覺得沒睡多一會兒。唐阿姨扭著笨重的身軀下床，走出去還一路打著哈欠。自從她生完孩子後就沒瘦下來，老像還揣著一肚子東西似的，胳膊腿也見粗，原來一個營養不良的小姑娘現在整個一個胖大媽。倒是生完孩子脾氣好了，不那麼總跟大夥過不去了。也是，自己有了孩子也該積點德，有幾個像李阿姨那麼沒人性的。再說，我們也大了，覺悟都高了，在這個附屬班也有點臨時寄養的意思，你再混鬧，也沒人吃你這套。一二年級的孩子嚼情起來也是一套一套，在大是大非問題上唐阿姨已然說不過我們，比她七八歲時懂得多多了。這樣，唐阿姨也時常培養自己的臉上有點笑模樣，看得出她有心跟孩子們和平共處。

我不恨胡老師，方槍槍躺在鋪上想，我要是她也不會同意方槍槍第一批入隊，應該注意影響，儘管她——她他媽當然不是我媽——我別在這兒亂想美事了。方槍槍鬱悶地翻了個身，摳出鼻涕抹在牆上，繼續尋找理由，以安慰自己這是個正常的挫折。

雖然那件事進行得很祕密，祕密到只發生在夢中，但性質是一樣的，還算叛變。作爲一個在夢中叛變過革命人，也算歷史有了汚點，沒資格像那些淸白的女生第一批入隊。那也很不明智，因爲衝在第一雖然立功的機會多，同樣叛變的機會也多。我別再考驗自己了，事實已經證明我受不了和敵人面對面給人拿槍頂著那份驚恐。一次沒打死，二次不可能再有那種好運了。誰能證明自己老是防彈背心，誰敢冒這個險？

可是我不想脫離革命隊伍。方槍槍臉捂著被子大聲哽咽，一口口吞嚥，喉嚨咯咯作響。

也只有找份司令部的工作了。躲在後面，看看地圖，打打電話，舉著望遠鏡看同志們衝鋒，等山頭拿下來，敵人死光了，再騎著馬上去，又英明又堅毅。也許我的才華就適合在後邊指揮大家。可一槍沒放從沒表現過人家能選我給大夥當首長麼？這麼一想，又很絕望。

再說一部隊在前邊打的都是陳北燕吳迪這些女兵，男的都是司令，這部隊打得過誰呀？司令部最後給人端了也不是沒可能。那時會更糟，我這麼大官給人逮住，再輕饒不了。我要遭多大罪啊！想不叛變也不可能——只怕叛了變也難逃一死，頓頓暴打，手下黨員都招出來了依法審判還是槍斃。

怎麼這麼難。方槍槍被自己的思路逼進了死胡同，淚乾在臉上，呆呆地望著天花板，腦子裡縈繞著兩句心聲：其實不想留，其實不想走……來回打轉，再不能思想。

遠處門一響有人進來。那是唐阿姨。她大概是在哪兒玩夠了，踩著點兒回班。聽著她嘴裡嗑著瓜子，哼著小曲，嗯嗯呀呀地往裡走。

她沒想到班裡有人，看到方槍槍哆嗦了一下，手捧瓜子，張著星星點點的嘴唇，一時無言。

你回來啦。她噎著似地問，接著一個接一個地打起嗝兒。

方槍槍思想仍處於癱瘓狀態，身體也不受支配，眼神空洞望著她，腦子裡仍是那兩句矛盾的車軲轆話：其實不想留，其實不想走……

都回來了——呃，唐阿姨伸脖往裡邊房間看，還是就你一個——呃？

其實不想走，其實不想留……

你們今天不是入隊嗎——呃？她盯著方槍槍脖子，恍然大悟，沒入上——呃，還有誰——呃，沒入上？

她開心地往裡邊走，看到誰就叫誰的名字：

許遜——呃。

于倩倩——呃。

楊丹——呃。

唐阿姨轉了出來，嗝兒也不打了，掰著手指頭數：入了五個，還有七個不是。

方槍槍也終於擺脫了那兩句惱人的鬼話，轉動著眼珠，長出一口氣。

為什麼？唐阿姨拿出那股家婦勁兒，熱心地湊到方槍槍跟前，你不也是班幹部，一直說都有希望。

于倩倩哭哭啼啼蹭出來，靠著牆框子：他的申請是我們班最好的，胡老師還當著我們全班念來著呢。

怎麼回事？唐阿姨一屁股坐炕上，盤著腿，興致勃勃，你應該多找老師匯報思想。

她們……她們不聽劉主席的話。方槍槍想著說她們先發展女生，一脫口說成這樣，自己也不知哪兒跟哪兒，劉主席說要搞全民隊，所有小孩都可以入，她們不聽，她們不對。

劉主席說過這話嗎——劉少奇主席？唐阿姨屁股為軸，攙著腿車轉身去看牆上和毛主席畫像並排貼著的隆鼻大眼的劉主席。

不信你問高洋，他說的。我就信了，所以不急了，反正都能入，就不表現了，哪想她們還分撥，要不我也是第一批——都是高洋害的。

方槍槍順嘴說。沿著語言的慣性說一句想下句，說到最後也說圓了。自己也信了自己的話，柳暗花明地猛醒：原來我吃虧吃在這兒了。

這就不是別的問題，還得說我老實。方槍槍心裡登時充滿真實的委屈：今後再不相信別人了。

第十六章

那一年我七歲，還沒讀完小學一年級。世界在我眼裡只是公共汽車一站地：公主墳——翠微路。我以爲天下都是一個挨一個的大兵營，男人都是軍人，女人都是老師和醫生，小孩長大了也都要參軍。

我是少先隊員、班旗手、學習委員、副中隊長，三王。學習成績優異。

我不愛自己的父母，家庭觀念也很淡漠，習慣集體生活，自己洗臉，自己刷牙，自己搶飯吃。你可以說我很獨立，很會察顏辨色，打自己小算盤。

我的偶像是胡老師。夢中情人是陳南燕陳北燕姐妹和吳迪。但我一次也沒有勃起，前一個只是單相思，後三個都曾追打。

沒人跟我過不去，我也沒有迫在眉睫的難事。除了李阿姨那一腳讓我吃過大虧，我的一切危險和生死考驗都發生在夢和想像當中。夢中的歷險豐富了我的感情，使我變得少年老成、色厲內荏。

我信仰共產主義，那東西很具體，是一個類似購物中心的大廈，有形形色色的飯館、超市和遊樂場。每天黃昏放學，看到鋪滿金光的復興路向東西兩端無限延伸，就想那大廈正在這條路某一頭搭建，我這輩子肯定趕得上建成開業。

那年從始至終，我的家鄉公主墳一帶都是一派無動於衷的太平盛世景象。

那時全球還沒有溫室效應這一說，北京的冬天很冷，大雪紛飛，我們經常踩著沒膝的雪去上學。教室裡沒暖氣，只有一個燒著燒著就會自動熄滅的煤球爐子，我坐在後面穿著棉鞋也凍得要不停跺腳。從那時起我的後腳跟就年年長凍瘡。教室窗戶上結著厚厚的冰霜，屋外房檐上垂掛著長劍般晶亮透明的冰溜子，我們常常掰掉冰溜子的尖兒當冰棍吃。

我的耳朵也長了凍瘡，最想有的就是穆仁智⑭那種能套在耳朵上的毛皮護耳。我有一頂「坦克帽」。那是民品廠仿軍品生產的童帽。說是坦克帽是兒童的誤稱，那帽子額頭有兩個鐵皮風鏡裝飾更像戰鬥機飛行員的帽子。這帽子冒充皮帽，其實是人造革，裡面一層栽絨，戴上倒不難看，好像懂點技術似的，只是一點不保暖。

我的棉襖是件花棉襖。說它花，是指補得五色斑斕，不是眞有一朵朵美麗的花。那是我哥哥穿小的。我的罩衣和褲子也是我哥哥穿小的，袖口褲腿接了一圈圈顏色相近的布像鉛筆的橡皮頭，領子膝蓋屁股這些老摩擦的地方還一塊塊釘針腳密實的大補丁，擱今天不用化裝直接就可以上街要飯，準有人給。印象裡穿過的唯一新衣服是一件三個口袋的燈芯絨上衣，顏色忘掉了，有一粒粒碩大的有機玻璃扣子。那布很結實，摸爬滾打也不破，可以發給偵察連的戰士當作訓服。我想這大概是當年刮起的一股窮風。衣衫襤褸破破爛爛成爲一種美德的化身。這本來是報紙扯的一個蛋，但那年頭，全國人民爲了緊跟什麼都照過了弄。你襪子破，我渾身上下沒一件整衣裳，看誰窮得過誰。時尚嘛，以貧驕人。我這已經很奢侈了，還有罩衣裡邊還穿褲衩背心。我見過慘的。玉淵潭湖邊有一所羅道莊小學，學生都是四季青人民公社社員的孩子，一到冬天他們就空心光板只穿一件黑棉襖，放學出來黑鴉鴉一片像群落了地的黑老鴰。每當讀到毛主席那一著名詩句「黑手高懸霸主鞭」，我眼前就會浮現出羅道莊小學同學們的身影。知道的是放學，不知道的還以爲暴動了。

鞋子，春秋天主要是布鞋和球鞋。布鞋俗稱「懶漢鞋」，大約因爲不用繫帶，蹬上就走。布鞋有燈芯絨和布面兩種，鞋底又有塑料底和輪胎底之分，塑料底還有白塑料和紅塑料的區別。最受小孩青睞的布面白塑料底，那很襯腳，又瘦又扁，鴨子嘴似的。那些大一點的，已知風情的，不那麼正經的孩子更愛穿「白邊兒懶」。那就像今天妓女酷愛的黑絲襪，走在街上有一種求愛的暗示。

球鞋基本上是軍用球鞋。半大的男孩穿著它打球、上學、跑路，很多人連襪子也不穿，所以臭腳很多，夏天教室裡的公害就是陣陣襲來的軍用球鞋漚出的臭腳丫子味兒。能和「軍球」

有一拼的是一款「回力」球鞋。那是高級名牌，男孩子夢寐以求的東西。文革時社會秩序大亂，這款鞋和軍帽一樣是小流氓搶劫的主要目標。經常看到某帥哥穿著「回力」神氣地出去了，回來光著腳，鞋讓人扒了。

和衣服一樣，很少看得到誰穿新鞋，那時做鞋的好像都改行補鞋了。孩子們的腳上永遠補著一塊塊猶如無知圓眼睛的皮子，磨歪的鞋後跟釘著鐵掌，走起路來像馬隊經過。

皮鞋只有壞孩子才穿。流行的是所謂「三接頭」，三塊皮子縫的，牛背上的皮縫在鞋尖，牛肚子牛逼皮縫在鞋腰和鞋幫上，後來形容徒有其表的人物常說是「牛逼皮做的」。這款式也是源自軍用品。最高級最令人肅然起敬的是「將靴」，發給將軍的半高腰靴子。這東西很珍貴，理論上只應將門才有，那也不過千十雙。社會公認，穿這鞋的人要麼是高幹子弟，要不就是大流氓，只有這兩種人才有路子弄著。這鞋對一個人地位的肯定是今天任何一種名牌服裝比不了的，相當於一輛加長卡迪。校官靴頭不那麼扁不那麼尖，意思就差多了，像金戒指，俗且濫，穿上也就是一奧迪。

時代的變化正是從服裝的變化顯現出一些跡象，使人回想起來似乎早有先兆。春天的風沙像往年一樣遮天蔽地從西北高原刮來，解放軍像大地的草一夜之間由黃變綠。他們換發了新軍裝。與過去那種溫暖的黃比新上身的這碼翠綠顯得格外嬌艷、晃眼、透著新鮮，像是夏天整整一個季節提前到來，時間關係跳了一下，人眼心理上都很難立刻習慣這種顏色的嬗替，都不像過去我們熟悉的那支正規軍，而是另一支新開來的民兵。

這時我才發現他們的軍銜早已都被褫奪了。帽子上不再有藍底嵌金「五星啤酒」蓋兒似的圓帽徽，領章上也不再綴著能分出階級的銀星，男女老少一律三塊紅。不知道都怎麼想的，把兵這麼打扮，這些人是要去打仗的，遠看一片柳樹林子，近看一幫郵差，誰還怕他們？再說，那時十里八店城裡鄉下就剩當兵的穿得還有點人模樣。這麼大國家，這麼多人口，純爲面子，也得有擺設，有門臉。不能一國人都跟土鼈似的。

軍隊的換裝，爲日後的流行創造了條件。軍裝風靡全國固然有新興起的紅衛兵寄托他們可憐的忠誠和嗜血願望的原因，但在我們那兒，那也沒什麼象徵，只是各家各戶節省布票的便宜之計。都是好東西呵，那麼結實的咔嘰布，還有黃呢、馬褲呢、嗶嘰、柞蠶絲，壓箱底太可惜。眞正流行是普遍的貧困和短缺，小孩一旦竄個兒只好撿父母的衣服穿。很多工人家庭的孩子一年四季穿他們父親的工作服。那是一種非常結實的粗藍布，可以魚目混珠冒充牛仔布，這裡叫「勞動布」的。小職員的孩子有穿中山裝的，樣子十分煞有介事。

學校五、六年級很多男生穿了軍裝來上學，挽著袖子，免進去整幅下襬，仍顯得肥大，瘦小的人全身正面只有四個兜。不少舊軍裝的肩膀和領子還有剛摘下肩章和領章痕跡，那一小長方塊比別處新。他們的表情還不是很自信，被人盯著看還有些羞澀。就這樣，他們也顯示出了一種力量。全校做操時，一眼望去也是一大片，黃燦燦的，無端就有些熱烈的印象。

那年我大部分時間在讀書。我讀了張天翼的童話《大林和小林》、《寶葫蘆的祕密》，笛福的《魯濱遜漂流記》，格林童話和安徒生童話的一些片段。書是借吳迪和附屬班裡那些高年級同學的。看完我愛給班裡別的同學講，記不住的地方就隨便發揮，同學們都覺得我是個知識淵博的人。

格林和安徒生的童話我覺得太殘酷，小紅帽就那麼給狼外婆吃了，賣火柴的小女孩就那麼給活活餓死了，我不明白他們這麼寫是什麼意思，主題在哪兒？那種悲傷是我拒絕的情感，與我硬朗的追求不符，只覺窩囊。相形之下，我更喜歡張天翼那類明顯在於教育，明辨是非，只有好人壞人，感情淡漠的東西。那和我們在課堂上一貫學的意不在冶情，只訴諸情理的東西一個路子。故事中那些超人性的內容：兄弟相殘，有錢＝墮落，我也不在乎，當它是必要的戲劇性安排，倒也不去費心想其中的微言大義。

老實說，張老師的童話很多時候我是當菜譜看的。我在發育，非常容易餓，特別留意大林他們那些傢伙都吃進肚了什麼好東西。那個可以隨時變出一桌酒席的「寶葫蘆」我很念念不忘，明知那不值得追求也情不自禁心嚮往之。張燕生他們三班那個矮胖戴眼鏡的班主任外號就叫「貓老師」。每當聽到有小孩在喊：貓老師愛吃魚，一天只吃一塊雞蛋糕，一塊雞蛋糕……。我便想這「一塊雞蛋糕」望眼欲穿。

和那些壞人比，我吃得太簡單了。雞鴨魚肉基本不認識，更別提山珍海味，我壓根不知道那是在說什麼。每天每的白菜豆腐卻也不利於培養一個小孩的男子氣概，那會使他軟弱、不開眼、逢請必到，誰願意來這世上走一遭嘛沒吃過嘛沒喝過白不呲咧的跟羊一輩子似的。吃一頓好飯是我幸福概念中無比重要的一環。這在某種程度上降低了我的人品，更不樂意寧死不屈，很希望被敵人抓到，都不用使美人計，只要「鳩山設宴和我交朋友」，這朋友沒準我就交了——動了打入敵人內部的心。

張老師的童話給我大約是這麼個影響：壞蛋淨吃好的。要吃好的，只有當壞蛋，充分理解有些人鐵了心當壞蛋的苦衷。

《魯濱遜漂流記》給我的印象就是這人太倒楣了。給我一萬兩黃金，我也不坐船海上漂去。

那天下午我正在給全班同學講故事。這些日子下午老師總是去開會，又不許我們放學，作業做完了，我就被公推到講台前講我新讀過的故事書，也是群眾自娛自樂的一種。

我正講到魯濱遜走進一個山洞，聽到裡面傳來巨大的喘息聲，頭髮嚇得「一下都豎起來了」。我把頭髮弄亂，借坐在前排的楊重的軍帽虛頂在頭上，對大家說：就這樣兒。

朱老師走進來，打斷了我的敍述，叫大家馬上集合，到警衛師禮堂聽傳達重要文件。

我記得自己還問朱老師：還回來嗎？

朱老師說不回來了，叫我們都帶上書包。

很多同學一邊收拾書包一邊隔著座位問我：誰呀？誰在裡邊？

當時我是知道答案的，但到今天也忘了，怎麼也想不起來誰在山洞裡了。

那天下午陽光很強，走出教室臉上就出汗了。操場上亂哄哄的都是小孩的說話聲。體育老師嘴裡叼著哨子一陣緊似一陣地吹。

一面面隊旗迎風飄揚，在遼闊的藍天下像是自動行走有生命的東西。一眼看到連綿的山坡栽滿松樹像是大地之嘴長出的連毛鬍鬚。有潮濕微腥的氣息隨風吹來，那是山坡後八一湖水的味道，光聞聞心中也會生出一小片清涼。

校牆外的小路暴土揚煙，一行行人頭擠得滿滿的，都是後腦勺。下雨天汽車轂轆碾出的轍印乾成一道道硬溝，一腳一片疙瘩包，心裡硌硬。兩邊是牆和牆窄窄的影子，一些垂著毛茸茸穗子的青草長在牆腳陰影裡。一個女生的鞋被踩掉了，一溜孩子擠成手風琴，發出一連串不諧之音。

警衛師和我們小學一牆之隔，走到那裡並不太遠。冬天的時候，我們經常到這個院的禮堂過隊日聽報告看電影，心理上把那兒當作我們學校的專用禮堂。

那是一片無人地帶，只有禮堂一座建築像座城堡孤零零立在很多路交匯處的空地上。很多楊樹柳樹遠遠圍成圈高高大大地站著，很多知了在叫。禮堂前小廣場的方磚地在烈日下泛著白晃晃的光，踩上去就感到眼暈腳板發燙。這個師一向這麼安靜，不知道部隊都藏在哪裡，總覺得應該看到很多兵在練武才是。楊重一進他們院就神氣，指著遠處一座露出窗戶的樓說那是他家。你們家有槍嗎同學問。光有手槍他說。能到你家看看嗎同學懇求。我媽不讓，他乾脆拒絕。

一團團吊扇在陰鬱的高空旋轉，那一片穹頂都模糊了，看不清圖案和燈罩的形狀。一個圓突然有了輪廓，葉片忽隱忽現，清晰了，沉重了，分成三枝，穩當地停住了。很多小手從座位伸出，指著半空，說：停了。

舞台上很明亮，人臉像塗了油彩濃眉大眼。講台上鐫刻的那個八一軍徽顏色古舊，校長坐在後面只露出一顆小腦袋瓜，像個侏儒。他的聲音很撞耳，從前後左右分裂著傳來，好像他有三頭六臂。每一個字都清楚，但合在一齊聽不懂。胡老師很鮮艷地拎著暖瓶從側幕條出來，前去給他倒水，像京劇中腳步輕盈的小花旦。

坐在一頭的朱老師在批改作業，架著腿在擱在膝上的一摞作業本上飛快打著紅勾。

我們這一排同學都睡著了，整齊地低著頭，像是集體默哀。我也是一個哈欠接一個哈欠，東張西望，後槽牙和嗓子眼都給人家看到了。

坐在前面的陳南燕打著哈欠回頭看，皺眉擠眼十分難看。

我大概是睡著了，因爲我出了禮堂門，站在太陽地手擋涼棚四下張望。我來到八一湖邊，下水游泳，居然不學也會，像爬在一個大氣囊上動手動腳。陳南燕也在水裡，站著不敢游，我對她說：你瞧我你瞧我。心裡覺得自己聰明，什麼都不學就會。只是不涼快，後背還是曬得滾燙。這樣就失去游泳的意義了。

我一下醒了，滿嘴哈喇子，只覺滿屋人都在嚷嚷，聲浪剛歇，也不知道他們在喊什麼。胡老師一臉幸福地站在台中央，歌唱家似的挽著手端在胸前。鎮靜了一下，覺得肋骨疼，猙獰著臉問身邊的陳北燕：你捅我腰了？

朱老師讓的。陳北燕說。

我去看朱老師，只見她閉眼抿著厚嘴唇使勁一搖頭，像是撒尿時打的那種機靈。

同學們都醒著，看著台上。校長也站著，男女聲二重唱似的與胡老師並排，同樣喜形於色的樣子。

胡老師忽然又喊：共產黨萬歲！

這下懂了。我也連忙捏緊小拳頭，舉過頭頂，埋頭低吼：共產黨萬歲。

偉大的、戰無不勝的毛澤東思想萬歲！

我們一定要把毛主席親手發動的、偉大的無產階級文化大革命誓死進行到底。

這可要人命了，我們哪有能耐把這麼長的口號一口氣連貫下來，其中還有沒聽過的新詞。

於是大家七嘴八舌自己斷句，像集體背誦課文，有點大舌頭，中間亂成一片，句尾一齊高上去：

我們一定要，把毛主席親手發動，的偉大，的無產階級，文化大革命，事事進行到底——。

不達目的誓不罷休！

喊到後來更是一頭霧水，只求發音上盡量一致。反正一兩千人，嗡嗡一片，含糊其詞也沒人在意。

接下來是唱。胡老師兩手放在空中，墊著腳尖，木偶一般僵硬在那兒，音樂一齊，上身一驚活了起來，有力地來回擺著雙手，像是教鼓掌，又像是要抱誰，手中間有一老粗的東西使她合不攏手。

我們腆著小肚子頂著前排的椅子背，托著丹田，搖頭晃腦放聲高歌：大海航行靠舵手，萬物生長靠太陽，雨露滋潤禾苗壯，幹革命靠的是毛澤東思想……。

邊唱邊互相笑，笑的是台上的校長。他也打拍子，單手，一把一抓像是有個蒼蠅在他眼前飛。胡老師年輕婦女，活潑點正常。他半大老頭子，在台上載歌載舞有點像出怪。他離麥克風又近，偶爾一句突然放大，所有音都不在調上，像是橫竄出一句旁白，引出台下同學一片笑聲。

文化大革命——好哇，聽上去像是一場別開生面的文藝大匯演。文化——那不就是歌舞表演嘛；大——就是全體、都來；革命——就是新、頭一遭，老的、舊的不要。這下文工團該忙了。

你跟著瞎高興什麼——我眞想朝台上美得屁顚顚有點老不正經的校長大吼一聲。節目還沒開始呢，你就樂成這樣——裝的吧？

你說什麼？我扭頭問陳北燕，聽見她在一旁嘟囔。

我說毛主席怎麼那麼了不起，陳北燕在一片歌聲中大聲對我說，所有主意都是他出的。

那當然，我對陳北燕不屑對毛主席很佩服地說，他多份兒啊。

魚兒離不開水呀，瓜兒離不開秧……，我哼著小曲往外擠，扒拉著同學的腿。

哪兒去？朱老師邊唱邊橫出一條大腿擋住我。

一號，我指指自己下邊，憋不住了。

朱老師放了我，我邊走邊唱，走過沒人的前廳，走進一股騷氣和藥水味的廁所，站在小便台上，解開褲扣，邊等邊拚著力氣很抒情地唱完最後一句……毛澤東思想是不落的太陽。

這才不再吭聲，低頭集中注意力尿尿。

出來了，它們一窩蜂出來了，我感到幸福。

這泡尿很長，沒了，又冒出新的一股，斷線，接茬兒又續上，只要放鬆再放鬆，它就一二三四二二三四接著三二三四四二三四。這時旁邊便坑間一陣水響，站起一個胖大中年婦女，目視前方坦然自若地提褲子。我慌了，又走不開，扭著身子說：這，這這不是男廁所嗎？

這是女廁所。中年婦女開了小門出來，低頭退步好像怕丟了什麼一路逡巡著往外走。

我也沒尿了，跑到門口看牌子，分明寫著男廁所，心中憤憤不平，追著那婦女喊：你進男廁所。

那婦女穩穩當當邁著鵝步，頭也不回望著天說：這兒不分男女。

他媽的！我心情敗壞，這警衛師也太亂了，還有沒有王法。

全校同學一哄而出，所有門大開，無數孩子在奔跑，像是禮堂塌了頂。我隨著人流出了禮堂。外面仍是滿地孩子，急急作鳥獸散。我看到我們班的同學也分成仨一群倆一夥向四面八方逃去。我在台階上找陳北燕，她應該拿著我的書包。29號的孩子經過我身邊不是搧我一腦瓢就是彈我一腦鋒兒。我和他們打，紅領巾被揪散了。飛起一腳踢在高洋的屁股上，落地未穩被張燕生下了一絆，跌跌撞撞兩手幾乎挨地一頭頂到正下台階的李白玲後臀尖。

「討厭！」她罵。剛要踢我，認出我是同院的孩子，一扭腰走了。

你回院嗎？剛剛走出來的陳南燕問我。

我等你妹她拿著我書包呢。

那我們先走了。她和楊彤並肩而行，老是右腳在前，快速搓步一級級下。等在樹蔭下的楊丹迎上來，跟她拉著手，三人一齊走了。

方超和張寧生從另外一個門出來，沒看見我，三竄兩蹦，袋鼠一般躍著，簡直飛走了。

于倩倩和許遜出來，知道我在等陳北燕，陪我一齊等。

我說不用。他們說沒事，願意。

陳北燕和吳迪一齊出來，十字交叉背著她的和我的書包，像個女衛生員。

等你半天，她見我就嚷嚷，也不回來，以爲你掉茅坑裡了。

你就替我背著吧，算我趕了一匹馬，得兒駕喔吁長得像驢。

陳北燕把書包帶從後猛地套在我脖子上，差點我一口氣憋死。

殺人啦，我喊，有人暗害革命幹部。

你替我背。我把書包套在許遜脖子上，他把書包扔地上。

我盯著于倩倩，一轉臉把書包套在吳迪頭上，跑開指著她說：不帶扔的。

可是我只能替你背到你們院門口，吳迪也把書包十字交叉背著，一手托著一邊走著說，怎麼那麼沉啊。

我們五人邊玩邊走，走走四周就沒人了。路邊的柏樹叢又高又密，視線也都給擋住了。回頭看，禮堂也不見了，京西賓館倒像是很近。

這是哪兒啊？大家覺得有點迷路，但天還很亮，也不害怕，管它是哪兒，朝前走吧。

怎麼這麼臭，什麼味兒這是。又走了不遠，前邊出現了一排排低矮的平房，空氣中充滿腥臭的氣味，還有一些奇怪的聲音，像是什麼東西在哼哼，且數量衆多，很放肆很無恥的一大幫。

陳北燕吧嗒吧嗒書包拍著胯跑在前面，率先爬上一個高坡。我認爲那是一個糞堆。

豬。她一聲尖叫。

我們一齊奔馳，個個眼中都有狂喜的神情。

在一間間一半覆瓦一半露天有點一室一廳意思的圈裡，我們看到肉片和丸子生前的模樣，也是一張張生動、五官俱全的臉，腳小點，脖子短點，身體胖點，走路不太抬頭。也是一大片居民區，像我們一樣過著集體生活。每家裡有母親、孩子和一些成年親友，大部分是黑人，也有不少白人，大家和睦相處。

畜牲們在吃飯，也不知算哪頓。牠們頭挨頭擠在槽子前，吃得很專心，吧唧吧唧一片山響，小尾巴在渾圓的大屁股上甩來甩去，看得出來，這是牠們的歡樂時光。可是槽子裡並沒有什麼有營養的佳肴美味，只是一些腐敗的灰白色臭烘烘的湯湯水水，連粥都算不上，這可不是打發一個胖子相稱的伙食。我沒想到豬居然這麼好養、隨和、無怨無悔，認眞地過每一分鐘。它們的糞就拉在屋裡，有乾有稀，豬腳和蹄子在上面踩來踩去，一些吃飽喝足的傢伙直接就睡在屎裡，袒胸露懷，放浪形骸，瞧那德行還挺開朗，小眼睛裡一副及時行樂得意勁兒。

豬們的超然作風使我們覺得很逗樂，幾乎有點愛上了這些沒臉沒皮的東西，覺得它們天眞厚道。

明兒就吃了你們，我們指著最肥的幾隻大豬喊。

牠們根本沒把我們放在眼裡，照舊哼哼唧唧地散步、進食、曬太陽。我們撿石子兒往牠們身上扔，砸牠們，牠們也躲，也不高興，尖聲嘶叫，但還是一眼不看我們，你可以說牠們也有一點自尊心。

我們一路打過去，女孩也奮勇投擲，打得一圈豬叫，騷動不寧。我們不許它們這麼安逸，見不得好人一生平安。

一個穿著雨靴、掛著皮圍裙看著比豬沒乾淨到哪兒去的兵聞聲跑出來，手裡拎著起糞的鐵鍬，大叫大嚷：你們欺負牠幹什麼？牠招你們了？

我們就跑，邊跑邊繼續往圈裡扔石子，嘴裡大喊：臭，眞臭！

那個飼養員仍在後面喊：抓住他們剁手。

我們穿楊渡柳，一直跑到馬路邊才停住腳，心情無比興奮，好像歷了次險，大大開了眼，見識到了一種異國風情。那時紅日西沉，天上也出了晚霞，我們發現已經過了公主墳環島，對面就是京西賓館。京西賓館好幾層亮了燈，馬路上既無車也無人，像荒原一樣遼闊沉寂。那也不過一站路，我們卻也走得怕了，連跑帶顚。于倩倩和吳迪要撒尿，懇請我們等她們，我和許遜嘴裡說等，邊走邊退。她們並排蹲在地上，很淒慘地喊著我們：等一等等一等。一聲聲帶著顫音的呼叫在分分鐘變暗的天空下清越地傳進我的耳朵。

我們走到29號北門，向站崗的戰士求情讓我們進去。吳迪見我們要拋棄她，急得想哭。我們帶她一齊進了我們院，陪她走到西門，站在那兒看著她獨個穿過翠微路，暮靄中她小小的身影一直在樹之間飛跑。

烈日炎炎下悠閑自得的豬群是那天最鮮明的印象。日後一想或聊那天，情不自禁冠名以「看豬那天」。

第十七章

先是有了聲音。當我們坐在教室裡進行期末考試複習，需要集中注意力分析「媽媽買了十個蘋果哥哥吃了四個蘋果妹妹吃了三個蘋果他們一共吃了多少蘋果還剩多少蘋果」這類繞脖子的應用題時，就會感到這世界不再安靜，多了無數嘈嘈切切。過去我坐在自己的座位上只能聽到窗外樹上知了麻痺知覺的長鳴和偶爾駛過的一輛汽車的喇叭響。市聲的唯一策源地是翠微路商場，那個方向到下午會有一大片亂哄哄、不明眞相的聲浪。現在這聲浪來自四面八方，彷彿海水在遠處決了堤，一波波湧來，水面上飛著大群蜜蜂，嗡嗡作響，感覺海拔都高了，坐著不動大地也在搖晃，空氣顫抖，有一股強大的浮力向上托舉你。

那是人們在大聲說話，遠遠近近全城的男人女人都在一齊大聲嚷嚷。很多聲音通過高音喇叭傳出來，很多高音喇叭一齊喊叫，遠在郊外坐在一所房子裡的孩子開著窗戶就聽到一片廣大無邊的噪聲。

接著是一些巨大的字出現在路邊，紅色的、白色的、黑色的，刷在一堵堵圍牆和臨街店鋪的櫥窗之間。隔著馬路也很醒目，往任何方向隨便看一眼都會有幾個火爆的字眼跳入眼簾：堅決擁護……堅決打倒……炮轟……血戰到底……什麼的。

第一批看到的紅衛兵是翠微中學的。我正在上學路上，他們從翠微路北口校門冒出來，男男女女幾百號人，黃糊糊一大片，有步行的，有騎自行車的，一人一身黃軍裝，戴著軍帽，紮著皮帶，腳下一色白球鞋，左胳膊上套著一揸寬的紅袖標，印著新鮮的三個黃字。走在街上的小學生都停住腳看他們，翠微路商場的一些售貨員也戴著藍套袖跑出來看，還有路過黃樓的一些推著嬰兒車的老太太聚在路邊指指戳戳。

他們看上去很溫和，也很沉默，自顧自地走路眼睛盯著前方，女孩子挺著胸脯帽檐朝天好像知道自己很好看所以有點驕傲。我身邊一個歪戴白帽子一看就有點不正經的男售貨員突然振臂高呼：向翠微中學的紅衛兵戰友致敬！我們都覺得此人滑稽，抿著嘴笑吟吟地看那些紅衛兵作何反應。她們也像是有點不好意思，憨笑往這邊看，有幾個女孩也尖著嗓子握拳頭高喊：向首都革命群衆致敬！

兩下裡都是聞所未聞的稱呼，紅衛兵也罷了，一身軍裝也有個意思；這位賣大葱的一貫缺斤短兩淨看他和革命群衆吵架著實不是那麼回事兒，高抬了。

「首都革命群衆」咧著大嘴呵呵樂，拳打腳踢逼著周圍小孩跟他一齊喊：向紅衛兵學習。我們都跑開了，就看他一個人在那兒熱情地狂喊。

走到復興路口，紅衛兵隊伍突然加快了，步行的人紛紛跳上自行車前樑或者後架，一個馱一個蹬了起來。只見自行車如密集的流矢在路口嗖嗖掠過，一簇簇人斜傾著身子姿態優美地滑翔，擺正之後個個彎著腰拚命向城裡方向蹬去。

一眨眼工夫，自行車隊消逝得無影無蹤。街上聚起的一小群一小群人也慢慢散去，翠微路又恢復了往日的平靜。

我感到有大事已經發生，但大事發生在城裡，只聞其聲不見其影，很難想像那究竟是些什麼大事。

看那些標語似乎城裡打起來了。有人反對毛主席。

標語上提到三個人名字：鄧拓吳晗廖沫沙[15]。都是一村的，晚上愛說夢說。還有個日本人：彭羅陸楊[16]。不知是哪廟的和尚。膽兒也太大了。真想成立資產階級司令部也應該去華盛頓呀。

有一天我們正在上課，突然傳來一陣喧嘩。只見當過我們輔導班的五年級那班的學生揪著他們班老師張敏吵吵嚷嚷從窗外經過。張老師走在前面，李白玲揪著她後脖領子。張老師邊走邊努力想回頭說什麼，臉上的無奈、溫順是我從沒在一個老師臉上看見過的。這老師一向也是個精明強幹的，說話像打機關槍，又快又脆，很讓人敬畏的。現在她成了孫子，剛一張口就遭到七八隻手指到臉上，一片斥罵。同學們的樣子都很憤怒，臉紅脖子粗，只有小偷被當衆擒住才會引起周圍群衆這般情緒。

快看，他們打她了。我發現我在激動地尖叫，嗓子都岔了音。我們班的同學像船體突然傾斜呼啦都跑到靠窗的這邊往外張望。

李白玲一個耳貼子搧到張敏老師的嘴上，張老師捂著臉想蹲下去，被張明和另一個大個男生合力提起。他們拎的是她的頭髮，再一拽，她的臉就露出來仰上去，李白玲又是一個耳刮子，打得脆，摔小玻璃片似的聲音我們都聽見了。校長和體育老師都出現了，奇怪的是他們兩個平時最威武的男人此刻也顯得怯懦，拉一把正在打老師的學生都不敢，只是動，來來回回擋阻往上衝的學生。體育老師那樣子還有點嬉皮笑臉的。

要文鬥不要武鬥嘛！校長大吼一聲。他也不知被誰一把推搡出人群，踉蹌幾步好像是直撲我們而來，滿臉通紅眼中突然流露出恐懼，這在有時愛吹守過上甘嶺的一校之長身上是很不尋常的。

我回頭看了眼朱老師，她沒看窗外，低頭在想什麼，手拿粉筆在講台上劃來劃去。今年夏天，她一變十分土氣，穿著一字領的白布汗衫，肥褲腿的藍布褲子，膝蓋上也打了兩個補丁，那很配她。外班的同學都跟我們班的同學私下傳，她家是印尼華僑，那可以解釋她爲什麼像黑人。華僑，就是資產階級。到處找資產階級，沒想到自己的老師就是，這叫我且驚且喜，老忍不住想問她：你們家生產什麼呀。

張敏老師的罪名很快就傳遍了全校，中午放學我們都知道了。她說毛主席鼻子和嘴是通著的。太反動了，大家都很氣憤。毛主席怎麼會和我們一樣。

有一天，在我們學校門口那個大廁所裡發現了一具死屍。我們聞訊趕到那兒死屍已經給抬到馬路邊的樹蔭下，蓋著一張涼席。並沒有多少人圍觀，那人孤零零橫躺在地上，頭垂在馬路牙子下，是個後仰的姿勢。我們用腳拔拉開蓋著的涼席，看到一個臉很小，長著一撮小鬍子的中年男人。他戴著藍工人帽，上身穿著勞動布工作服，眉頭緊鎖，好像臨死還在思考問題。不是很可怕，臉色也正常，跟一個睡熟的人沒什麼兩樣。只是有螞蟻，一小隊螞蟻在他的鼻孔中爬進爬出，猛然明白死與生的區別：不再有呼吸了。聽旁邊的人議論，這人是自殺，在廁所裡上吊。沒人知道他是哪兒的，為什麼想不開。這人他長得不出衆，但也還談不上邪惡，再普通不過的一個人了。

期末考試提前了。大家還沒復習完就開始考了，學習不好的同學怨聲載道。朱老師安慰大家：都會讓你們及格的。考卷發下來果然很簡單，考題也比上學期少。考試的時候很多同學還是抄，朱老師看見也不管。那學期我們幾乎全班都得了雙百，最差的也是九十多分。

考完試我們全校上街遊了一次行，爲何而遊忘記了，總之很隆重。遊行前一天下午我們各班的旗手還和校鼓樂隊一齊練了隊，胡老師還是那麼朝氣蓬勃地叼著哨子一邊自己踏步走一邊給我們吹著步點兒。第二天去學校集合，突然又說不打少先隊旗了，紅領巾也不讓戴了，說少先隊「修」了，整個組織被取締了。我理解這「修」的含義就是跟蘇聯一樣，蘇聯什麼樣我可不知道，好像是都吃土豆燒牛肉。爲什麼吃土豆燒牛肉不好，那我也說不上，眞正的馬克思主義者不該挑食。

問題是我們也沒嘗過這道西餐是什麼滋味，也糊里糊塗「修」了，大家都覺得冤，一邊從脖子上往下扯紅領巾，一邊圍著胡老師哭喪著問：咱們都修了？那還讓不讓我們跟著毛主席幹革命了？

沒你們的事，胡老師說，也沒我的事，修的是上邊。

上邊是誰呀，我們認識嗎？

你們不認識，我也不認識。甭纏我了，以後咱們都聽毛主席的話就完了。

胡老師臉黃黃的，十分貧血的樣子。摘了紅領巾她也一下變老了，皺紋都出來了，原來她那個粉臉也是紅布托的。

那天我們那一帶的小學都出來了，馬路兩邊走的都是支持毛主席的小孩兒。我看到的校旗有「育英」「培英」「六一」「十一」「五一」，都是各院的子弟小學，一看校名就知道一個路數，沒什麼想像力。

他們都是從西邊過來的，走了很遠的路，到了翠微路已經筋疲力盡，鼓也打不動了，號也吹不響了，喊口號也是稀稀拉拉，很多小孩一瘸一拐，還有低年級女生邊走邊哭。哪還像來給毛主席撐腰，倒像給社會添亂的。

過了公主墳環島，看到海軍的七一小學。他們非常闊氣，每個孩子一身新式的灰軍裝，連老師也穿著軍裝，遠遠看去一片汪洋。海軍就是愛臭顯，好像誰不是軍屬似的。我們學校和七一小學並排行進時大家都覺得壓抑。我在隊列中小聲嘀咕：灰老鼠。他們看到我們中穿軍裝的就罵：黃鼠狼。沿途兩校孩互相用胳膊肘搗來搗去，誰也不示弱。也許是著裝整齊，七一小學的女孩顯得彼此相像，都白，都好看，像一個媽生的——我感到自己非常嫉妒那些七一小學的男孩。

快到軍事博物館時我們看到一支仍然穿少先隊服的小學，隊旗上寫著羅道莊小學。

打倒羅道莊小學！羅道莊小學滾回去！

我們紛紛舉起拳頭向他們喊口號，大聲嘲笑他們：土鼈。

我看到那些隊服洗得發黃，上下綴滿補丁的農村孩子眼中閃過惶恐瑟縮。沒走多遠，他們頭如刺蝟面頰瘦削的老師就帶著他們離開大街，匆匆拐向八一湖邊。

那之後，上街遊行成爲我生活方式的一部分。學校放暑假了。老師好像巴不得我們早點滾蛋似的暑假作業也沒留就把我們統統打發走了。但到晚上，她們又不得不把我們召回去，參加慶祝毛主席最新指示發表的遊行。那是人人有份的夜生活，她們不能不叫上我們一齊過。流行的說法那叫「大喜的日子」，也眞像是什麼人結婚，各大院裡敲鑼打鼓放鞭炮。有一次我給海軍大院的一掛鞭數著，數到九百九十九我拉了一泡屎偷了一盤向日葵瓜子都嗑完了還在響——那得是一多高的大個兒在那兒舉著啊。

那時太陽一落山，廣播電台就開始一遍遍預告：今天晚上有重要廣播。播音員的語氣那樣莊嚴、沉重、悲憤難捺，就像斯大林。在不只一部蘇聯影片中他用這樣的腔調通過廣播向正在休閑玩耍的蘇聯人民宣布：德國法西斯昨天夜裡越過了我國西部邊境。也許我們這個播音員就是給斯大林配音的那位。一聽到這個聲音我就冷得牙齒打得得，頭皮也突然短了遮不住大腦一陣陣發緊，以爲接著會宣布：第三次世界大戰爆發——媽拉巴子我被他嚇死了多少細胞啊。

我家樓下一棵大槐樹枝椏上就架著一具高音喇叭。每到晚上八點，我們小孩就圍在樹下仰著脖子聽那棵樹上傳出來的聲音，心中悽惻，想著自己的好日子再有幾分鐘就到頭了。那一團黑雲般的樹冠又奏樂又說話，好像它有一種通靈能力，傳送出天旨神諭。我們的生活都被它捏在手心裡，它說繼續過我們就繼續過，它說結束我們就找一茅坑一頭扎死得了。

那棵樹說：你們要關心國家大事。

它又說：要鬥私批修。

有時那棵樹話密，囉囉嗦嗦一大堆，聽得我們暈頭轉向，只知道它懂醫：人的身體有動脈、靜脈，通過心臟進行血液循環呼出二氧化碳，吸進新鮮氧氣……

有時這棵樹話又很少，造半天氣氛，就兩字：多思。感覺想法挺多，挺深刻，話一出嘴，喀嚓——掉閘了。

都沒什麼要緊的。白天、心平氣和跟大夥說也來得及。

夜夜走在大街上，我感到自己在成長，從不懂變得懂事，人不告我血液是通過心臟循環我眞一直以爲是通過肛門進行循環的呢。

有時，大樹幾天沒話，我們倍覺失落，就像到日子月經沒來，浮躁且糟心。估計大腦皮層已經產生一個興奮灶了。

喜歡那種動輒傾巢出動全體上街沒白沒黑的舊風俗。上海話：鬧軋猛。波音飛機廣告詞：

使（世界）各地的人們歡聚一堂。可以看到形形色色的衣服、鑼鼓、彩旗、畫像、書法和演出，各界群衆一齊說說笑笑，到處看風景看美人兒。中國林子那麼大，平時哪那麼容易就都見著了，應該挑日子大家出來走走，什麼鳥都亮亮牌子，比比嗓子。我的身體這樣好，一貫不鍛煉也不生病，和小時候經年累月跟大夥一齊猛逛大街有關係，不留神健了身。

老是覺得今天的社會沒有過去熱鬧，中華民族好多優良傳統都沒繼承下來。我覺得咱們應該規定全國大中城市每年拿出一天，大家都放下手裡的營生，上街分門別類走一走，彼此見上一面，各路紅軍互相擁抱一下。了解了解隔壁樓裡住的是老王還是老張；那位穿西服戴「金撈兒」的是大款呢還是騙子；這位擦脂抹粉兒長髮披肩的是雞呀還是演員；本地「憤青兒」和外地民工到底有什麼區別——就叫「全國見面日」吧。

那個暑假方槍槍的姥姥死了。就是那個挺慣他的，又瘦又高梳著髮爪隔三岔五到北京住一陣子的小腳老太太。方槍槍他媽帶著他和方超回了趟瀋陽。夜裡上的火車，夜裡的站，在一家小旅館睡了半宿，天亮坐三輪到了姥爺家，路上娘兒仨啃一了隻燒雞，味道鮮美。

沒看到死人，姥姥早在北京燒成了灰，裝在盒子裡帶了回來。這使方槍槍沒什麼喪親之痛，只覺得是遠遠地串了一次門。姥爺老姨見到他們也是笑瞇瞇的，一家人圍著桌子吃這吃那。姥爺家是一間很大的屋子，地板地，四周很多又矮又窄的長方窗戶，像是一個花房。又做客廳又做臥室又做餐廳、擺了無數桌椅床櫃仍有寬敞的空間可以跑來跑去，捉迷藏再合適不過。

瀋陽人很多，房子一幢挨一幢，有些老樓的樣式是方槍槍在北京沒見過的。姥爺家門口就有一家電影院，一條街都是商店，一跑一躲就鑽進人家店鋪裡了，看售貨員給顧客扯布稱糕點十分有趣，比翠微路商場熱鬧多了。

奶奶家也在瀋陽。那是個臉上皺紋更多腰都直不起來的老太太。跟她住在一齊的是方槍槍的二叔，也是個軍人，比他哥方槍槍他爸要高出一頭還多。方槍槍和老太太不親，老覺得她只是二叔的媽，待了一會兒就不耐煩，想快點回姥爺家玩去。他想像不出爸爸還有父母那種情景，這麼多年他爸一直獨來獨往，像是石頭縫裡蹦出來的人，以至方槍槍想到他可能也有父母也認爲那兩老人早死了。

回北京的火車是白天開的。方槍槍看到大地和電線桿子居然會往後走，甚至像一個其大無比的圓盤緩緩轉動。餐車上的白桌布給他留下很深的印象，感覺火車上的人日子過得很講究。火車的晃動似乎沒公共汽車那麼厲害，只覺得腳下震顫，腳心發麻，坐著坐著還是噁心了，吐了他媽一手絹。

方槍槍的爸爸變得十分暴躁。放暑假在家的方槍槍眼睜睜看著他由一個原本尙屬親切的人逐日、一步步變成一個蠻不講理的凶漢。他人黑了，也沒多曬太陽，只是不笑了，眼光黯淡，表情的陰鬱可以使色素沉著這是方槍槍的新發現。接著他胖了，總是撅著嘴，嘟嚕著兩腮幫子。然後他變得苛刻，不許方槍槍和方超下樓，當他下班時必須看到這哥兒倆在家，儘管天還亮，樓下還有很多小孩在玩，方槍槍和方超再三懇求，仍然毫無所動。然後他不愛說話，日常生活用語退化成簡單的象聲詞：唔、哼、嗳。然後他大叫大嚷，誰也沒惹他自己就急了，大罵兩孩子，把桌子椅子拍得震天動地，有時還打人。過去他是有點怕老婆的，老婆一張嘴他就閉嘴，現在他也朝老婆嚷，激動起來還摸腰，似乎要掏槍斃了她。夜裡兩個人關起門來嘀嘀咕咕，方槍槍起來上廁所常能看到那屋的燈光從門下洩露出來。有時他也躡手躡腳過去偷聽，經常方際成嗓門突然提高方槍槍登時屁滾尿流一路逃竄。

開始方槍槍只是覺得自己壞，他爸嫉惡如仇，後來也隱隱覺得他爸是故意找茬兒拿孩子撒氣。可是沒法說，也不敢指出這一點。顯然他的爸爸有煩惱，那也使方槍槍悶悶不樂。在這一片大好形勢下，爲什麼他顯得那麼不高興？

那個時候社會上已經開始流言蜚語漫天飛。小孩見面的話題也主要是：聽說了嗎，中央又揪出一個。

翠微小學的教導主任據說是張作霖的六姨太。家住我們院的田登雲老師是三青團。我們新學了一詞兒：揭老底戰鬥隊。那詞給人的聯想是翻箱倒櫃，你膝蓋摔破了結了一個痂，他上來就把這片痂撕走了。

爸爸媽媽那間白天總鎖著門的臥室，引起了方槍槍濃厚的興趣，沒事就愛蹲在那兒扒著鑰匙眼兒往裡窺視。從那驚嘆號般的縫隙中可以看到大立櫃的一線鏡子，沙發轉椅鋪著蕾絲花邊的一側扶手和灑著陽光的一半床欄格。斷斷續續的家具什物，受到限制的視角令人遐想，看不到的都是祕密。

一天傍晚，方槍槍他爸換了便衣領著他們進城。這不是逛公園的時間，商店也都該下班了。他們一路換車，越走越遠。經過天安門，看見漫天飛舞的燕子，也遙遙聽到了北京站大鐘像八音盒一般叮叮奏出的《東方紅》樂曲。城裡的天空密布電網，翹著兩根長辮子的果綠色電車開動起來十分安靜，也沒有令人難受的汽油味兒。城裡的街都很窄，一家家院門就開在當街，都是靜悄悄的青灰色，街口有一兩家燈光昏暗的小店，櫥窗裡擺著花花綠綠的煙酒。他走過長長的胡同。沿路的牆壁灰泥剝落，露出裡邊的一塊塊青磚。那些磚也破損不堪，坑坑凹凹像被人鑿過。他們不停地拐彎，每拐一個彎，前面就會出現一條更長更殘破的胡同。一個出來倒垃圾的花白頭髮的老太太看了方槍槍一眼，嚇得他心都停跳了，他認爲這是個鬼，老太太和小人書上畫的白骨精變的老太太一模一樣。

那好像是妖怪變出來的一所大花園。有假山、猴子和開敗的一池沉甸甸垂著頭的碗大的花朵。四下房舍重重疊疊，只有幾個窗戶透出燈光，半明半暗。一輛黑色的吉普車停在敞著門的車庫前。

我看到一個花白頭髮，很慈祥的老頭兒坐在一張皮沙發上，旁邊一盞紗罩檯燈，隔著很遠輕聲說話。那個客廳有很多這樣的沙發和檯燈，沙發與沙發之間還有一些柱子，擋著人的視線。我覺得他很像劉少奇。也是那個歲數，那樣的背頭，也有一笑就隆起的兩塊顴骨，大眼睛高鼻樑，坐著也顯出兩條腿很長。方槍槍他爸管他叫姑父，讓方槍槍管他叫姑老爺。老爺這稱呼給人感覺怪怪的，叫起來立刻覺得低人一等。方槍槍看到他爸一直挺著腰板坐著，很嚴肅很恭謹地說著什麼。他又看了眼他媽，只看到個背影，湊得很近地和一個莊嚴的中年女人嘰嘰呱呱說笑，頭髮和肩膀亂晃，日後那使他想到花枝亂顫這個詞。

方槍槍上廁所時在一間套一間迷宮般的房子內迷了路。他走進一間屋子，那裡有一桌飯菜，一些年輕男女奇怪地站在餐桌旁，也不開燈也不吃，面向牆壁，一種藍熒熒的、不停閃動的光映在他們臉上，使他們人人臉色蒼白——那是牆角一架黑色電視投射出來的光。

另一個傍晚，方槍槍從城裡坐車回來。他剛在民族文化宮看了一個西藏的展覽。那些展櫃裡擺著很多頭骨做的碗，挖眼睛的石頭帽子，從人腿上抽出來的筋，還有一整張被剝下來的小孩皮，攤開了釘在牆上，像一隻大蝙蝠。

回到家後，他累得上床就睡了。醒來眼前一片漆黑，爸爸媽媽和方超在外屋吃飯，門虛掩著，傳來碗匙相碰和人的低語聲。樓下還有很多人在說話，外面吃飯的人顯得很近，他忽然覺得悲傷，就哭了。

第十八章

到處是他。幾十噸的、一兩多的、戴八角帽的、梳背頭的、正對大街的、邁向人間的、老得睜不開眼的、年輕靦腆像個大姑娘的、全鬚全尾兒的、笑的、沉思的、夾煙卷的、拿雨傘的、揚臂召喚的、掰手算賬的、裹軍大衣的、套藍大褂的、戳在大門口的、別在胸脯上的、彩色的、全素的、大理石的、白水泥的、石膏的、磚頭的、瓷的、鋁的、塑料的還有海綿的。走到哪兒，他都和你在一齊，好像自然界的一部分。

那就像掀開了糞井的蓋子，所有的齷齪都亮了出來。我們到處去看大字報。我們院禮堂、食堂那一角有一些，辦公區有一些，文化大革命開始，辦公區警衛得也不那麼森嚴了，小孩也能進出。有時，我們還到翠微小學和翠微中學去看，那兒的大字報更是鋪天蓋地，每一尺牆都糊滿了，樓道、院內拉著一道道鐵絲像晾衣服一樣掛著直垂到地的大字報，整個院子變成用紙牆隔離的曲迴迷宮。

烈日炎炎之下我一次次感到震驚。我發現罪惡離自己那樣近，就在那些看上去一本正經威武不屈的大人之中。他們撒謊、背叛、占別人便宜，個個都是卑鄙小人和無恥之徒。尤其令人痛恨的是他們多次結婚。第一個娶的老太婆挺好，都是老幹部，工資都挺高的，一定要離，換個年輕級別低的。我們院小孩的媽沒有幾個是大房，淨是後娶的。我當然不懂結婚之後兩個人在一齊主要幹什麼，直覺上感到那裡有一種下流的勾當，什麼純潔的東西被玷污了。也許是大字報提到此類事所用的輕蔑或義憤塡膺的字句影響了我，我以爲那屬於犯罪。坦白講，我發覺自己被這類事吸引住了，受到一種下賤的情緒支配。看到白紙黑字寫的涉及男女關係的細節我十分不適，情感一點點波動，像被狗舔了，越不適越想再來一下。對自己的反應很生氣，很厭惡，又無法平復心情的紊亂，於是大怒，於是升騰起強烈的道德觀念：和女的好就是動物，最低一等動物。這些人都該死！以後堅決不結婚，一直跟著毛主席幹革命。

每個星期都有外面地方的造反派開著卡車衝我們院西門想揪院裡在地方單位工作的家屬。警衛排的戰士擋著不讓他們進，他們就堵在門口和前去勸阻的管理科幹部激烈辯論。雙方都拿著紅寶書，胃疼似地捧在胸前，各自引用毛主席語錄針鋒相對地對罵，不時一齊振臂高呼毛主席萬歲。警衛戰士有紀律，叫做打不還手罵不還口。一般只是徒手組成人牆。畢竟那也不關他們的事，他們也不是太起勁，造反派豁出去一衝就衝開個口子。這時，我們小孩就飛跑回各樓叫大孩。這些大孩都是紅衛兵，打人也不犯法，戴著紅箍下樓見外人就打。前來滋擾的造反派大都是文教系統的小知識分子，體格孱弱，架著眼鏡，很多人是中年人，被打得臉紅脖子粗還掙扎著昂首講理。有時大孩們一直把他們追殺出院，小孩們也跟在後面起鬨吶喊射彈弓砍磚頭，遠遠看去也是頗有聲勢的好幾百口子，浩浩蕩蕩追到翠微路口，才散了隊形，後隊改前隊，一路狂奔，爭先恐後逃回院裡。

我們院都靠小孩保衛了。那使院裡孩子油然而起一種使命在身的責任感。也就產生了很強的地盤概念。見到外院孩子進院就要去截，百般盤查，動輒群起追打。很多來走親戚串門做客的小孩都挨了打。就是從那時起，我們院孩子開始和海軍的孩子打群架。我們老要到他們院看演出、澡堂鍋爐壞了要到他們院洗澡、看熱鬧玩玩什麼的，他們也認爲這是一種冒犯和侵略。

翠微路口天天都有幾百輛自行車聚在那裡，車座拔得很高，露出一截兒錚亮的不鏽鋼管，很多車都拆了後支架，車把按了轉鈴，一根或紅或綠的鋼絲鎖彎彎曲曲蛇一樣架在上面。那些人都穿著鬆鬆垮垮的黃軍裝，戴著呢子軍帽，很寬的紅綢子袖標隨隨便便套在小手臂上，被挽起的袖口遮住大部分，只露出無字的一圈邊兒。他們一腳支地，歪著肩膀駝著背扎著大堆兒聊天說笑，幾乎人手一支煙，邊說邊有煙霧從嘴裡鼻孔中散出；有人騎車帶人在拐小圈；有人孤獨傲慢且懷惡意地盯著過路的人；有時會有兩個、三個穿軍裝的女孩子站在他們中間和他們說話，那時一些人臉上就笑嘻嘻的；不時，會飛車而來又一群同樣打扮的人，新到的就會和原來在那兒的紛紛握手，說一些很豪爽的話。有一個人總是獨自走來，戴著布軍帽，很黑，臉上很多壯疙瘩，很沉穩的樣子，一路走去，誰都認識，他們叫他「小保」。

看見這些人，方槍槍之輩就會互相使個眼色，捅捅肋骨，很敬仰地小聲說：「三校」的。那是翠微、育英、太平路三所中學的紅衛兵搞的所謂「三校聯防」。我們那一帶最狂的紅衛兵組織。這幾百號人只是翠微中學的一小撮。眞正的大隊人馬是從西邊過來，黃鸝鸝，明晃晃，鋪天壓地，使我總覺得那曾是在下午臨近黃昏看到的景象。不能盡書那種壯觀的場面，只記得受到震撼的心情，覺得他們很輝煌，進行著偉大的事業——他們去衝公安部。

有時清晨，也能看到一些妖嬈的男女現役軍人一卡車一卡車地從街上疾駛而過，沿途亂喊亂叫，狂呼口號。她們有一個很響亮的名稱：三軍衝派。

一些魁梧黝黑的大個子軍人從禮堂怒氣沖沖地出來，邊走邊吼，紛紛往一輛卡車上爬。他們是駐在長辛店靶場的「三項隊」的人，經常來院裡燈光籃球場和機關年輕幹部打籃球。他們中有幾個是歷屆「社會主義國家友軍比賽」全能和射擊、障礙、投彈各單項的冠軍得主，可說是武藝超群。他們在和什麼人吵架，上了車立在後擋板旁還連比劃帶揮手扯著脖子嚷。衛生科的兩個女兵勾肩搭背慢慢從禮堂裡踱出來，站在台階上罵他們，嗓門也放得很開，又尖又脆。卡車開動了，他們和她們還在不依不饒地對罵。

我也不記得是哪邊罵哪邊的，只覺得這話很上口，一下就記牢了：河邊無青草，餓死保皇驢。

孫中將摘了領章帽徽，敲打著一面很響的銅鑼，沿著大操場西邊的馬路邊走邊喊：打倒老孫。

我們在操場另一邊桃樹掩映的馬路上邁著正步跟在他兒子身後，一齊有節奏地喊：大腚、大腚。

他兒子突然笑著轉身做追趕狀，我們也笑著一哄而散。

大批外地的紅衛兵住進了我們院，在俱樂部、禮堂、食堂凡是有空地的房子內席地而臥，每人一張草席，吃飯的時候就到一食堂領兩個饅頭一碗白開水。他們穿的軍裝很多是自己染的，色兒很不正，像青蘋果。正經軍裝也多是僅兩個上兜的士兵服。有人自己在下面開了兩個兜，還是能看出來，因爲士兵服上兜蓋有扣眼，而幹部服則是藏在裡面的扣袢。

他們很憨厚，個個都是樸實的農家子弟的模樣，口音很侉，見到去找他們玩的小孩就問：

你爸是什麼官？你們院都是團長吧？

我們一邊在他們的地鋪上躺下起來折騰，一邊告訴他們：我們院還有好多軍長呢。

白天，他們就坐我們院卡車走了，晚上回來都很幸福，眼中閃爍著生理滿足之後尚未平復的激動和愜意。經常還有一個人處於歇斯底里狀態，跳著腳又笑又叫，眼角冒出一片片淚花，旮拉著一隻膀子，扎著五個指頭。我們院好事者圍上去輪流握他那隻手，再三地握，雙手捧住，緊緊抖動，臉上也顯示出巨大的亢進和陶醉。那是一隻被毛主席握過的手，我也擠上去拉了拉那隻手，很想叫自己激動，但沒有，只是一手汗和幾個老繭。

那人發誓這隻手一輩子不洗了。

後來，方槍槍看過毛主席檢閱紅衛兵的彩色紀錄片。毛主席很莊重，緩緩移動著身軀，在天安門城樓的白欄杆上走來走去。再看金水橋畔的那群紅衛兵，滿臉是淚，身體一上一下地抽動，喊、叫、大汗淋漓——幹嘛呢嘿！

紅衛兵來來去去，過把癮就走。後來就有點討厭了。有一幫舒服了幾遍還不走，泡在我們院兔費吃住在北京逛公園。再後來他們居然貼大字報，說我們院給他們吃得太次，光饅頭白開水沒菜，而我們院的老爺少爺淨吃大魚大肉。廢話我們是花錢吃。這幫白眼狼眞是蹬鼻子上臉。他們在我們院食堂前聲淚俱下地控訴自己遭受的迫害，說他們是毛主席請來的客人，在我們這兒都餓瘦了，動員我們起來打破這不平等的社會。講得是慷慨激昂，上綱上線，骨子裡還是要飯。自己的動機陰暗說成全世界人都有罪這幫紅衛兵也讓我見識了形而上是怎麼爲形而下服務的。

這就叫刁民食堂任師傅說。

一股黑煙在海軍大院上升，直衝藍天。消防車拉著驚心動魄的汽笛從遠處駛來。方槍槍爬上院牆，看到海軍食堂旁的一溜高大的平房著了大火。火苗穿透屋頂，在一排排白瓦上陰險妖嬈地晃動，看上去相當無害，所到之處並無異樣。戴頭盔的消防隊員把白練般的水柱澆上去，它們就低頭縮回屋內。房子的門窗往外冒的只是滾滾濃煙，燻黑了框子和牆壁，一點火星也看不見，這使場面顯得不那麼危急，看到的只是一群群忙忙碌碌的人，地面到處淌著小溪般的水。很多海軍的小孩也站在周圍看熱鬧。看見我們院牆頭站滿人，就朝我們吆喝：看什麼看，找打呢。

我們院孩子就揮舞著彈弓說：你過來。

他們就撿石子奮力向我們投來，我們院小孩就拉開彈弓射他們。他們一窩蜂向我們衝來，我們連忙跳回院內，滿地找石頭隔著院牆扔過去，那邊的磚頭瓦塊也如雨點般飛過來。

等我們再次探頭探腦爬上牆，那房子已成一個花架般的黑框子，遍地冒煙，火全滅了，一個消防隊員剛從房頂摔下來，人都癱了被同伴抬著往外跑，他捂著肋部表情極其痛苦，接著好像就昏迷了。我沒看到血。

李作鵬家的「一面紅旗」像一艘黑色遊艇從我們樓前矯健駛過，長腰豐臀，體圍寬及兩邊的馬路牙子。

聽到「嘟嘟乓乓」猶如巨人放嘟嚕屁的聲音，就知道李家的胖兒子和他胯下的那輛自動小板凳般的濟南「輕騎」牌摩托車很拉風地來了。

海軍院內的牆上刷著大字標語：堅決擁護李王張首長！

夜夜都能聽到海軍黃樓那個方向的一群大喇叭在吵架，有著嗩吶般高腔的女聲們天天對著喊話、譏諷、謾罵、朗誦毛主席語錄和詩詞。經常聽到杜聿明的名字，不知此人與此有何相干，急忙去查毛主席語錄，始知此人是國軍幹將，二十年前就被俘了。

一個月黑風高之夜，迷迷糊糊聽到女人呼救，其間伴有《國際歌》，這些聲響之悲愴，情緒之絕望，使我一夜輾轉反側，噩夢不斷。早晨起來，人人都在傳說海軍黃樓打了一場慘烈的攻堅戰，堅守在裡面的人失敗了。在最後關頭，我們熟知的那位能唱花旦的女播音員緊緊攥住一個攻進來的革命者的褲襠，捏碎了這名年輕軍官的睾丸。

批鬥大會那天海軍大院沿途布滿警衛連的崗哨。操場上人山人海，一片海灰。他們院小孩也都沒空搭理我們，一幫幫站在外圍，爬在樹上，伸著脖子往舞台上瞅。舞台鋪著白桌布的長桌後面上坐著幾排首長，都是老頭，一邊望著台下一邊端起茶杯吹開茶葉喝茶。一個跟他們年齡相仿的老頭，穿著被摘了領章帽徽的棉軍服棉帽子，十分沮喪地單獨一把椅子靠前坐在台口。人很白，很富態，臉部輪廓像新疆人。那感覺很怪，很像一群朋友突然鬧掰了，大夥都和一個人翻了臉，把他孤立、遺棄在一邊，寒磣他。

台上台下的人都對他很凶，不斷舉起小樹林子般的手臂向他吼，聲若悶雷。這位看上去挺老實的老頭被說得十分可怕，最引起公憤的是他下令戰士吃西餐，一年到頭牛奶麵包，餓得戰士們皮包骨頭。

還有一次海軍也戒了嚴，三步一崗，五步一哨，通我們院的小門都關了。我們院也加了崗，派出一些游動哨。聽說那是林副主席來了，叫做「親自視察海軍」。隱隱聽得他們院裡敲鑼打鼓，口號陣陣，一派熱鬧。

如果你有那樣的堅定觀念：革命是暴力，是一個階級推翻一個階級的暴烈的行動。那麼這些場面就沒有一絲一毫的悲劇色彩和恐怖氣氛。相反你會覺得熱烈、振奮、長長透出一口氣，如同風箏斷了線，越飄越高，似乎將要上升到一個純粹的境界——那是個很大的無邊無垠的水晶世界，你變成紅桃尖兒，別人都是黑桃4方片3和梅花2。我得說那是一種很良好的自我感覺，你會如大夢初覺，激靈一下以爲自己明白了人生，接著覺得自己力大無窮，目光如炬，再發展下去，十有八九就像女人達到性高潮，一剎那一剎那，如痴如醉。這時若有醫生切開你的大腦，一定可以發現有大片剛剛分泌的致幻物質。現代醫學也許能命名這種現象。我叫它：「天堂來潮」。

那種物質一旦分泌便很難再被吸收。很多病例證明，品嘗過這種高潮的人難以再過平靜的生活，就像吸毒者常說的：一朝吸毒，十年戒毒，終生想毒。病得比較重的人主要特徵爲：假裝性格峻烈，浪跡天涯，倡導怪力亂神。等而下之的：自立門戶，妖言惑衆，裝神弄鬼，開班授功。

作爲小孩，我實在也看不出這是哪個階級在推翻哪個階級，一定要往那個革命理論上靠，我只能希望是小孩這個階級推翻大人那個階級。奴隸制度廢除了，婦女平等了，殖民地人民獨立了，只剩小孩還老受壓。誰在乎誰推翻誰呢？只要好看。畢竟沒有斷頭台、毒氣室、大規模槍殺、剝皮抽筋和五馬分屍，只是戴戴高帽、剃剃陰陽頭、遊遊街、姓氏打個叉、掛掛牌子、撅撅噴氣式。說是革命，更像是演戲，卓別林也無非這一套噱頭。所以，紅衛兵也別覺得自己眞怎麼著了，大人呢也不要太悲壯，你們都是著名喜劇演員，寓教於樂，給我的童年帶來了無窮歡樂。

方槍槍緊走兩步雙手握住方超的雙手：你好啊，康斯坦丁・彼得洛維奇。

方超：你好你好。弗拉吉米爾・依里奇。然後他坐下很發愁地說：是不是有些不必要的殘酷。

方槍槍兩手插在小背心上向他彎下腰：誰殘酷？我們，布爾什維克？幾千年來工人們的鮮血流成了河……

方槍槍的手在桌面上曲裡拐彎蛇行：尼古拉大門也要打開？

方超嚴肅地點點頭：要打開。

方槍槍把手曲裡拐彎原路撤回來，掏出媽媽的化學梳子吹了口氣，一本正經在自己的短頭髮上梳了梳。

除了生活中的活劇，對我們影響最大的就是電影了。我們的文化生活並不像人們想像的那樣一片空白。那時我們院操場天天放電影，集中放映蘇聯電影批判電影，所謂批判電影就是文革前十七年拍的所有電影。我們不知道這些電影有什麼值得批判的內容，只是如饑似渴地吸收那裡面的人物性格和隻言片語，就像學習自己的神話傳統和古老方言。那使我們看上去似乎變得是一個擁有自己獨特文化的部落，從電影起源，長出自己的根。那幾乎、差點發展爲一門可用於交際流利表達思想的外語，你要不懂，就沒法跟我們相處。

當你站在一個高處，心情很好，打算抒抒情，你要說日語：兎子給給媽耶。或者：人們萬歲。

當你想往下跳時，在空中要喊「瓦西里」，落地之後不管是躺著還是站著都要說一句：布哈林是叛徒。

有了，想睡覺，上了床，要對自己說：就這樣，在地上，蓋著別人的斗篷，睡著無產階級的導師。

別人問你剛才說了什麼，你要回答：好像是世界革命萬歲。

別人看你，你要告訴他：看著我的眼睛——叛徒的眼睛。

要是有人熱情地摟住你，你一定要說：麵包沒有，牛奶也沒有。

那人就會說：麵包會有的，牛奶也會有的。

稱讚別人你必須豎起一個大拇指，瞪圓眼睛：高，實在高。

想讓別人信任，你只能說：皇軍不搶糧食，不殺人，皇軍是來建設王道樂土。

逼問一個人：在人民政府面前抵賴，沒有用。

表示有路子：別說吃你幾個爛西瓜，老子在城裡吃館子都不要錢。

叫誰滾開：黑不溜秋靠邊站。

叫誰站住：二曼，開槍。

事情辦砸了：這一下美國顧問團又要說我們無能了。
安慰朋友：不是我們無能，而是共軍太狡猾了。
變本加厲：別說搶包袱，還要搶人呢。
姓高的就叫「高鐵杆」，姓李的就叫「李狗順」，姓王的就叫「胖翻譯」。
還有一些日語、協和語：吃飯是「米西米西」；徵求別人意見是「那你」；有人敲門是「什麼的幹活」；給別人添噁心是「衛生丸新交的給」。

還有大量的歌舞演出，每隔幾天院裡就會發票，一家一張，集體坐班車到京西賓館禮堂、北展劇場或者人民大會堂劇場看節目。

海軍大院操場也有頻繁的露天晚會，我們經常到那兒免票觀賞高水平的演出。

他們院操場的那座舞台十分專業，除了沒有觀眾席，一個劇場舞台該有的配置一應俱全：全套燈光、音響設備，層層幕幃、化妝間和深闊的後台。每個星期海政文工團和其他外請的著名文藝團體就在此輪流上演不同的歌舞、話劇。後來就演樣板戲京劇、芭蕾和鋼琴伴唱。那等於是一次藝術普及，讓人大開眼界。文化大革命在這段時間內倒是與她的字面含義頗為相符。那時最流行的是那種人數眾多，布景堂皇，跟百老匯秀十分近似的華麗歌舞。這廂叫大型音樂舞蹈史詩的。始作俑者大概是文革前的《東方紅》。那也算是登峰造極，坦克都開上了舞台。後來的劇目也極力想要那個氣魄，幾個文工團糾集在一齊，自我吹噓「三軍聯合演出」，規模雖無一及《東方紅》，內容卻也是光怪陸離，五光十色。充分體現出中國導演固有的想像力：大型團體操加奢華服裝發布會加各種新奇淫巧的道具機關加異國風情。印象比較深的有《椰林怒火》、《赤道戰鼓》什麼的。

我在夜色之下，萬衆之中，遠遠眺望那一張十元鈔票大小明晃晃色彩繽紛的舞台上演繹的中外故事，嘛也不懂又驚又喜，深以爲那叫一美。

那些演員都是臉譜化的。好人衣著整潔，俊男美女，塗著一整張紅臉蛋，動作也是剛勁爲主，間或輔以優美的舒展。壞人一張青臉，怪模怪樣，跳起來也是哆哆嗦嗦，一般匍匐在好人腳下。今天想來很誇張，當時卻是自然主義的表現，社會上的好人壞人莫不如此。

《椰林怒火》中一對美軍哨兵跳了段搖擺舞，是剪影，扭著屁股，兩手幅度很小頻率很快地向上、左右亂捅，引起觀衆陣陣笑聲，也是我們小孩很長時間模仿的對象。

《赤道戰鼓》中黑人婦女把鼓夾在兩膝之間一通敲，也使我們學會了新的打擊樂姿勢，回到家裡見什麼都夾在腿中間亂敲一氣，邊敲邊張著嘴鬼哭狼嚎。

《毛主席來到我們軍艦上》是我最喜歡的一齣劇。那裡有個噱頭，就是毛主席怎麼來到我們舞台上。眞毛主席肯定沒工夫，演員激動半天，唱半天。總得給觀衆個交代，那又是戲核，情節所在，列寧斯大林在蘇聯都有人演了，還沒聽說中國有人演毛主席，我們都很習慣現實主義創作，情緒跟到那兒都以爲會看到破天荒的一幕。結果，什麼也沒看到，到點兒他們打出了一束紅光代替毛主席，挺實的戲到這兒就虛了，儘管不免失望，那也全場歡聲雷動，陣陣狂呼毛主席萬歲，演員唱什麼也聽不見了，要停頓半天，再重新起範兒。

劇裡的歌都很好聽，歌詞也不見得高明，都是大白話，但曲調抒情，聽起來也是情深意長。那時的一批作曲家很有辦法，什麼前言不搭後語的話都能成歌，唱起來卻也比今天的二等流行歌曲上口。「老三篇」那麼長的書都譜成了歌。至今還會唱一兩句：「我們的隊伍都是來自五湖四海，爲了一個共同的革命目標走到一齊來了……」「白求恩同志是加拿大共產黨員，受美國共產黨派遣，不遠萬里，來到中國……」云云。

那齣劇裡最著名的唱段也是一段絮絮叨叨。一水兵哥們兒，好像是老呂文科扮的，被毛主席握了手，舉著大巴掌，瞪著受驚的大眼，一步三嘆，一五一十告訴大家毛主席都跟他說了什麼：「他問我姓名叫什麼，又問我今年有多大……」

下死眼盯著看的那些翩翩來去的女舞蹈演員。她們面容皎好，身段婀娜，穿的軍裝也和一般軍人的軍裝不一樣，不那麼寬肥，剪裁可體，薄薄一層，加上紮皮帶打綁腿，騰挪扯動，身體往往處於打開狀態，可謂曲線畢露。她們極力要表現陽剛之氣，還是流露了很多柔順和一點點性感。革命時期最性感的表演要算芭蕾舞《紅色娘子軍》了，女戰士們穿著緊身短褲，露著半截大腿，端著步槍從台一側一個接一個大跳兩腿幾乎拉直竄到台的另一側，怎麼也不像在作戰，就是一群美女美腿向我們展示人體。我得承認，我一直是把芭蕾當作色情表演觀看的，直到改革開放，見過眞正的色情表演，再看芭蕾才覺得這是藝術——高雅。怎麼說呢？告訴你一個私人體會：小孩不學壞——那是不可能的。

這些虛張聲勢的大型歌舞加深了我對浮誇事物的愛好。以大爲美，濃艷爲美，一切皆達極致趕盡殺絕爲美。一種火鍋式的口味，貪它熱乎、東西多、色兒重、味兒雜、一道靚湯裡什麼都煮了。

第十九章

方槍槍的爸爸要去「五七幹校」了。從此知道一個地名：河南駐馬店。想來那是個駿馬成群的地方。第一反應是這下沒人管了；第二反應他眞走遠，毛主席提倡的好事沒拉下他，這一去前程遠大。恍惚記得那些天院裡很熱鬧，又貼標語又搞會餐。標語都是特別高抬特別吹捧去幹校的人的肉麻話，更叫我覺得幹校是個好地方，很羨幕那些能跟父母一齊下去的孩子。他們也都喜洋洋好像要去旅遊的樣子。

我家只有一張會餐劵，按照輪流出美差的規矩，上次去人民大會堂看戲是方超去的，這回就輪到方槍槍了。宴席擺在二食堂，大人都沒來，來的都是各家的孩子。一張張大圓桌上已經擺滿了紅燒的整雞整魚、黃燜肘子、四喜丸子，戳著一瓶啤酒和一瓶佐餐葡萄酒，周圍坐滿垂涎欲滴的孩子。院裡的新部長們孤零零坐在主桌旁，跟孩子們濟濟一堂，就像六一兒童節幾個大人來和小孩聯歡。他們是近日剛獲提拔的一批校官，看上去就像一群篡位者。我們對他們並無格外偏見，只是院裡的將軍都靠邊站了，使我們有點擔心我們院的級別也隨之低下來。我們那兒其實存在著一種封建的人身依附關係，或叫風氣，每個大院就像寨子，寨主的大小能直接影響到一個小孩在其他小孩眼中的身價。大家都比。有時那確實可以決定你的社會地位。

新部長們照舊發表了準備好的講話，很正經地打官腔，好像他們真打算把這些小孩派下去。小孩們也很捧場，報以陣陣掌聲，臉上當真出現重任在肩的自豪。大家還是很習慣種種莊嚴的場合的，你正經，我也正經，先不去管這裡是否有我什麼事。混了半天，突然讓吃了，方槍槍出手晚了，手到雞身上，兩條腿已沒了，掉臉去夾丸子，丸子也不見了；忙去找肘子，肘子也只剩一層油皮。那種會餐要想吃好，一點不能分神，反應要快，爆發力要強，一步趕不上，步步趕不上，像短跑，十幾秒內大局已定，吃上的就算都有了，沒吃上的只好揀一些殘湯剩菜。

方槍槍雙眼下垂，面無表情，單肘撐桌，一雙筷子不分好歹暴風雨般地落到一切盤中物上，筷到嘴到，閃電般嚥下，閃電般再來，有時是一口魚渣有時是一口肉餡有時是一塊雞皮有時只咂到一口腥汁什麼也沒有。那也不停不分辨不觀測不猶豫，一路吃下去，直到筷子敲得碟子噠噠響，一片空曠，這才抬起眼，鬆口氣，放下全身緊繃的肌肉，覺得自己夠了本兒。心情也有所開朗，有了閒情逸致，左右張望看看剛才都是誰跟自己胳膊打架。歇上一氣，再霸住兩盤子盛碗米飯泡肉汁，都下了肚，才飽，撐，漲，整個腔子沉甸甸的，抬頭都有些困難。

那中間，部長們來敬過酒，很親熱地跟每桌小孩說一兩句風趣的話。小孩都在埋頭苦幹，只哼哈敷衍了幾聲，頭也沒正經抬。此時酒還都在玻璃杯裡，大家怕虧了，也都嘗嘗，抿上一小口。啤酒大家一致公認是馬尿。葡萄酒既不是紅糖水也不很像咳嗽糖漿，一口摀進去，跟著一個頗有涼意的寒噤，一會兒食道、腸子都熱了。

方槍槍醉眼朦朧，和另一個小孩勾肩搭背往42樓走，邊走邊唱著《突破烏江》裡的兵油子小曲：我吸足了一口白麵兒啊，我快樂得似神仙哦……

上樓時開始打飽嗝兒，進了門後飽嗝兒變成逆嗝兒，一個接一個，打得方槍槍坐臥不安，心神不定。爸爸媽媽和哥哥正在吃飯，有熘肉片、炒茄絲和燒帶魚。一家人圍著幾盤子菜邊吃邊小聲說話。爸爸和他說了些什麼，他也沒聽清，只記得他那時人很和藹，臉上浮著一絲微笑，左手拿著筷子，嘴唇在燈下泛著油光，聲音裡帶著明顯的東北腔。那之後他就走了，每個月寫來一封信，很流暢很多連筆的天藍色鋼筆字。

大貓是一個美軍准將站著和一個上校一個中校仨人聊天；小貓是一個美軍少校和一個上尉一個少尉。

方片尖是航空母艦；方片克是核潛艇；方片圈是重型巡洋艦；方片丁是導彈驅逐艦；方片10是坦克登陸艦。

梅花2是眼鏡蛇武裝直升機；梅花3是夜間偵察機；梅花4是佩刀式戰鬥機；梅花5是F

—5B鬼怪式戰鬥機；梅花10是大力神運輸機；梅花老克是著名的B—52。

紅桃2是M—16卡賓槍和機槍；紅桃3是布雷得利裝甲運兵車；紅桃4是噴火坦克；紅桃5是自行火炮；紅桃6是M—1主戰坦克；紅桃圈是一三三毫米榴彈砲；紅桃克是一五六毫米加農炮；紅桃尖是原子炮。

黑桃2是紅眼睛肩扛式地對空導彈；黑桃3是響尾蛇空對空導彈；黑桃幾是陶式反坦克黑桃幾是潘興地對地黑桃幾是民兵洲際？全忘了。太多烏黑錚亮又碩又粗帶著嚇人的尖兒的會飛的美國雞巴，很難分辨，當年我是門兒淸。

我說的這是我們院出的一種美軍識別撲克，大概本來是要發給部隊戰士玩的，因爲被打倒的當權派愛打撲克，連帶著撲克也成了封資修的工具，生活腐朽的象徵，全國都不讓玩了，商場也不賣了。結果是大家還要玩，就要想辦法，到處尋摸，這批庫存的軍用撲克就慢慢流入到我們小孩手中了。

背面是美軍各軍兵種的領章臂章符號、軍銜樣式和花色，五花八門一大片。正面是一幅幅彩色的武器照片，很多上面還帶著吊而郞當的美國兵背影。底下印著每種武器的名稱和一些技術參數：兵員數目、續航能力、吃水深淺、活動半徑、飛行速度、最大載彈量、最大射程和最高射速。

除了可以用它玩一般的「四十」「爭上游」，還可以兩個人玩，根據武器的性能互相贏牌。

那很有趣，兩張牌一亮，決定勝負的就是武器的好壞。航母統吃所有艦艇，惟有核潛艇是它的剋星；一般飛機和地面武器它也都贏，但洲際導彈它不能打，梅花4梅花5這兩戰鬥機和梅花老克B—52它也不能打，算平。核潛艇輸方片丁驅逐艦，因為方片丁配備深水炸彈，有反潛能力。梅花裡好像還有一架反潛飛機，忘了是幾了。

梅花裡F—5E鬼怪式是難駁萬，所有飛機都輸它，只有黑桃小2紅眼睛防空導彈能打下它。最沒用的是紅桃系列的陸軍火力，除了自己人伙拚見了梅花黑桃有武器的都算輸。當然准將和少校一出來，所有武器都歸他們，那時就要用紅桃2了，M—16是專打大貓和小貓的。

強大的美軍裝備加深了我們對那個國家的印象，覺得美國工人階級實在了不起，可惜就是覺悟太低了，要是他們造好這些武器偷運到我們這邊來，那我們眞就誰也不怕了，可以立即著手解放世界。

那時，我們國家用同樣的嚴厲態度譴責美帝和蘇修，而且更傾向於醜化具體的美國人。出現在我們電影、戲劇中的美國軍人都十分怕死、流里流氣、胡作非為。典型的形象是開著吉普車一手拿著酒瓶一手摟著姑娘。從來不提他們打過什麼漂亮仗，只是津津樂道他們強烈的性慾。二戰來華的美軍最大的戰果就是在東單大街上強姦了北大女生沈崇；在上海一腳踢死了黃包車夫什麼「大餃子」；據說還在武漢搞了一次黑燈舞會，把一批共舞的國民黨空軍眷屬集體強姦了；他們的海軍招兵廣告寫著：到中國去吧，你可以把女人用包裹寄回家。有一本風行一時的暢銷書《南方來信》，裡邊歷數美國人種種匪夷所思的性虐待方式：他們用匕首像削蘿蔔似地削掉越南女人的奶頭；把貓放進女人的褲腿裡，紮緊褲腳，再用棍子抽打那隻貓。

聽去過朝鮮的大人說，美國人居然允許士兵投降，每個兵上前線時都帶著一紙中朝英三種文字的投降書，打不過了就掏出來頂在頭上。這是什麼國家呀！怎麼可以這樣……這樣縱容自己的國民。

美國人——那就是自由主義，無法無天。

絕沒有看見過醜化過蘇聯紅軍的一個鏡頭，一行字。那些還在上映的老蘇聯電影中，他們都是穿著笨重軍大衣，手端轉盤槍，飽經風霜的漢子。也許不太靈活，迎著漫天炮火跟跟蹌蹌地衝鋒，每次戰役都傷亡慘重，但絕對認眞，一刀一槍，不開玩笑。

你有兩對頭，一個是小流氓，到哪兒都帶著自己雞巴；一個是一根筋，認死理，急了就跟你幹到底，非討個說法。你比較喜歡哪個呢？

軍用撲克是我們的至寶。擁有這樣一副新牌是我最大的夢想，能與之比的也就是一盒彈球跳棋了。這兩樣東西有錢也沒處賣，都是些可望不可及的願望。幾年之後，方槍槍他爸從幹校回來，又在院裡上班了，有一次送了我們哥兒倆一副嶄新的軍用撲克，至今我還記得摸到它光滑花哨的表面時愛不釋手的美勁兒。

彈球跳棋到了我也沒得著。

好像我們天天坐在樓道門口地上鋪張《人民日報》玩那些又髒又爛，摸起來黏手，洗牌也又不開得用手一張張捻的舊軍用撲克。打「四十」，也叫「百分」也叫「升級」，不叫牌，亮主，扣六張底，出牌跟橋牌大致相似的打法。我們的樂趣在於相攀比，看誰爬得快，不講究公平競爭，一門心思損人利己，打得好的就是那會偷牌的、目不斜視就把對手牌看得一清二楚的，同夥人也帶互相說話報告敵情。

高洋一見我們就說：拿破崙可真衝啊。

說這話時他滿臉放光，眼睛越過我們望著遠方，有時還伸著大大的懶腰，那是他看書看累了，出來找人們顯配自己剛擴大的知識面。

我們就一邊出牌一邊說：你瞧你那操性。

他一來我們的話題就轉到軍事上去，比較喜歡爭論的是全世界誰，小母牛坐酒缸——醉牛逼。一般常識水平的都認爲是希特勒。高洋屬於對世界軍事史鑽得比較深的，希特勒「醉牛逼」開始也是他提出來的，等我們都接受了，他又新推出了拿破崙。

我們不太了解拿破崙，只知道他也一度征服了整個歐洲，後來在莫斯科的風雪之中毀掉了自己的精銳大軍，這種悲劇下場和希特勒很相近，都是先在俄國人手裡傷了元氣，之後被盎格魯撒克遜民族一鼓蕩平。不能在歐洲兩面作戰，這是我們得到的教訓。我們的討論是純軍事的，不關其他歷史、政治、正義和非正義的因素。在這個問題上，我們一般不感情用事。因爲我們都覺得自己是軍事家，只管打仗這一攤兒，至於戰爭性質那讓政治家去辯論吧。

經過分析，我們還是認爲拿破崙打不過希特勒。在希特勒的裝甲部隊和俯衝轟炸機面前，拿破崙的大炮和龍騎兵火力太弱，機動性防護性都很不夠。而且希特勒是閃電戰，拿破崙根本沒時間排兵布陣，坦克一衝，馬群肯定驚了。德國陸軍被我們這些小孩評爲全世界最精神最有職業風範的陸軍。他們的軍容儀表大家一致折服。那種尿盆一樣的鋼盔，一頭高翹的大檐帽，鷹徽，長筒馬靴，聳肩平端自動槍筆直立正的站姿——被亂槍擊中倒下時姿勢依然不改，都使我們覺得帥極了。我們理想中的士兵就是這樣，穿著一身漂亮的制服，高大傲慢地站著，永遠一言不發，進攻時排成一條直線，將槍側在腰間掃射，死就默默地跪下，安靜地躺在原地。跟他們比，我們的戰士死前話太多了，這個那個什麼都放不下，都操著心，整個一話簍子；圍觀的人也太動感情，眼淚橫飛，又哭又吼，也不拿周圍當戰場，就像在家辦喪事。那效果並不好。我們這麼煽情並不使人心疼那快死的戰士，反而覺得他裝蒜、多事；一頭栽倒從不吭聲的士兵卻讓人覺得眞摯且偉大。

大鴨梨來了，都別抬頭，一齊喊。汪若海壓著嗓門說。

大鴨梨，我們一齊喊。

正帶著一群保育院小班的孩子經過42樓的李阿姨聞聲一震，手拽著一個小不點奔過來，質問我們：誰喊的？你們幹什麼？

沒人喊呀，我們裝傻，不知道。

別以爲你們可以爲所欲爲，沒人管了，還懂不懂禮貌。李阿姨氣得臉色刷白，胳膊直抖，她拽著的那個小孩癟著嘴一抽一抽要哭。

我們笑：出牌呀你，傻了？

大鴨梨——李阿姨轉身剛走到馬路上，我們又喊。

只見她原地轉了兩個半圈，眼淚迸出大眼，一跺腳走了。

給丫氣哭了。

丫還會哭呢，我他媽沒想到。

李白玲騎著一輛「26」漲閘[17]女車飛一般地向我們衝來，一路破口大罵：操你媽剛才誰罵我媽了？

我們收了牌一溜煙往樓上跑，從二樓窗戶探出頭一齊喊：二鴨梨！

李白玲追進樓道，噔噔噔爬樓：非抽你們幾個孫子！

我們跑進方槍槍家，鎖了門，進了裡屋，挨個坐在床上喘氣。方超從廁所沖了水出來：你們幹嘛呢？

噓——我們叫他別出聲：一會兒有人砸門千萬別開。

咚—哐—叭，李白玲在外面踹門。我們在屋裡偷偷樂。

她不會給我們家門踹壞了吧？方槍槍有點擔心。

踹壞讓她賠。大夥說。

我們上了陽台，連騎帶坐上了方際成那輛老舊的倒蹬閘⑱德國鑽石牌自行車，紛紛用山東口音央告：我們已經很困難了我們已經很困難了——直接向老頭發報，讓他們派飛機來接我。

拉著搖頭晃腦唱歌，雄偉的大食堂就要開飯搭，今天吃地什麼飯，豬屁眼子炒雞蛋……

李白玲繞到樓後，叉腰指著我們嚷：有本事你們下來。

我們都攢足了一口濃痰，一齊朝她吐去。

好像二單元一樓外號「小錢廣」那孩子家的老太太總坐著小板凳在涼台上殺雞，一把把拔雞毛。她家二樓的張寧生張燕生哥兒倆就扒著欄杆不懷好意地再三問她：錢老太太，你們家吃雞吧？

是地。錢老太太每次承認。

我們直到四樓每座陽台上看風景的孩子就笑。

錢老太太晚飯時經常自己端著一大碗麵條在涼台上吃，樓上的孩子就捏著花盆裡的土末子瞄準了往她碗裡撒，號稱：加點胡椒麵兒。老太太有時沒感覺，灑了一頭照吃不誤，有時猛醒，跳著腳罵，一樓孩子都閃在陽台裡不敢露頭，吃吃笑。

每層孩子都在練習往下一層陽台上吐痰，根據風向，掌握角度，盡量把痰吊進下一家的欄杆上。住在下面的孩子每次探頭都要先擰著脖子看看上邊有沒有人，一時大意，難免不被一口痰吐中。有一次方槍槍看見許子優趴在三樓陽台上，以爲是他弟弟許子良，一口黏痰飄下去，正落在他腦瓜頂那個白生生的旋兒上。聽見人家大怒，亂喊亂叫。後來還找了上來，方槍槍裝了半天家裡沒人，才混過去。

不知從什麼時候起，大家開始在陽台上打竹竿仗，每家伸出一支架蚊帳的竹竿上下亂捅，在空中劈來劈去。下面的結成同盟，上面的也串通一氣，捅著人最好，捅不著人就捅晾著的衣裳，直接挑樓下去。早晨一齊床，就能看見下面的幾隻竹竿在我家陽台上晃來晃去，費盡心機想把我家各位的褲衩背心挑走。我媽有一次剛晾上一件汗衫，手剛挪開，汗衫就騰空而起，像面旗幟飄向遠方，她大驚連納悶喊出的聲音令我在夢中頭皮都一炸。我還被人挑走過一床剛尿的棉褥子，那東西打濕了多沉啊，他們丫也眞夠下工夫的，二樓三樓都動員了，四五支竹竿一齊幹，把我作品挑在空中巡迴展覽，最後扔對面平房的瓦上了。我也沒臉去揀，看了這張褥子好幾年，上陽台眼神都不敢集中，什麼時候瞟見它什麼時候心裡堵得慌。爲了打擊面寬，竹竿越接越長，兩三根綁在一齊，顫顫巍巍老去幻想一個撐杆跳直接下樓。有時沒拿住一把脫手，眼睜睜看著竹竿長長橫斜著墜落下去，被下面的孩子眼疾手快接住，就算被人家繳獲了，想要回來必須得用彈球或煙盒去換。

平房的瓦上落滿樓上各家孩子拋下的種種奇怪的東西：舊書包、破帽子、羽毛球、乒乓球拍子、藥瓶、夜壺，最大的家什是一輛竹子童車也不知怎麼飛過去的。

經常有孩子丟了鑰匙或給大人反鎖在家裡想出來，爬陽台便成了樓上一景。天天看見各層的孩子像壁虎一樣在聯在一齊的兩家陽台上爬來爬去。後來就帶表演性質了，站著，手不扶，從這邊欄杆走到另一家欄杆上去。張寧生張燕生哥兒倆經常在他們二哥張明「張軍長」的帶領下從二樓陽台扒下來直接跳到錢老太太家，一溜煙顛兒了。偶爾，哥兒仨還搭人梯從一樓往二樓爬，手扒欄杆一通蹬哧嗚啊。

最壯觀的一次是我家對門邢然家把鑰匙丟了，他家在一單元東側，樓邊上，沒有並排的陽台，張明從中間門大禿二禿家窗戶爬出去，手扒著邢然家窗戶，一個窗台一個窗台走過去。全樓的孩子都在下面觀看，靠著平房後牆跟站了一拉溜，全體立正。張軍長走得那叫一個穩，活像是高空走鋼絲。那天也是黃昏，很強的夕照映在樓面上，如同被瞬間提亮的舞台，一身黃軍裝的張明大開四肢跨在兩個窗台之間，像被釘在牆上一動不動，有一刹那，他的身體突然一晃，我們集體啊了一聲，一齊伸出雙手，像是虔誠的穆斯林朝天祈禱。他全憑一隻手的力量，把整個身子蕩了過去，我們以爲他已經掉了下來，其實他已經站在了下一處，眞是眼瞪得溜圓看見幻覺。大驚過後我們一片掌聲。張軍長轉身一個美國軍禮：食指中指並在額頭向前一揮，下面的我們一齊伸出右臂：嗨黑特勒！

那之後，走過42樓經常可以看到被困在高樓窗台上孩子，蹲在紅牆白瓦之間孤苦伶仃，面前是萬丈深淵。方槍槍也偷偷練過幾次，站在自家陽台上，兩腳夾著欄杆，向大禿二禿家窗戶伸出手，立刻覺得頭暈，大地向自己撲來，趕緊跳下來，腳踏實地後兀自心頭撞鹿太陽穴發脹，深感還是有地好。另有一次中午，他懷抱一把雨傘，鬼鬼祟祟從樓道窗戶爬到單元門混凝土雨遮上，撐開傘跳了下來，一時不知自己身在何處，落地時嚴重墩了一下腳，傘也呼一下倒豎成一束盛開的插瓶花——臊眉搭眼一瘸一拐爬樓回家，一輩子沒跟人提過。

好像張軍長還養了一條大狼狗，叫黑子還是貝利。有一次，我們一二單元和他們三四單元分成兩撥在操場上玩攻城，那是很激烈的遊戲，需要身體直接衝撞，一撥畫一個四方城門，最裡角畫一個半圓叫堡壘，雙方對攻，互相推搡，除了不許打臉拳擊五臟一切手段均可，先踩著對方堡壘的算贏。有點像簡易英式橄欖球，只是沒球，打起來更是主要衝人下手。這遊戲經常能把人玩急了。那天，張軍長就和四單元的黃克明急了，兩人先是兕拳，似乎都練過，打得蠻有章法，上來就互相封眼，幾個回合下來，張軍長鼻子被黃克明打流血了。張軍長一邊往家跑一邊說：你等著。

黃克明先是不怕，繼續張羅著玩，只三秒，他突然轉身飛跑。我們連忙回頭，看見張軍長剛出二單元門，一條大狼狗已經過了馬路悶頭向這邊跑來。黃克明繞場狂奔不止，邊跑還回頭看，也沒過程，那狗就追到他身後，張著嘴啃他的腳後跟。我從來沒見過人的步子能邁得那麼大，那得有多長的筋啊，胯都扯咧了，黃克明跑得不亞於一名優秀黑人運動員——數出一共六條腿，舞得風車一般，那狗四腳離地全身凌空還有力量往前一撲……

再見黑子還是貝利，牠被吊在一棵大柳樹上，像電影裡的妓女光著膀子裘皮大衣脫到胸前。張軍長帶著張寧生和高晉正用削鉛筆刀給牠剝皮，一人一胳膊血，一點點往下嗞誒哧。張軍長他爸像隻老虎攔路衝出來，把張軍長和張寧生從張翼翔家（即原來的保育院隔離室）一路打到42樓前，路上又加上了個張燕生，仨孩子一齊打，左右開弓：一拳把張軍長打個前空翻，一腳又把張寧生踢個一溜滾，再一腳把張燕生踢個狗搶屎。張軍長寧生燕生就這麼一路走一路做著各種高難動作，摸爬滾打，大張著嘴都不是哭而是嚎——武松打虎時虎發出的聲音。我們小孩都跟著看，遠遠隨行，間或一齊悶聲齊喊：不許打人。

沿途一些家屬也看不不去，站在單元門口喊：老張，不能再打了，再打把孩子打壞了。

張家爸爸的回答是：都他媽滾蛋！

高晉他爸聞訊趕來，看到場面這麼壯烈，也揪住高晉賞了他兩大耳貼子。好像因為出手慢還受到在場一些大人的輿論譴責：你看看你兒子都幹了些什麼。那種輿論壓力使下班歸來的所有大人都積極行動起來，一窩蜂衝過來，各抓各家孩子，形成一種近似人民戰爭也叫官兵捉賊的波瀾壯闊場面：所有大人都在發怒、喝叱或者追擊；所有小孩都在發抖，挨打或者抱頭鼠竄。一時間，42樓前雞飛狗跳，一片混亂。

這時，就顯出沒爹的好處了。我們這班爸爸去了五七幹校或去外地支左⑲的孩子樂悠悠，不慌不忙，東轉轉，西看看，幸災樂禍，站成兩排夾道歡送那些倒楣的孩子一個個被拎小雞似地捉回家去。

好像我們院沒一家不打孩子的。尤其原籍山東的人家打得狠。當然四川東北的也好不到哪兒去。張寧生他爸比較著名；我們單元王興春王興凱他爸也比較著名；二單元夜貓子他爸也老打；還有三樓李鈴他爸，比較含蓄，只在家裡打從不上街，經常聽見李鈴在屋裡狂熱宣傳毛主席語錄：要文鬥不要武鬥。三單元出名的是江元江力他爸；四單元是華剛張雲他爸。華剛他爸和王興春他爸更著名的一點是：不但打自己孩子有時高興還打別人家孩子。

另一個有時不拿自己當外人的是三單元汪若海他爸。汪若海家就他一個男孩，上面都是姐姐。張燕生跟汪若海是對頭，見面就打。

打著打著這邊張明張寧生就出來了，那邊汪若海大姐二姐也跑下樓，新支一攤兒捉對廝殺。張軍長是練過塊兒的，膀子上都是鼓出來的肌肉，那也不一定能占上風。經常被兩個女將埋頭撞個滿懷，緊緊抱住，又叫又跳，任憑那四隻手輪流上臉抓得滿堂血道子。張寧生在一旁急得團團轉，跳著腳抽大姐二姐嘴巴子，兩位小姐臉都搧紅了，根本不理他，依舊細細撓著張明，實在疼了，破口大罵。

這一般是在晚飯時間發生的事，樓前都是去食堂打飯的人，圍觀者甚多。汪若海他爸一出現就會衝進去幫女兒。有一次他面對張寧生巴掌都掄了起來，張寧生他爸出來了，汪叔叔順勢轉了個一百八十度，就手把這記耳光給了身後的汪若海。

這一招我們小孩後來都學會了，迎面掄起巴掌擰著右腳跟原地向後轉突襲身後那位正笑的，同時唱著《沙家濱》名句：打他咦咦個冷、不、防。

好像我們院孩子都一個冤家，天天打，人多在一齊沒事，就是不能兩人單獨見面。我也莫名其妙和四單元一個五九年生的叫「大十慶」的孩子成了冤家，見面就打，好容易把人家摔倒騎上去就不敢下來，兩手壓著人家的手兩腿壓著胳膊屁股坐在人家胸口，使勁，再使勁，朝他臉上吐痰，抽空再打一拳——下來就不知道誰騎誰了。

問：服不服？服了就下來，不服就永遠騎著。

記得有一次我把「大十慶」從中午一直騎到吃晚飯，他就是不說服，還歪頭隔一會兒睡一陣，說在底下舒服。

去食堂過路的小孩都問我：還沒服哪？

我也是累了，趴在「大十慶」身上歇息，覺出天下無敵的空虛，所謂「孤獨求敗」，再三勸他：你就服了吧，咱們都該吃飯了。

「大十慶」一點台階不給，還被壓出骨氣來了：不服！就是不服——不吃了。

後來「大十慶」個兒躥起來了，骨架子也貼了膘，再交手就改我被壓在底下了——手按著手，胳膊摟著沉重的兩條大腿，臉蛋子左一口右一口承什麼甘露似的接人家嘴裡拉著線兒掉下來的哈喇子，再順著皮膚往耳朵裡流——操他媽眞不是滋味。我也不服，嘴一直硬著，四肢癱軟一臉精濕地躺在土地上，仰望藍天，心想：這日子沒法兒過了。

姓葉叫夜貓子，姓江叫江米條，姓蔡叫菜包子，姓楊叫楊刺子，姓支叫支屁股，姓甄叫小珍主，姓吳叫老吳八，這都是因姓得名；還有因體型長相得名的：棍兒糖，桿兒狼，猴子，貓，大豬，白臉兒，黑子，小錛兒，大腚；一些人是兄弟排行小名叫響了：老九，老七，三兒，大毛二毛三毛，大胖二胖三胖到四胖；個別人是性格：扯子，北驢；還有一些不知所爲何來，順嘴就給安上了，沒什麼道理：范三八，張老闆，老保子，屁巍子，任嘖兒、朱咂兒（這兩像聲詞都是指奶頭）。

我的外號也屬於這一類：小梅子。不知所云，任嘖兒給起的。

剩下的就是自找。韓立克老愛學電影《青松嶺》裡錢廣的一句話：去，給我烙兩張糖餅。結果大家都管他叫「糖餅」，連累得他爸也被叫成「老糖餅」，他弟五克剛生下來就有了外號「小糖餅」。

院裡男孩差不多都有外號。約定俗成的規矩是一個人的外號全家通用。兄弟以大小論再多就三四五六捋下來；姐妹在前邊加一個「母」：母夜貓子、母江米條、母楊刺子；父親冠以「老」：老棍兒糖、老白臉、老胖翻譯、老老吳八；母親就是二字並舉，曰：「老母」云云。

粗鄙自然粗鄙，下流也相當下流，但基本不帶侮辱性，喊的和被喊的都很坦然，沒聽說有爲喊外號喊急的。倒是有些人家的姐妹無端領了這麼一些汚七八糟的稱呼，十分悲憤。家長一般都不知道小孩背後管他們叫什麼，晃來晃去依然一副縱橫天下的樣子。

據說這是我們院有別於其他院的優良傳統，據分析這是因爲我們院小，只有幾百個孩子，不比海軍大大小小幾千孩兒衆，屬於小國寡民，以色列那樣的地理環境，列強環伺，所以精誠團結，大孩小孩一齊玩。

特別特別大的孩兒，我是指高中生，也不帶我們玩。人家看上去都有正事，也不像我們這些小孩都那麼喜歡招貓逗狗，無事生非。他們特別特別大的孩兒不分院，關係都很好，互有來往。我們和海軍小孩一天到晚打，他們照常去海軍找人，也常見海軍特別特別大的孩兒來我們院走動，沒人敢惹。大家都很尊敬這些特別特別大的他們。有時這院一群小孩遇上那院一群不認識的小孩，也各拿本院的特別特別大的孩子說事，互相提人，好像一方面軍和四方面軍各提朱毛和張國燾[20]，都有人戳著，來路也正，也就沒事了，握握手各走各的路。這種不一定知情，憑影響保護一大片孩子王的就叫：戳本兒。也是頭羊的意思。

我們院的「戳本兒」是一個叫「錦杰」的老高一學生。據說一直到西單一提他誰都知道，不包括家庭婦女團幹部。我是從沒提過，因爲沒必要，我一人出去，別提多老實了。一次看見錦杰在38樓小松林裡哭，心中大駭，好像他在西單遇到菜市口菜刀隊，「回力」叫人扒了。全院小孩都憤怒了。初中以上全體出動，傳檄各院，聚集了幾千輛自行車，比衛公安部那天人還多，一齊殺向西單。傍晚戰果傳了回來，繳回十多雙「回力」。那天凡在西單街頭穿這牌子球鞋的都被扒了。由此可見錦杰的號召力和動不得。

那時再看到成百上千輛自行車急急往城裡騎去，已經不是去造反，搞什麼革命行動了，大半是去打群架。城裡興起了很多地痞流氓組織，我們叫「土晃兒」「頑主」，專門跟所謂「老兵兒」——幹部子弟爲主的過氣紅衛兵叫板。我們那一帶是「老兵兒」們的根據地，老北京城圈兒像是敵占區，小有不忿，便大舉出動，進城掃蕩。

最廣泛的一次出動，大概就是去平「小混蛋」的那次。說是一個叫王小點的人出的頭，這人也是小孩皆知，口耳相傳的大腕。小混蛋是城裡的頑主頭，後來我遇到過很多當年的「老炮兒」都號稱跟他交過手或打過照面，也就是說是個打遍北京城的角色。各大院的大孩走得一空，街上像是過兵一樣過了一上午，一眼望不到頭。聽說他們在白石橋小樹林裡堵住了小混蛋，一共七個人。小混蛋還說：給我留口氣兒。王小點說：我饒你，但我這刀不饒你。然後他們就排著隊一人一刀，扎到天黑，小混蛋千瘡百孔地嚥了氣。沒聽說有人因此被判刑，涉案的凶手太多，公安局也無從下手去抓。聽說還有一種說法叫爲民除害，可以置之不理。王小點不久就被他家送去當了兵。關於這件事已經成了北京的一個民間故事，小混蛋這個人也已成爲民間傳說中的英雄。從這點講，他也算流芳百世了，誰還記得王小點呢？

我的說法只是諸多版本中的一個。

老跟我們泡在一齊，什麼事都帶上我們的那些大孩也不過是初一或小學五六年級的學生，頂到天剛上初二。眞正經的造反啊抄家啊串聯啊破四舊啊也沒他們，獨當一面殺向社會也不夠份兒，也願意稱王稱霸，走到哪兒前呼後擁一幫嘍囉，打起架也有個遞磚的，就把我們這些一二年級的收編了。得空教一兩手，發明什麼壞事，在外頭都靠錦杰戳著，在院裡一樓給一樓戳著。

那也很教人受寵若驚，加感激不盡，加任勞任怨，加鞍前馬後，加心裡有底，加狐假虎威。

好像從那時起我們開始玩煙盒，到處去揀空煙盒，拆開，展平，疊被子似的疊成小長方塊兒，一摞摞碼在手心裡，一拋，翻手用手背接住，然後再拋，一把掌握，只許、也必須掉一張，名曰：掉一。這技術關鍵在翻腕那一下，有的大孩能把上百張煙盒一直碼到小臂，翻手一條龍，拋在空中整摞煙盒立成一副骨架，垮地一聲，五指縫中滋出無數隻角，滴水不漏。就這一手的大孩就發了，經常贏得我們小孩一窮二白，兩手空空。

大小孩們都揣著滿滿一褲兜的煙盒，見面就贏，可以傾囊而出也可以只出一張，玩前先算加法，誰大誰先。煙盒有幣值，比意大利里拉還虛，出手就上六位數。「紅雙喜」是頭子。金卡，全無敵；等而下之是一批名煙：中華、上海牡丹、雲煙、熊貓，當時賣五毛幾都稱爲「三十萬」；大前門、恆大三毛幾的「十萬」；飛馬、海河兩毛幾的三萬兩萬不等；有一品煙叫「戰鬥」，暗綠的包裝，煙錢一毛九，我們定它「九千九百九」。後來三十萬一檔又添了「鳳凰」，上海出的，聞上去有一股巧克力味兒；十萬裡加了一個「香山」，北京煙；次煙裡多了一個九分錢的「豐收」，煙紙之差還不如小學生作業本紙光滑，不帶它玩。還見到一些稀奇古怪的老牌子煙和外國煙「哈德門」「三炮台」「駱駝」什麼的，已經失傳，不知其價，煙紙都很精美，一律歸入三十萬行列——都是大孩規定的。

還裝了一褲兜子，墜得褲子往下掉，一跑起來滴瀝呱啦亂響的是玻璃彈球。最好、最經叮的是三星的，還有二星、一星，沒星白不呲咧叫水晶泡子的，一叮就兩瓣。一星眼珠子那麼大；二星大一圈；三星再大一圈，得說是牛眼珠子了。進洞用一星球，叮別人球用比較硬的三星球，跟球一般要用更大更沉勢如牛卵子的五花球。這是一項地面運動，跟高爾夫不同的是少十五個洞，也不許用桿，只能用手指彈，可以兩個人玩也可以多一些人參加分成兩隊，地上一撒就是一片球，哪方的球全部進完就全歸贏家了。那也很講戰術協同的，發球線和洞和洞之間都很遠，一球進洞可能性很小，不但自己走還要帶著同夥走，一路帶球，遇到對方球還要盡可能將其遠遠擊飛，就像司諾克，擊球之後回球位置也要好，只要你每一擊都觸球你就可以一直打下去。每進一個洞，大部隊前進，後方還要留下伏兵，這樣對方就不能直接進洞，必須先將你的球擊出。對付這種球比較理想的是輕擦一下己方的架子球，滾到洞邊上，然後就近叮飛對方伏兵。有時球的線路不好或者已經先被人叮到十步之外，周圍沒有友軍，那就要看本事了。那就只好站起來（原來都趴著），從空中吊人家洞裡的球。高洋是幹這個的神手，掏出三星球，擦乾淨，哈哈氣，單眼吊線，彈出優美的拋物線，他進去人家出來。這也屬於空中打擊，挨上就沒輕的，不是鳥一樣飛上天就是西瓜一樣四分五裂。最怕他吊球了。一到這會兒就得把洞裡的好球拿出來，換一個麻殼，碎了也不是太心疼。那時我天天作夢就是練出了這麼一手，甭管誰的球在洞裡，我一吊就砸出來。可惜我總掌握不好彈球要領，不會架球，裹著球彈，大拇指使不上勁兒，被人叫做「擠屁扭子」的。我這人遺傳裡是沒多少運動天賦，沾體育邊兒的就不靈，沒一樣姿勢是正確的，我也死了十全十美的心了。

還有「官兵捉賊」，這是大型捉迷藏，怎麼也得有三四十人才能玩起來。官兵一隊站在大操場西邊，一手扶著一棵大柳樹；賊一隊站在操場東邊，也一棵樹下站一個。官兵喊：你們好了嗎？賊這邊稍微布置一下，你往辦公區跑，你往張翼翔家後邊跑，半小時後煤堆集合，然後高喊：好了。官兵兜著整個操場追過來，賊們作鳥獸散，各自逃命。這個過程可就把我們院所有旮旯都搞清楚了。房也上了，煙囪也爬了，倉庫、煤堆、鍋爐房、果園、菜窖、筒子樓公用水房、男廁所都藏遍了也搜遍了。有一次兩個大孩居然爬上42樓樓頂，大模大樣坐在坡下來的瓦邊上聊天，我們小孩官兵看見了也沒法上去抓，就在底下喊他們賴皮。

還有一次我跟著一群大孩鑽進菜窖，發現裡邊都是大白菜、進來取菜的食堂戰士在黑中突然看到一雙雙眼睛，嚇得一屁股坐在地上，我們從他身邊奪路而走之時，他狂亂地抓我們，我一件燈芯絨褂子的兩個扣子眼都被他扯撕了。

又有一次跟著大孩鑽進鍋爐房，滿牆的鑄鐵爐門像一尊尊大炮的後膛，天黑以後大家出來，一個個都成了煤黑子。「官兵」們吃完了飯，看見我們也不逮，我跑到食堂只剩刷鍋水和涼饅頭了。

後來開始進行武裝。大孩手拿鉗子到處去剪人家晾衣服的鐵絲，給自己也給我們小孩造出一把把彈弓槍，狀似楊子榮和少劍波㉑使的那種「大肚匣子」，鐵絲上纏著玻璃絲，去商場文具櫃台買來皮筋一股股穿起來，作業本都撕了疊成三角子彈，一次打一發，號稱德國「二十響」。都是雙槍老太婆，埋伏在樓拐角、單元門內，遇小孩經過便躍出雙槍齊射，打一槍換一個地方，不許放空槍。我們在大孩的率領、組合下天天進行大規模實戰演習，日夜爭奪每一棟樓門、每一條馬路、每一棵樹。一個夏季過去，操場、馬路牙子、樓梯上遍地遺下一片片白花花的紙子彈。大孩們容顏依舊，小孩們卻都遭了蚊群叮，一臉大紅疱，不知道的還以為是發育過快起了青春痘。

後來大孩們還給自己裝備了鐵絲衝鋒槍，外型模仿「56」式，設計三四個彈夾，一發打出去，以為他沒子彈了，衝過去又挨了一槍。

後來開始玩彈弓，窩一個鐵樹叉，一邊一個耳朵，不知從哪兒鉸的皮子做彈兜，發射石子兒，正經搞起破壞和傷人。馬路邊隨處可揀的石子兒都是我們充足的彈藥，只要高興隨時可以射路燈射窗戶玻璃樹上的麻雀和海軍小孩。

小孩的還是皮筋兒，大孩的一水自行車內胎，這種彈弓拉力大射程很遠，能從我們保育院樓梯上一崩子擊到海軍禮堂路口大圓轉彎反光鏡上。

我們小孩不辭辛勞沿圍牆我們院一側碼了一摞摞磚頭，夠大孩探出頭的，還煞費苦心鑿牆摳出幾塊磚做了一些零星的槍眼，供大孩隱蔽射擊。閒來無事大孩就帶我們埋伏在圍牆下，派我們放哨，看見海軍小孩路過就向他們報告。一次過來一個剃禿瓢的少年，塊兒挺壯，走道橫著。張軍長夾了個土坷拉，拉滿弓，瞄準他從槍眼射去。我在另一個槍眼觀察，只見那孩子禿腦勺上突然冒起一股土煙兒，立刻用手捂住了，轉過臉來正呲著牙倒吸著涼氣——疼。可氣的是周圍看不見人，哪兒哪都一片太平，禿子東張西望，還研究了半天這排隱在柏樹叢後的圍牆，怒、發狠、莫名其妙地走了——我們這邊一排小孩都捂著肚子無聲地笑倒在地上。

還有一次看見一個大女孩，黃毛，戴口罩，捂大紅拉毛圍巾，一身女式灰軍裝，騎一輛26紅女車，十分飄，一路按著轉鈴，在路口拐彎，被幾彈連續擊中，一聲沒吭又騎了兩圈一頭栽進柏樹叢。再起來口罩上沾著一粒青柏籽，推著歪了把的車一溜小跑，在遠處停下來夾著車輪正把。

有一次我還差點打中一海軍的大人，一個胖子，大灰鵝一樣邁著外八字走過來，嗖地一粒石子兒飛過眼前，一愣，定睛再看，什麼也沒有，想了想又往前走，歪著胖臉琢磨，走了幾步猛然一回頭。

後來海軍小孩知道是我們院孩子打的，再過那個路口也警惕了，好好走著突然一貓腰跑步衝過，也不管我們這邊有沒有埋伏。

一天中午天氣很熱，我不想午睡，也找不著人玩，自己去保育院牆邊。剛靠近槍眼聽到牆外面有人說話，小心翼翼踩著磚扒牆頭探眼一瞧，靠牆根兒坐了一排海軍孩子，地上摞著磚頭和彈弓，這是要打我們埋伏呀。我連忙輕手輕腳下來，跑回去叫人，一路上還貓著腰左拐右拐，突然變向，跑著之字形，自以爲很機警。看見張軍長一個人正在42樓前打鳥，就向他匯報。他也眞夠生的，聽我一說，自己就去了，遠遠繞了一個大圈，避開槍眼的觀察範圍，找了個死角悄悄貼著牆根兒溜過去，揀起一塊板磚，兩臂發力撐上牆頭，傾著身子高高舉起磚頭，朝外自上而下一拍，蹦下來就跑。我也轉身就跑，好像是站在38樓前，一口氣上了四樓進家陽台才氣喘吁吁忙不迭接著往下看。接下來的事情很怪，沒有越界追擊，沒有血跡斑斑，也沒有叫嚷吵罵，那兒空無一人，樹濤依舊，遠處一個海軍大人仍在不緊不慢地走路邊走邊看報紙。

我一直覺得那天我目睹了一樁命案，親眼看見那排海軍孩子被砸死了一個，那景象當眞產生過：一塊磚垂直拍在一個長癬爛了一圈的天靈蓋上，那孩子挺白，左臉頰上有顆黑痣，一隻眼單一隻眼雙——脖子一歪，身體往下一出溜，就翻白眼死了。後來跟海軍小孩熟了還問過他們，他們都說沒這回事，我還形容了這孩子，他們想了半天，說沒這人。照他們院的傳說，我們院孩子一見他們就跑，哪還敢還手啊。

那我就是見了鬼了。

當時我很興奮，也很恐慌，心跳得像懷揣了個打字機，在陽台上一個勁想公安局找我應該怎麼編謊話，假裝沒看見。我認眞上床躺下，用被子蒙住頭，對自己說：我就說我一直在睡覺，現在還沒起床呢。

很長時間認爲自己親身經歷：文化大革命期間打死人白打。

後來大孩還發明了鏈子槍。把自行車鏈條拆下幾節聯成一隻槍管，打火柴頭，一扣扳機啪地一響，一股硝煙味兒，給人感覺更像眞槍。再後來演進到打鐵絲，五步開外，槍響見血，打群架興起之初，還見有大孩使過，地點在八一湖山坡上。

好像我們經常在中午溜出去跟大孩去八一湖游泳。

方槍槍和方超挎著救生圈輕手輕腳打開家門，輕輕關上，輕輕下樓，做賊似的。

好像中間門大禿二禿他媽小梁受了方槍槍他媽的託付，盯著他們哥兒倆不許跟別的孩子一齊去游泳，聽見動靜就會出來張望，知道他們下了樓，就會趴在四樓樓道窗前，等他們哥兒兩人一出現就往回喊。

好像我們經常躲在單元門雨遮下，耐心地等小梁回屋，或者下樓梯叫，那時我們就可以撒丫子一顛兒——光在樓梯裡喊，我們就當自己是聾子。

有時聽見小梁很響地關門進屋了，一露頭，她還在那兒，逮個正著。

有時已經一個箭步躥到第一株桃樹葉下，再往四樓上看，小梁又出來了，拿個毛衣在那兒織，不時眼觀六路，看似在炮樓上放哨。

我和方超就成了穿越封鎖線的武工隊，沿著樹蔭一株樹一株樹地潛行，直到很遠還看見她在窗口。這時聲音聽不見了，就出來在馬路上走，也回頭看她比比劃劃揚手的動作，當她壓根什麼也沒喊。

去八一湖要經過很多片菜田和一個村莊。路邊的茄子扁豆沒人偷，但看到半熟的西紅柿不免手癢、嘴饞。大孩就帶我們鍛煉勇敢，率先垂範表演怎麼去偷西紅柿。

看青的農民發現，舉著鐵鍬追，放狗咬，逮住照死了打，還罰跪。一次看見張寧生張燕生高晉高洋一溜四個跪在田坎上，高聲背誦毛主席語錄：凡是反動的東西，你不打，他就不倒……

村子裡那條土街也有很多農民的孩子帶著狗蹲在路邊，專截游泳小孩，什麼都搶，用樹棍挑著搶來的軍帽晃悠著念叨：紀念章，紀念章……

跟著大孩也難以倖免，經常他們一衝鋒過去了，我們小孩在後面全被截住。只能兜裡什麼也不帶，讓他們搜，狗跟著聞、舔，然後吃他一個絆兒放行。感覺那時候中國眞是虎踞龍盤，每個孩子都在自家門前占山爲王，想去任何地方都要一幫人，見人先上去截，爭個主動，否則他也要截你，你先動手沒準兒他還怕你。千萬不能老實，不能讓人看著斯文、知書達禮，最好讓人以爲你是土匪、流氓、亡命徒，那你就安全了。

八一湖是活水，也不知跟哪兒聯著，有很長一段河道，兩邊是石砌的堤岸，一座座白石階梯直通到水邊。我們一般就在這段河道游泳。兩岸山丘上有葦席圍的棚子做更衣室，用墨筆寫著大大的「男」和「女」字，無人看管，也不能存衣，在裡邊換了泳裝就要把衣服抱出來，擱在堤岸上自己同夥一堆看著。

女更衣室的棚子上被人挖出一個個洞，經常發生有人偷看女更衣室的故事。晴天白日，山上突然一陣喧嘩，一個男子劈荊斬棘衝下來，後面緊緊跟著一群穿林渡柳的半裸女子，老娘們兒打頭怒目噴張聲嘶力竭，小姑娘跟著委委屈屈逢人訴說，最後一幕是沿岸軍民群起攔截，把那偷香竊玉的小子就地按倒一通暴打。

也有翻山越嶺逃之夭夭的。這便宜他就算落下了，不定回家怎麼偷樂呢。

還有不留神沒看清字走錯門吃了冤枉的。那也只好活該，誰讓你走路不長眼的。

比較高明的我們院一個外號「老肥」的孩子，一日低頭進了女更衣室，迎面一聲臭罵：流氓。原地還嘴：誰流氓——你流氓你流氓你流氓！對流半天，女性吃不起這虧，只好說：好好好你不流氓你出去你先出去行嗎？老肥得以全身而退，名聲大振。

我們都準備一旦誤入寶地，照此辦理。

那水不是清水，含有豐富的有機物，很稠，顏色、質地都像菠菜湯。中國式的稱道：金水河。河也不深，夏天的太陽一上午就能給加熱到浴池的溫度，進去像泡澡堂，游著游著能游出一身汗。

水底有淤泥、水草和貝類。大概還有小魚，河邊常見有人釣魚，或穿著橡膠褲子在河裡張網，摸來摸去。這樣的河每年夏天也要淹死幾個孩子，有些孩子在水閘上跳水，一頭扎進淤泥拔不下來，就種在那兒了。附近還有一座白橋，也偶有不知死的孩子從那上跳水。

我不會游泳，吊死鬼兒似的扒著救生圈，腳丫子打水，隨波逐流。遇過一次險。很享受地正漂著，救生圈撒氣了。那是三截式的軍用救生圈，一截漏氣，其實沒事，但我還是慌了神兒，又不好意思高喊，就小聲喊給自己聽：救命救命。還有個觀念，喊了別人救命，自己就不必動了，於是沿河漂流，一路招手，越漂越遠，看上去還挺會玩。

這時我爸爸發現了我，游過來拉著救生圈把我帶到岸邊，算是救我一命。

好像還有一次傍晚他也在，還有他處裡的一些年輕幹部。游完泳上岸天色已經昏黑，一個叫小華的叔叔，發現地上有個二分錢鋼鏰兒，彎腰去揀，摸了一口痰。

大約我們還集體組織去過海軍和通信兵游泳池游泳。通信兵游泳池是水泥的，水是綠的；海軍游泳池水是藍的，也許砌了白瓷磚。張軍長和張寧生被海軍小孩認出來了。張寧生被幾個海軍大孩在光溜溜的地上光溜溜地連摔了幾個大馬趴，一條腿和後背都紅了。有一個氣勢洶洶的禿子還端著把小刀要叉了張軍長，被帶隊的華叔叔喝開了。他們倒沒找我們這些坐在泳池邊腿搭在水裡很無辜很弱小的小小孩的麻煩。他們中有幾個人泳游得很棒，還會自由泳，乘風破浪，魚翔潛底，閉眼咧著大嘴回頭換氣。

也許我們還跟著大孩去蘇振華家偷過柿子，也不知怎麼經過得遼闊、充滿敵意、危機四伏到處閃動著警惕的眼睛的海軍大院。那棟小樓已經沒人住了，一地落葉，像香山上的一處房舍，高高的圍牆上密布凌利的玻璃片，像一片鑽石閃爍不休。我們剛靠近，樓上就響起一個似乎擴了音的不眞實聲音：幹什麼的？我們拔腿就跑。

似乎我們全院大小孩都在海軍操場上看演出，這時就聽到一個海軍小孩在人群外邊走邊嚷：總參的來了，總參的來了。

我們院大孩就挨個扒拉我們院小孩，叫那些在樹上的，壓著嗓門說：撤，快撤。

我們跟著大孩狂跑到我們院圍牆一帶停住腳，那一片很黑，沒有路燈。收容齊人，點了點數，大孩就對我們小孩說：咱們在這兒打他們一下，都去撿磚頭。於是我們不分大孩小孩都鑽進路邊樹叢一人撿了兩手石頭，然後隱身在牆和樹叢的暗影中。

過了一會兒，路口燈底下出現海軍小孩密集的隊形，一排排灰軍裝露了出來，彎腰小心地前進，嘴裡集體哼著電影《平原游擊隊》「松井進村」的主題音樂：噔——滴答滴答，噔滴答滴答……

打——有大孩高喊一聲。只見磚頭瓦塊猶如隕石雨紛紛落在路口燈下，在馬路上迸濺。海軍大小孩四散逃避：一個滑了個劈叉；一個踉踉蹌蹌張著手拱形按在地上；一個彎腰捂著頭；一個躺在地上紋絲不動；一個光有顆頭直接長在兩條奔走的長腿上。再一眨眼，一個都不見了，只剩一地石頭。

衝啊，一班向左，二班向右，三班跟我來。我邊投擲邊喊，以爲自己是在夜襲馬家河子。一個大勁兒，喀嚓一聲，肩、肘、腕三處關節一齊響，感覺脫了環兒，英勇負傷。

喊什麼喊——我後腿彎挨了張軍長一腳，直挺挺跪下——暴露目標。

那邊的石頭也砍了過來，一群群，黑老鴰似的，在黑暗中呼呼作響。也很可怕，需要人不停地左躲右閃，一群人像是在摸黑勤奮練習打網球。

我扶著胳膊往後跑，心裡怨恨：打仗還欺負人。

回院的小門口大小孩擠成一疙瘩，擠得很熱乎，肩並肩手挽手前胸貼後背，鞋跟統統踩掉，剛下床似地趿著。有一兩秒的工夫，一個人也沒能從那門出去，十個人像一摞書緊緊卡在狹小的門框上，都只露出一小部分身體：一隻亂抓的手，一條踢騰的腿、半張擠扁的臉。這一秒鐘可眞長啊。

好像家家都買了柿子，紅艷艷的一個挨一個兩三層碼在廚房和廁所的窗戶上像是窗下點著一支紅蠟燭。我們拿了長鐵絲沿著一個個窗戶走，每過一窗，就隔著紗窗捅進鐵絲在一隻隻柿子上扎眼兒，柿子皮很堅韌，相持一下，撲哧鑽了進去。沒到冬天，這些柿子就全爛了。家家人趕著吃，嘴上、兩手爛兮兮濕漬漬的，摸哪兒都黏。

有時還用手輕輕拍紗窗，摞在上層的柿子站不住，骨碌碌滾下去，聽到哭嚓一聲就急忙跑開。

夜深人靜之時，經過一樓人家的涼台，花盆在寬石欄上擺了一圈，也聞到幽幽的香氣，順手把花盆逐一扒拉到地上摔得粉碎。屋裡正睡的大人就開燈，在寂靜之夜破口大罵，直到躺進被窩罵聲依然不絕，覺得有成就感，安心入睡了。

再翻窗戶跳進澡堂洗涼水澡已經有點冷了。水柱一澆下來，渾身一機靈，一層雞皮疙瘩。一涼，尿就多，看澡堂老頭的專用暖壺擱在凳子上，拔了塞兒，把凍得萎縮的小雞巴對準口，幫他灌一壺。暖瓶上水有一股低低的嘯聲，好像裡邊有隻哨子，嗚嗚嗚吹著爬上來，滿了就哽咽著停下來。想到一臉忠厚的大爺，一邊和洗澡的人聊天一邊沏茶，端起茶缸子一口喝下肚，眨著眼：這是什麼味兒？就忍不住笑。什麼時候一想都可樂，吃著吃著飯喝著喝著水都能自個笑起來。

一天傍晚，去食堂吃飯還看見張寧生他大哥「張老闆」和黃保寧黃秋寧一夥大孩在23樓前用石頭砍一支躺在地上的氧氣瓶，石頭砸在鋼上砰砰作響。

吃完飯回家，剛在床上坐下喘氣，就聽見一聲巨大的爆炸，窗戶玻璃嗡嗡顫動，忙跑上陽台張望，看見天邊的晚霞以爲是沖天的火光。樓下很多家屬往23樓方向跑，邊跑邊喊：炸死人了。

跑過去晚霞已經落了，天立刻黑了，好像是半夜，不知從哪兒射來的一束探照燈打亮了一片廢墟，「張老闆」躺在瓦礫上，臉很乾淨，脖子血肉模糊，破了一個大洞，範圍之大好像遠超出一個人脖子的所能承載的界限。

全院的大人孩子都圍在那兒看，密密麻麻的腿和身軀，沒有人聲，也沒人搶救，這孩子孤孤單單地躺在地上，身下硌著一堆碎磚，想來很不舒服。忘了他的眞名實姓了。好幾年他家人都瞞著他奶奶，說這孫子去外地了。院裡小孩遇到張奶奶跟自己搭話，都持一種謹愼的態度。

一天早晨起來，天空陰沉沉的，像有什麼東西在動，無數小東西，仔細一看，是雪花在飛舞。

第二十章

漫天大雪夜裡也在下，映得屋裡一片寒光，昨晚擦過的水泥地遲遲不乾，剛找出來的棉襖棉褲支楞著壓在被子上，像玩累了的小孩橫七八豎趴在人身上，一翻身就往下出溜。暗中拉響的火車汽笛聲比平常夜裡要近許多，似乎向床開來，夢裡那機車是一顆巨大的虎頭，拖著長身子撞倒海軍圍牆，犁開一排排平房，一頭趴在42樓下。方槍槍夢中驚醒，不敢做聲，爸爸不在家後他已習慣作了噩夢不聲張，克服恐懼的唯一辦法是不要再睡，生怕一合眼那塌天大禍繼續發生。

方槍槍再醒過來已是早晨，滿牆大白，處處反光，以爲已是中午，夢裡那奇怪的刷刷之聲貫穿到現實世界使他想了一下自己是否眞的醒了。披著被子站在床上往窗外看，海軍那邊的幾條路上都有大人揮舞著大竹掃帚掃雪，掃過之後的路口堆起一些雪人，有人還在用鐵鍬拍拍打打。

他穿著棉毛褲下地去廁所站在馬桶邊撒尿，尿是黃的一圈泡沫。全家人合用的牙膏已經捲到頂，想擠出牙膏必須用兩大拇哥發狠地猛按一氣。總是學不會按醫生建議順紋路豎著走刷子保護琺琅質，總是橫拉硬拽一翻，沫子還沒起，就漱嘴了。一口牙膏水不留神嗆進喉嚨又涼又膩甜得極不正經眞切體會了一把什麼叫噁心。窗外大喇叭和屋裡半導體同一個人在說話音速不同像是結巴而且住在盆地周圍充滿回聲。

媽媽的嗓門也是早晨的熱鬧之一，像是很多鳥在屋裡飛來飛去：脖子脖子……耳朵耳朵……左眼。方槍槍覺得她很神奇，是那種能隔著牆看到你的愛克斯光眼無處不在想偷懶根本不可能。他一遍一遍擦著自己，搖頭擺尾照著鏡子覺得裡邊這孩子長得挺白淨。

方槍槍穿上棉襖，蹬上棉褲，人立刻變得墩墩實實很憨厚的樣子。試著走路感到褲襠有一厚托兒，夾著，捂著，老想騎馬蹲襠。同樣笨重的方超抓住他腳下猛使絆兒。

領扣領扣……鉤兒鉤。媽鎖了自己臥室門出來那嗓門突然拔高感覺這整齊的女人一下急了。

太勒。方槍槍翻著白眼作窒息狀。

別裝！媽痛斥，手一下伸過來，帶著蛤喇油味兒，不許解開像小流氓。

每天她一定要嚷嚷得自己大怒怒髮衝冠，這才踏實、圓滿、罷休。方槍槍和方超做過小測驗，每個細節都照顧到了不給她可乘之機，沒用。她還是嚷好像早操京劇唱家兒起床必吊的嗓子。有一次她實在挑不出毛病哥兒倆太完美了急不成竟愣在那兒，如同對手不搭戲下不了台的演員，結果大家都遲到了。沒轍。可見一個人要是一貫正確慣了旁人只好經常賣些破綻否則誰也收不了場。

急過了，等於吃好了，媽開了門一個箭步衝了出去。這媽有點風風火火，也許小時候叫狼追過，一走就不會回頭，不停腳像擰了發條一門心思向前你在她腳下點一炸彈她也不看一眼。小哥兒倆很響地摔門，下了一截樓梯就在樓梯窗前原地踏步製造一種奔跑的動效，一邊解領鉤領扣散著露著脖子小翻領的意思他們在等媽那最後一響。

快點——媽在四樓之下仰脖暴喊一聲。

這才算完，母子都盡完義務今兒一天誰跟誰也沒關係了。

方槍槍方超正正經經下樓，樓道裡鄰居家大人小孩川流不息上上下下開門關門，有人打飯回來，飯盒堆滿食物，噴紅著臉，嘴裡吐著哈氣，一路發布消息：有炸糕，快去。

哥兒倆同時發力三步並作兩步，跳著樓梯往下跑一出樓門被天空中的大涼手摸了一把臉蛋。很多人在馬路上來來往往，站著說話，路上雪掃到兩旁像是挖了一條很寬的戰壕，路面結著一層冰，小孩都滑著走，像是站在自動輸送帶上。

方超蹲在冰上，方槍槍拉著他跑像馬拉雪橇。高晉拉著高洋超了過去，高洋扭過臉來得意地唱著歌：冰河上跑著三套車……

像一口吃猛了冰棍新鮮的冷空氣吸進腔子鎮得胸管一陣陣生疼。大院裡到處一派寒素白雪是一種華麗的裝飾人跑在其中也覺得冰淸玉潔以爲自己很美好。

方槍槍眼巴巴看著笸籮裡剩下的炸糕又挨個數了一遍排在方超前面的人頭，感到希望渺茫。29號食堂的糖炸糕用香港國語講：很好味。那和北京淸眞飯館賣的油炸糕區別在於不是豆沙餡而是紅糖餡，還要捨得油炸得焦脆一點，掛著一大塊一大塊撲簌簌掉渣的酥痂，皮一般是破的，滾燙的紅糖漿流出一點，吃的時候黏在手心手背可以反覆來舔。每當食堂炸這糕的日子全院小孩就要轟動一次，不離不棄排著長隊等候心情如赴美國使館簽證。

小丫挺的雙手端起一碗玉米麵粥回身戰戰兢兢往餐桌那頭走，與同樣端著一碗粥的陳北燕走了個對臉，相視一笑，互相繞了過去。高洋腳蹬著凳子一邊吃炸糕一邊對剛在旁邊放下粥碗的方槍槍也著眼說：你衝女的笑了。

沒！方槍槍斬釘截鐵地說，孫子笑了。接著央求：嘗一口，就一口。

沒了。高洋一口把炸糕塞進嘴裡聳著鼻子和全部咬輪匝肌說。

你丫眞他媽操性——行。方槍槍回頭繼續向賣飯櫃台張望。

食堂裡擠來擠去吵吵嚷嚷的都是自己來吃早飯的小孩像兒童餐廳。平時院裡已經很少見到大人，除了去幹校的，還有更多的人去支左，去——不知道瞎忙什麼，辦公區也沒人辦公，幾棟樓裡空空蕩蕩，崗都撤了，大部分人家都是小孩獨立支撐門戶。

一幫幫小孩自己去食堂吃飯，魚找魚蝦找蝦湊成一桌一桌的邊吃邊聊倒也歡樂，也有點小人國裡過日子的鄭重其事。院裡食堂吃飯是賒帳制，一家發一個本，一頁是一頓飯的明細欄，要吃什麼看小黑板出的菜譜預先寫在本上叫訂飯，炊事員每餐收本根據上面所寫夾飯菜條在本裡，再吃飯憑條去櫃台領，月底從各家大人工資裡扣除。這樣就不用給小孩錢了，大人不在家小孩也不會吃不上飯。挺科學。

爸媽給方槍槍方超規定了每人每月十二塊錢伙食標準，不算大方也不太苛刻差不多是一個士兵的伙食標準。有的人家只許孩子吃六塊錢八塊錢。能有十二塊錢的經濟實力自由支配已使方槍槍覺得自己像一個有錢人。重要的是可以自己決定吃什麼不吃什麼這自我感覺很不一樣。當時只是一種得意，現在說得清楚那不就是人權嗎，吃飯權官稱生存權。

相形之下，那些還必須跟著父母一齊吃飯的孩子十分可憐，一看就吃人家嘴短只有一個聽話權。

賣飯櫃台那兒「嘔」的一聲響兒幾十個孩子一齊失望地吸氣，方槍槍這邊知道徹底沒戲了如喪考妣。

方超端著一盤子油鹽花捲走過來，往桌上一撂：就這個了。

怎麼麻醬糖花捲也沒了？方槍槍看著陳南燕端著一盤麻醬糖花捲走過去到一桌女孩那兒坐下。

最後二個也被她買走了。方超也是一臉喪氣。

你把醬油倒在粥裡，攉一攉，雞蛋味兒。高洋樂呵呵地說。

下次，啊，你也別求我。方槍槍氣呼呼地拿桌上的醬油壺，一倒，多了，成屁味了。

一桌小孩都在傳明年復課鬧革命的消息，都十分掃興，覺得正常的生活受到了干擾。

小孩中新添了一風氣聚衆聊天當時沒個準名，也叫「哨」也叫「掄」也叫牛逼蛋砍。毛主席說你們要關心國家大事，於是小孩起來響應，眞的假的國際國內聽風就是雨都要裝很有思想很有見地，發展到後來蔚然成風極大提高了中國人民胡攪蠻纏的能力。

「大山」是那時的某種象徵，「三座大山」什麼的，和「康莊大道」相映成趣。後來出了個老英雄，每日挖山不止，有他那種精神的人，由「蛋砍」引申出來，被稱爲砍山不止，再經文人加工，變成今天半野半馴的生猛詞組：侃大山。

那在學校停課輿論一律的年代也起了普及教育傳布謠言的積極作用，差不多可說是生活這無恥老師給一個孩子上的最好的語文課，那詞彙量那不破不立的決心那望山跑死馬的曲裡拐彎這才是漢語的正經表達方式。方槍槍沒成爲漢字的機器懂事的傻子眞要好好感謝那些年盛極一時的全民砍山運動。

當他再次坐在小學低年級的課堂裡才發現受過砍山薰陶的自己中文程度已有多深，什麼老師的胡說的課本的欺人之談都是小偷進了街坊院熟門熟路飛行員碰見玩鷹的不是一檔次吃月餅掉了一地渣兒都是我剩的。

應該說那是繼白話運動之後中文的第二次革命。任何詞句都可能被賦予新的意義，甚至直接改變詞性可說《新華字典》什麼的都廢了。說話，只是一種態度，說的是什麼不再有人聽得懂，需要不斷豐富、窮盡其義方可定案像一場不設終點的追逐。

哪有規矩哪有語法都是活詞兒只要你高興沒一個同義詞不可以作爲反義詞捋順了就是最高級別的反義詞。

把一句話一個詞當作一道菜不斷地添油加醋越說越沒譜越說越沒邊兒只爲聳動視聽再來染點徒亂人心的意思我想這就是所謂文學了。

有了文學觀念好啊，就不簡單滿足於弄明白一件事的來龍去脈，愚昧地分個是非窮凶極惡死心眼地去挖掘主題。

就懂得編排，學會穿鑿，酒不醉人人自醉大面兒上找一感覺望主生義欲得我心必先同了我這流合了我這汚。

有時人的大腦就像一間間黑屋子非得用力撞一下才會透出一絲亮多少看清裡邊有什麼。

好的砍山就像好的文學作品都是往人腦袋上鑽眼兒的工作這哪是領了錢只會誤人子弟的老八板語文老師們教得了的。

小孩們聊得熱鬧，吃完的也不走幾桌孩子拉成一個大圈子旁邊桌的女孩子也豎著耳朵聽。從楊成武會不會打仗飛奪瀘定橋時他是團長還是政委，到江青是男的還是女的葉群五五年授的是上校還是中校，到23樓楊力文偷了他家七百塊錢買了十個獺帽七八件黃呢子大氅二十多雙將靴要是公家錢都夠槍斃了。

中午吃什麼？方超翻著飯本一頁頁瀏覽。研究了半天黑板上的菜譜，一共四個「才」：一才熘肉片；二才肉炒蒜苗；三才炒紅根；四才白菜凍豆腐。

什麼叫紅根吶？方槍槍問。

胡蘿蔔。高洋告訴他。

除了熘肉片都不愛吃。方槍槍說。

那就一個一菜一個四菜吧。方超一筆一劃寫在本上。

關門了，吃完沒有，都走別這兒瞎混。那邊炊事班的戰士一路挪桌子踢板凳掃著地過來，朝這邊的小孩嚷嚷。

小孩們都不動，裝沒聽見。一個戰士舉著掃帚衝過來也不知哪根筋搭錯突然暴怒地狂吼一聲：都滾！

像是用手指在冬天霧濛濛的玻璃上抹出一小塊乾淨的地方，看到了窗外很多東西：肉不太夠吃，棉鞋不太暖腳，階級兄弟不那麼可靠，當兵的和人民一對一的時候也不是很客氣，也撒性子，跟小孩惡起來特別不像有紀律和高度政治自覺性的。

特別意外十分驚疑的是大人的表情不像小時候想像的那麼和善，多數人其實長著一副凶相，永遠只有兩種狀態：鬱鬱寡歡和勃然大怒。

不知道爲什麼院裡孩子都在雪地上追打陳南燕的表哥。那男孩住在學院路，家裡好像是鋼鐵學院的，每年暑假寒假都來陳南燕家住，有時星期天也來，跟院裡孩子都認識也常一齊玩。這孩子他個子瘦高，有點駝背，戴個白塑料框眼鏡，說話細聲細氣，玩得一手好彈球，尤其擅長彈球吊坑。現在他手端著一把水果刀，莊嚴地往陳南燕家走，幾十個大小孩子包圍著他跟著他移動，個個彎腰攥起雪球奮力往他頭上砸，他的頭部雪霧紛飛，頭髮臉頰濕漉漉的棉猴後領堆著一層雪，眼鏡蒙著白汽像個盲人一意孤行。陳南燕跟在他身後又哭又鬧，來回阻擋想靠近他的孩子。張寧生舉著個壇子般的大雪球迎面向他衝去，陳南燕撲上去，被人推了一把自己跌倒在雪地上。大雪球在她表哥的頭上粉碎四上飛濺像董存瑞的炸藥包無聲地爆炸，那男孩跪倒在地一時被蜂擁而上的人群遮住，再站起來滿臉通紅眼鏡已經沒了，一隻耳朵流著血。他手裡仍攥著那把水果刀盲目揮舞著，在自己面前劃開一小塊空間，一聲不吭繼續前進。

男孩和攻擊他的人群走遠了，雪地上只剩哭哭啼啼往起爬的陳南燕和站在一邊瞅著她的方槍槍。陳南燕的花棉襖和小辮子上都黏著雪粉像個小白毛女。她哽咽著仔細拍打著自己上上下下看見方槍槍眼露凶光：你看什麼。她大聲抽泣著向方槍槍走了幾步把手裡無意抓起的一把雪攥成球向他投去。方槍槍抬臂擋了一下，雪球輕飄飄地在他棉袖子上碎成了一片雪。

二食堂門前人山人海，一排排豬捆綁著手腳躺在松林中的雪地上黑白分明。一只條凳擺在地當間，幾名炊事班戰士往身上繫皮圍裙，說說笑笑都叼著菸捲。一個老兵蹲著磨刀抬手舉起帶魚般細長的尖刀一道蒼白光芒掠過黑鴉鴉的人群。

殺豬了殺豬了。一些小孩在院裡奔走相告。

豬們翻著小眼睛看人，人和氣地向牠們走去，一隻大豬被拎著耳朵拽出列迤邐歪斜拖過來，七八隻手托住牠穩穩當當將牠架上條凳還拍拍肚子捏捏膀子像人之間見到胖子常幹的那樣。這時豬開始叫情緒激動嗓子眼很窄，扭動軀幹，想翻身下來。人立刻跟牠翻臉，一擁而上，壓腿按頭有一位乾脆邁開大腿騎上去掰著豬頭，接下來的行爲很有人情味端來一盆水仔細給牠洗脖子圍觀的小孩都笑了，一齊扭頭看磨刀的老兵。

老兵慢慢站起來原地晃著腰胯，全院小孩熱烈鼓掌，他也洋洋得意，矜持地走到條凳旁一轉身刀背在身後。他像大夫看病伸出空手在豬肉滾滾的脖上摸來摸去像是找淋巴，豬也不鬧了信賴地瞧著他哼了一聲似乎還被他摸舒服了。下面的動作誰也沒看清豬也一副沒料到的樣子，只見老兵身體突然打開，四肢舒展，像猴拳一種，給了豬一下，只剩手在脖子外面，這一撒手，豬血跟著噴槍似地滋出來拿出的那把刀十分鮮艷連那隻手也頃刻像戴了隻紅手套。這時遠處得知眞相的豬群一齊尖叫。

條凳上那位斷了動脈的也叫，聲聲悲憤，叫著叫著改了哼哼一刻不停直到流盡最後一滴血臉也白了原來它是失血而死。戰士們鬆了手，烈士一動不動，遭一腳踢下條凳，趴在雪中還睜著眼遲遲嚥不下最後一口氣。

太陽一點點露出來，像是上帝開了燈天地間陡然亮了許多似乎這個白天剛剛開始。一隻隻豬被拖出來，托舉上案，當衆捅死。豬的嚎叫聲勢壯大迴蕩在正在放晴的天空之下那是上百小孩一齊學著牠們同叫。方槍槍發現自己也在叫，尖著嗓子一聲接一聲那種原始的有音無字的畜牲般的嘶吼使他亢奮，什麼東西在蠢蠢欲動，很快樂，那是……？

高洋也像瘋了一樣，拿著小棍把還活著的豬們打得死去活來，痛叱加謾罵：叫！叫就能躲過這一刀嗎？人還有事業，你們，吃飽了混天黑有什麼捨不得的？都給我住嘴！去，面對死亡放聲大笑——這幫傻×他氣喘吁吁對方槍槍說都他媽活該。

那是一種什麼表情呢方槍槍看著高洋一時沒說出話來——齜著牙咬著腮幫子鼻孔噴張眼睛散瞳整個人都在哆嗦，可是很滿足——很多年後才反應過來，那是一種明顯的返祖現象：殺生時激起的野蠻歡樂。

豬一直殺到下午。最後一頭豬活著但也不叫了。豬死了一地，玷污了皚皚白雪，到處是泥濘和汚血。一個戰士用自行車打氣筒挨個給流光了血的豬打氣，氣嘴插進傷口的皮下，一下接一下，打得每隻豬渾身發漲，飽滿誇張，再被鐵鉤高高吊起時，褪光了毛，鋥明瓦亮，泥雕蠟塑一般，保持著臨死的愕然。接著牠被開膛破肚，大卸八塊，腸子裡的屎被一截兒截兒擠出來……

方槍槍終於看噁心了，像是暈車胃腸蠕動突然加劇渾身發漲自己盛不下自己了。

那一夜二食堂一食堂通宵燈火通明，只聽遠遠傳來很多油鍋在呲啦作響，夜空中飄浮著熟肉製品的香氣，吐得很虛弱的方槍槍也情不自禁三更半夜起來披著棉襖上陽台倚著欄杆用鼻子向空中聞去，那味道壓過了花香和積雪的氣息空氣都顯得油滑肥膩，如果你那時問他什麼是幸福，他就會指著食堂的方向。

豬已被加工成各種芳香美味的醬肉。一盆盆耳朵口條心肝大腸蹄子肘子排骨臀尖尾巴血豆腐肉皮凍單擺浮擱，碎渣贅肉也炸成一鍋鍋金黃小丸子一點沒糟踐，間或可見幾十張豬臉滿面油紅笑瞇瞇的俊樣。

食堂門口水泥地上已經擺了彎彎曲曲很長一溜形狀各異的飯盆，行列裡還有幾只小板凳，那是詭計多端的老太太們拿來的。最積極的人據說天還沒亮就把傢伙擺在那兒了。

不知道爲什麼方槍槍和高洋鬧翻了。好像是爲了一個詞的發明權。大家聊天，提到一般外國人，高洋一口一氣「老外」，大家覺得這個簡稱貼切、形像，也鸚鵡學舌這麼叫，立刻在孩子中間流行。

方槍槍在一邊提醒大家：這是我先叫的。

他記得很清楚，那是一個星期前，名曰來串聯其實是來玩的老姨和老姨夫帶他和方超去天壇玩。他們在回音壁看見一個白種人，相當粗壯，金頭髮，藍眼睛，穿著一條今天說的牛仔褲，轉著圈拍照。沒人知道該怎麼形容這樣一個人。我們形容外國人的詞彙很有限，蘇聯人——老毛子；其他白人、跟我們不好的，都叫鬼子；黑人、衣不蔽體還挺親切，可稱黑哥兒們。這傢伙明擺著是個外國老百姓，看上去很友好，見到中國人就笑，還朝小孩擠眼睛，一定跟我們國家挺瓷，否則不會讓他一個人這麼瞎蹓躂。既不是鬼子，又不是黑人，沒名沒姓，還實打實是個外國人，比所有中國人都大一圈，這可難爲住了方槍槍，他會的中國話裡找不著一個現成的詞。

創作，就是這麼產生的——現實很恐怖，知識不夠用，方槍槍盯賊似地下死勁兒盯了人家半天，頭一暈脫口而出：老外。

說完，豁然開朗，困擾全無，四川話：安逸。

回來他就急著公共汽車上搶座兒似地跟高洋說了：今兒我見著一老外。

高洋還一驚：誰？你見著誰了？

方槍槍這才把話說全：外國人。

沒得意幾秒就開始後悔，因爲高洋沒再往下細問，低著頭若有所思眼睛骨碌碌亂轉瞅著就是記詞兒呢。

轉天，掉臉，方槍槍就從不同渠道紛紛聽說高洋新發明了一個詞「老外」，登時心中大怒。這小子太不地道了，欺世盜名，靠耳朵長嘴快冒充人傑，跟揀糞的老農一樣永遠背著個筐手裡拿個鏟子見一句話一個詞兒熱乎的就鏟自己筐裡。忍吧，方槍槍對自己說，你還不能跟他計較，一計較好像就跟他一個操性了。

第一天方槍槍覺得自己很有風度，第二天覺得自己很有肚量，第三天覺得自己很高尚，第四天竊喜自己將來能成大事第五天覺得還是虧了第六天一覺醒來覺得委屈高洋太對不住自個第七天實在忍不住了又是勃然大怒，那和聞了一個臭屁不好意思聲張差不多，無論看上去多麼安詳，事實上還是老想著這個屁，誰放的，吃了什麼出的這味，是不是濺了一褲兜子？

……上次我先聽說的江青是女的。那廝頭髮老裝在帽子裡，混在姚文元陳伯達中間，看著跟哥兒仨似的，都以爲是上海新起那撥小男人之一。方槍槍在旁聽大人聊天時得著眞相，告了高洋，他立即動身到處廣播，當作自己的一大發現，拽了一圈回來都忘了誰是先驅，見了方槍槍還賣關子：你知道江青是男的還是女的？方槍槍當然很不耐煩地說：女的女的。

那你知道她和誰是兩口子嗎他還追著方槍槍問。不知道也不想知道方槍槍捂著耳朵撒腿就跑我太生氣了也知道此刻高洋的傾訴慾超過自己的好奇心準備慪死他。

方槍槍將要上到四樓時高洋在樓下大聲喊：毛主席！

那天三頓飯方槍槍都沒吃好，苦苦折磨著自己：問，還是不問？高洋端著飯碗坐在他旁邊或對面，邊吃邊朝他咂嘴點頭，找機會就和他對眼神兒，吃完飯也一直跟到方槍槍家閒坐，方槍槍上廁所他也靠在門口哼小曲一眼一眼看我。

方槍槍實在叮不住了，屎也沒沖提上褲子出來對他說：你告我吧。

那一刻我既恨自己也恨高洋。

是我先叫的——老外！這一次我絕不讓步，一定要分個是非，被人掠去了版權精神實在痛苦。

什麼你先叫的，我們大夥早這麼叫了——對不對？高洋轉向大夥打著哈哈，嘲弄地看著我。他太卑鄙了。

方槍槍和高洋大吵一場，什麼溲泔零碎都扯了出來，某年某月誰給了誰一塊糖，某年某月誰給了誰兩彈球，中心論點就是誰不仗義誰其實是誰的精神導師。旁邊聽著的大孩都覺得無聊，對他們說：你們倆乾脆打一架得了這麼吵跟女的似的。

好像有一種需要，一定要在人群中尋找一個對立面一個打擊方向。沒有，便難受、失落，覺得活著的意義不積極。發現了，製造了，便滿足、踏實有了奔頭像尿急了的人找見廁所心中大安。這麼說吧，我有敵視貶低他人的生理需要。這也屬於一生下來就長在身體內的本能，一經發育便要宣泄比什麼還要早熟、來得快、凶猛、持久、不可或缺和補人。不瞞各位，很多時候我是靠這東西充實情感和維持心理衛生的。我得說它很可靠、忠誠有時也大有樂趣。情人眼裡出西施，老虎眼裡全是口糧，這種事開了頭就扳不回來。

全院小孩和家屬老人都在食堂門口排隊等著買年貨。方槍槍和方超戴著棉帽各拖著一條棗木棍子經過他們身旁。男孩們站著打撲克，往地上反扣著的飯盆上甩牌不但下腰還翹起後腿。汪若海端著一奶鍋玻璃似的藕粉在人前走來走去地吃，每一口都拉得很長彈力十足。女孩們在跳皮筋，陳北燕加助跑淩空一飛雙腿彎過頭頂——沒夠著，落地墩了腳久久垂頭蹲在地下起來後一翻一翻都是白眼。

風一吹，沒化的雪都凍得梆脆馬路上的冰已被人來車往軋得很瓷實，色澤晦暗冰下凍著很多髒東西煙盒彈弓餅乾紙抹布一把鑰匙像是走在結了冰的湖面上。

高洋高晉出現在路的另一頭遠處，也都嚴嚴實實捂著棉帽子打狼一樣拖著棍子。

老太太們圍坐一堆兒一小堆兒鬼鬼祟祟竊竊私語，看到兩大群孩子聚攏過來眼中立刻閃出警惕的神情。

看什麼看一群吃閒飯的那麼老假的一樣。什麼慈眉善目那堆褶子中分明露出幾分奸詐。何來飽經風霜一律使人覺得來路不明灰頭土臉不知掩蓋了多少可疑的經歷和荒唐歲月。越是鶴髮童顏心閒氣定越是透出老丫的年輕時作惡多端折騰累了踏踏實實歇菜了。特別聽不得活得不耐煩的老頭老太太胡說一些毀人不倦的話，一聽那邊來多少年大仙般的口氣就想喝斥：裝？又裝！

一腦瓜翻騰的凶惡念頭就爲克制越來越大越來越清醒意識到的恐懼。走著走著方槍槍的勇氣像池子裡的水一點點流光，開始哆嗦，上牙磕下牙得得作響。高洋高晉都很冷靜在冰上慢慢走著彷彿僅僅是過路越走越近。不知道如果是不認識的人，不這麼面對面鼻子眼睛嘴都看得很清楚，不要這麼近！而是用槍，遠遠地模模糊糊地瞄，會不會好一點膽兒壯一點不這麼哆嗦這麼……怕。

塑料底的棉鞋一走一滑，很想此時有人出來主持講和，可圍觀的小孩都不吭聲都不是眞哥兒們。我想振作一點，既然來了，跑，又丟不起這人——就表現好一點。

爲什麼血還不熱腦子還不空白？聽說這是殺人時應有的狀態就像噩耗傳來人一下昏倒——這才扛得過去這才什麼手都敢下挨了槍子也不覺得疼。

非但血不熱腦子不翻篇兒，反而手腳冰涼更激烈地念頭叢生像冰塊一樣清醒，高洋高晉迎面跑過來，自己也加快腳步一下衝到高洋身後，掄起棍子打向他腦袋仍一刻不停地想：不能打後腦勺那太薄不能打天靈蓋那會把人打傻不能打臉那會破相……

食堂門前的人全不見了，地上只剩下稀稀拉拉幾只盆。

方槍槍用足力氣掄將一棍起來，落在高洋頭上軟綿綿的或可說降落在他棉帽上，高洋漠然回頭，我先驚了想的是衝人卻連連後退一屁股跌坐冰上。我坐在低處眼看著高晉一棍子噗地打在方超胳膊上方超立刻丟了棍子手捂疼處嘶嘶倒吸涼氣作忍痛不禁狀。

戰鬥就這麼結束了比我盼望得還要快。食堂開始賣熟肉了，大家都急急忙忙揀起盆衝進食堂回到隊中。裡面已是人聲鼎沸隊形大亂人人伸手指著櫃台內一盆盆醬油色的肉。方超捂著胳膊一邊吸氣一邊招呼高晉高洋還排在我們前面。

黑亮的肉皮一刀劃開裡面一片粉嫩砧板上喀嚓喀嚓一片刀響戰士十指油汪汪一手拿肉一手抓秤盤子。

十分羞愧，自知那一跌主觀上是故意，看似不留神一滑，實際是想跑又覺得丟人乾脆坐地上。這時血熱了，心跳上太陽穴腦子也空白了，情緒上是無地自容，感覺上是一陣陣劫後無恙的狂喜。

一邊走一邊挑著瘦豬肉吃，冰涼且其香無比。張寧生張燕生哥兒倆橫在馬路上，見朋友過來就狗熊一樣拱手相求：就一口。真心捨不得又不好顯得小氣於是停住不動一臉受了傷害的表情。你怎麼這麼摳啊爪子伸進別人盆還理直氣壯批評別人。午後下樓，哥兒倆還在路上，吃飽之後懶洋洋的樣子，嘴上一層油一人把著一棵樹往樹幹上抹手，不停放屁，熏了一片雪地，麻雀都不往他們旁邊落。

這一天發現自己不是自己的主人，這比知道自己是脆弱的動物還要傷心。不管自己想要多麼堅強，身體根本不買賬，怕疼、怕遭罪、自動迴避衝突。那也是一種古老的本能，當皮肉之苦將要降臨時，它立刻機靈、主動、無比執拗地提醒我：沒有比這再不值的了。這，說來有些神奇，它是有意志的，恪守自己隱祕的原則，日後，屢屢發現當身在一些兩難關頭一時糊塗準備豁出去時，身體都會不顧面子當即制止我喀嗒掉了鏈子，用刁德一[22]的話說：這個隊伍是你當家可是皇軍要當你的家。我也不想稱其爲心靈，我不能十分肯定心靈是完全獨立操作的，沒在後天受過影響，而它——身體，百分之百是先天的，特立獨行，甚至連我本人也無法左右它，它只對自己負責，珍重自己的皮、肉、血管、神經和細胞，狂熱追求舒適安然。一遇侵犯，哪怕是我施加的，它也抵制、不服從愛誰誰誰。

很多時候，不知道何去何從，它終結了我的猶豫。有時感到絕望，它也無動於衷挾持著我繼續庸常生活能感到它帶著我走。這個東西永遠堅定，旗幟鮮明，輕易粉碎種種熱烈不著邊際的想法。

不曉得它算不算那個世人老說的人性，似乎也不是很準，沒那麼可塑，具有明確的善惡取向，往往一般它處於和一切自外道德的對立狀態。

一向也不太接受神性的存在，總認爲跡近天方夜譚，雪泥鴻爪，無處可尋。有說法曾令我心疑，雖然那聽上去像是詭辯：上帝在你的心裡。想來想去仍不能往那邊想當然那個有自由意志、我行我素的強大能力是神。它只是存在、行動、從不見諸思想，也不曾跳出來單獨生成一張臉，使我可以明白指認它。

和高洋很久不說話，戳在臉前也一眼不看他當世上沒這麼個人。後來有一天，在路上碰見高洋和他媽剛從外面商場回來。高洋他媽叫住方槍槍，問：你是不和高洋一齊玩了嗎？你們不是好朋友嗎？說得方槍槍也不好意思了，說：沒有，一直挺好的。那你們握握手他媽把高洋的手放在方槍槍的手上。

儘管手拉著手，第一句話也眞難開口，不知說什麼，腦子眞空白了。還是高洋先開了口，問方槍槍：你知道非洲爲什麼比別的洲都落後嗎？

……是因爲他們比別人都晚變成人嗎？

不是，他們也挺早的。

那是那是那是因爲他們那兒熱，什麼都有，不用怎麼幹活也能吃得挺好所以就什麼也不動腦子什麼也不發明了。

對了。高洋誇新朋友，你眞聰明，什麼道理都能自己琢磨出來的。

我也是瞎猜。方槍槍聽了心裡美滋滋的，一下又很悲痛，覺得對不起高洋，好好的打了人家一棍，還是人家先和我說話的，我眞小氣。

你看書嗎？高洋問方槍槍，我有一本寫非洲的書，看了你就了解非洲了。

看。方槍槍羞答答地小聲說。

高洋回家拿了一本是法國人還是美國人寫的《非洲概況》借給方槍槍看，很厚的一本書，裡邊有很多聳人聽聞的事情：一個非洲酋長娶了五百多個老婆，生了一千多個兒子，還有幾百個女兒。

張著雙臂東倒西歪踩平衡木一樣走馬路牙子，抬頭看見陳南燕陳北燕姐兒倆跟著她們爸媽走過來，眼睛對眼睛相視片刻，都沒有笑，像在大街上遇見的陌生人，看見了，過去了。

站在單元門口伸直脖子一口接一口往馬路牙子上吐痰。積雪在太陽底下融化，痰落在雪上顏色偏青有時發綠，齊齊塌了一圈邊兒，自己凍成冰圓圓的像塊翡翠。怎麼也學不會從鼻腔內猛抽一口黏液到嘴裡，羨慕能這麼做的人，覺得自己沒本事。後來會了，一次能吐一大灘，以爲掌握了技巧，再後來知道自己染上鼻炎。

除夕之夜，在陽台上放鞭炮。戴著毛線手套拿著「二踢腳」向四下發射想像那是對和平居民的大規模炮擊。遠遠近近的樓房上都閃動著一串串火光和連成片的悶響。好像還看到了禮花，在漆黑的夜空中突然遙遠絢麗地開放了，五彩分明無聲無息接二連三像是神話中的情景。在我們之上眞的有什麼大東西存在嗎方槍槍對這一突兀其來的神祕景象感到敬畏。

一支「二踢腳」在我手中兩響一齊炸了，看著那捻兒滋滋叫著縮進彈筒，一聲大響手裡像捧著團火光變魔術一般。手套破了，手心燻黑了，捏著鞭炮的兩個手指頭一夜都是麻的，接觸熱水也沒什麼感覺。那團熾亮的火光遲遲不肯消逝看什麼都罩在眼前，一個清晰的紅桃，閉眼沉入黑暗中越發醒目。

我突然醒了，周圍是一片安靜之極的黑暗視線只能到達自己的眼眶。只知道剛從一個噩夢中逃出來全忘了噩夢的情節。只是害怕感到危險還潛藏在四周說不出那是什麼樣的凶險和吞噬越發顯得比比皆是：陽台上晾在衣架上的衣服竹竿的影子小鐘錶走動的滴答聲和厚厚的四堵牆的牆壁之內……都像是鬼魅確曾來過的蛛絲馬跡和將要再次出現的先兆。

方超醒了，聽到耳邊很近有人抽泣全身汗毛一下豎了起來。他發現那是同睡一床的弟弟在哭，便用膀子撞他小聲問：你怎麼啦？

半天，方槍槍才說：我覺得……我覺得咱們都活不長了。

台灣版註

❶大校：中國的校級軍階在「少校」、「中校」、「上校」之上，還有「大校」。

❷陳永貴：山西農民，文革時期經毛澤東欽點，一躍而成國家副總理。

❸雷鋒：人民解放軍班長，一九六二年因公殉職，被塑造為「全心全意為人民服務的楷模」，毛澤東親自題詞：「向雷鋒同志學習」。

❹「二野」：即「第二野戰軍」，是國共內戰時期人民解放軍的主力部隊之一。

❺羅盛教：抗美援朝戰爭的中國人民志願軍戰士，在北韓為搶救落水兒童而犧牲生命，紀念館位於湖南省新化縣。

❻「起來——飢寒交迫的努力」：《國際歌》的第一句歌詞，原作「起來——飢寒交迫的奴隸」。

❼布拉吉：蘇聯式的連衣裙。

❽喬冠華：生於一九一三年，卒於一九八三年，曾任中國外交部長。

❾華羅庚：中國現代數學家，生於一九一二年，卒於一九八五年。自學有成，享譽國際。

❿董存瑞：人民解放軍戰鬥英雄，以人身攜帶炸藥炸毀國民黨軍隊碉堡，殉於一九四八年。

⓫黃繼光：中國人民志願軍特級戰鬥英雄，一九五二年殉於抗美援朝的「上甘嶺戰役」，以身阻

擋敵軍機槍殉職。

⑫邱少雲：中國人民志願軍戰鬥英雄，一九五二年殉於抗美援朝戰爭，被美軍燒夷彈灼身，爲免暴露部隊行蹤，忍痛不動灼燒至死。

⑬郭天民：中國人民解放軍高級將領，生於一九〇五年，卒於一九七〇年。

⑭穆仁智：中國芭蕾舞劇《白毛女》中替惡霸地主管帳的人物。

⑮鄧拓、吳晗、廖沫沙三人合寫《三家村札記》爲文諷刺當局，成爲文革最早期的犧牲品。

⑯彭羅陸楊：彭眞、羅瑞卿、陸定一、楊尚昆四人，於文革期間被打爲反黨集團。

⑰漲閘：當時流行的一種自行車的剎車。

⑱倒蹬閘：自行車的腳剎車。

⑲支左：一九六七年，毛主席指示中國人民解放軍介入地方文化大革命，大力支持左派。

⑳一九三五年六月，中國工農紅軍第一方面軍和第四方面軍會合，張國燾任紅軍總政治委員、中央革命軍事委員會副主席。後拒絕執行中共中央關於北上的戰略方針，於同年十月另立「中央」。他在軍事行動上屢遭挫折，經中共中央再三威迫，以及朱德等人的鬥爭，被迫北上，並於次年宣布取消另立的「中央」。

㉑楊子榮、少劍波：樣板戲《智取威虎山》裡的英雄人物。

㉒刁德一：樣板戲《沙家濱》中的人物，國民黨「忠義救國軍」參謀長。

國家圖書館出版品預行編目資料

看上去很美／王朔作.-- 初版-- 臺北市：
大塊文化，2002 [民 91]
面：　公分.--(To : 8)
ISBN 986-7975-21-9 (平裝)

857.7　　　　　　　　91002994

LOCUS

LOCUS

LOCUS

LOCUS